法医昆虫学搜查官
尸语女法医 4

メビウスの守護者

莫比乌斯的守护者

[日] 川濑七绪 —— 著
周立彬 —— 译

中国友谊出版社

图书在版编目（ＣＩＰ）数据

尸语女法医.4，莫比乌斯的守护者/（日）川濑七绪著；周立彬译.－－北京：中国友谊出版社，2020.7
ISBN 978-7-5057-4924-5

Ⅰ.①尸… Ⅱ.①川… ②周… Ⅲ.①推理小说—日本—现代 Ⅳ.① I313.45

中国版本图书馆 CIP 数据核字(2020)第 102918 号

著作权合同登记号　图字：01-2020-4959

メビウスの守護者 法医昆虫学搜査官
MEBIUSU NO SHUGOSHA HOUI KONCHUUGAKU SOUSAKAN
Copyright © 2012 by Nanao Kawase
All rights reserved.
Original Japanese edition published by KODANSHA LTD.
Publication rights for Simplified Chinese character edition arranged with KODANSHA LTD. Through KODANSHA BEIJING CULTURE LTD. Beijing, China.
本书由日本讲谈社正式授权，版权所有，未经书面同意，不得以任何方式做全面或局部翻印、仿制或转载。

书名	尸语女法医.4，莫比乌斯的守护者
作者	[日]川濑七绪
译者	周立彬
出版	中国友谊出版公司
发行	中国友谊出版公司
经销	新华书店
印刷	北京盛通印刷股份有限公司
规格	880×1230 毫米　32 开 10.25 印张　197 千字
版次	2020 年 11 月第 1 版
印次	2020 年 11 月第 1 次印刷
书号	ISBN 978-7-5057-4924-5
定价	45.00 元
地址	北京市朝阳区西坝河南里 17 号楼
邮编	100028
电话	（010）64678009

如发现图书质量问题，可联系调换。质量投诉电话：010-82069336

Contents

Chapter 1
潮湿的村庄　　1

Chapter 2
芳香的巫女　　69

Chapter 3
雨声乃真相之声　　131

Chapter 4
大蜻蜓的复仇　　197

Chapter 5
莫比乌斯的曲面　　261

主要参考书目　　321

Chapter 1

潮湿的村庄

1

这个地方异常闷热。汗水止不住地喷涌而出，一道道地流淌在两鬓和背上。

岩楯裕也拿起缠在脖子上的毛巾，一边走一边随手用毛巾擦脸。警视厅发放下来的全新工作服浆洗得过了头，几乎没有任何透气性和吸水性可言。岩楯从刚才开始就有一股想把袖子撸起来的冲动，但耳边不时传来的昆虫振翅声让他最终还是没有这么做。

岩楯咒骂着，用手驱赶着恼人的牛虻群，环视四周。直插云霄的杉树覆盖着山坡，适度地遮挡了七月的烈日。山风穿梭在被修剪得整整齐齐的树木之间，但这风中的湿气厚重，一点也说不上舒畅。滚滚热浪让岩楯喘不过气，使他的体感温度大大升高。

登山口停车场往后的道路被完全封锁，岩楯只好徒步前往案发现场。他把毛巾挂在脖子上，大步流星地走了好一会儿，但步行到陡峭山坡的中段时还是停下了脚步。嘈杂的知了声让岩楯的神经开始作痛，这整座山仿佛是一部扩音器。

岩楯用手揉了揉刺痛的太阳穴，擦了擦汗，将塑料瓶中的水一饮而尽。

"岩楯主任，补充水分时请遵循少量多次的原则。"

走在前面的男人回过头喊道，声音大得压过了恼人的知了声。初次见面时，岩楯就觉得这个男人的声音洪亮得可怕。

"在爬山时大口喝水是致命的，这么做会影响营养的吸收，使身体对暑气的抵抗力下降。一直这样的话，体力马上就会见底，是非常危险的行为。从刚才开始我就一直在观察，我认为主任您水分摄取过度了。"

"是吗？"

岩楯把喝了一半的水插进了裤子的后口袋中。

"在这种地方连喝个水都会丢了小命，我明白了。该不会接下来还要登山吧？"

"不，这里离现场不到一公里。而且我们走的是铺好的路，很快就能到了。"

"听你这么说，我就放心了。我从刚才开始就一直在担心等一下会不会爬那座那么陡的山，出了一身的冷汗。"

岩楯将目光投向耸立在眼前的浅间山的山脊，再次在西多摩地区[1]这条陡峭的山道上走了起来。

"原本我昨天跟今天都是休息的，结果昨天却突然被叫去见证碎尸的解剖，今天又被派到东京最偏僻的西多摩来。"

"辛苦您了。"听男人一本正经地这么答道，岩楯摆了摆手。

"我明年可就四十一岁了，是前厄[2]年啊，我原本还在考虑要不要从现在开始调养身子。真是的，这些罪犯一个个都不懂得挑时间、看场合，真是让人头疼。"

1　西多摩地区：日本东京都西北的一个小郡，由三町一村组成。
2　前厄：本厄的前一年。日本人一般认为男性的二十五岁、四十二岁、六十一岁以及女性的十九岁、三十三岁、三十七岁是本厄年，如果不提前做好准备，将会面临重大灾厄。本厄之后的一年称为后厄。

不过大多数情况下，岩楯的假期都是在饮酒和睡眠中度过的。岩楯从来都没能充分利用好假期时间。

岩楯喘着粗气，走在开裂的沥青路上，看向走在前面的男人。他跟自己一样穿着深蓝色的工作服，背上却背着一个巨大的登山包，里面的东西足够在山里露营好几天。背包侧面的口袋中装着钩子状的登山用具一类的东西。他比岩楯矮了不止一个头，上半身较长，显得腿短。不过他看起来骨骼健壮，踩在地上的每一脚都非常扎实。此外，他腰部的位置较低，所以给人一种不动如山的稳定感觉。

"我还是第一次跟山岳救助队搭档。"

听岩楯这么说道，理着平头的男人回过头，露出满脸的笑容。他的脸被太阳晒得黝黑，颧骨突出，四方下巴，是一张标准的国字脸。他笑的时候眼角下垂，看起来十分平易近人。

"我也是第一次与本厅的警官搭档。四日市警察局管区内本身很少发生什么重大事件。"

"我想也是。"

"不过，管区里有山，民众们时刻处于大自然的威胁之中，所以一刻也不能放松警惕。"

男人把工作服往前扯，整理好领子，把拳头放在嘴边，清了清嗓子："我是牛久弘之巡查长[1]，今年三十岁。我是一名山岳救助队队员，同时也兼职生活安全科的相关工作。请多指教。"

"这你刚才说过了。"

"是吗？哎呀，好像还真是。见笑了。"

距离两人在秋留野市的警察局见面只过了几个小时。看样子，牛

---

1 巡查长：日本警察职级中的一级。

久紧张的心情还是没有平复下来。岩楯的这位新搭档脸颊微微泛红,向岩楯点头致意后,说了句"我们走吧",指了指前进的方向。

那之后,两人在蜿蜒的山道上走了二十分钟左右,便听见夹杂在知了声中的谈话声。身穿蓝色工作服,戴着口罩,看上去像是鉴定科的调查员们的身影在树林间若隐若现。与此同时,一股难以形容的臭气顺着风飘进岩楯的鼻腔中,他下意识地憋住了气。

这是生物死亡的证据——腐臭。这股味道完全融进了潮湿的空气里,存在感强得压过了土壤和树木的浓重气味。就算把尸体抬走,这些恶臭的粒子依然久久挥之不去,着实麻烦。

又要开始调查一件新案子了。岩楯吐了一口气,用双手拍了拍脸。他永远都习惯不了这股味道。无论接触多少次,这味道每次都会让岩楯回忆起还是新人时的那种不安的心情。牛久用手捂着嘴干咳了几声,转过头指向前方。

"遗体就是在前方的护栏下被发现的。"

山路见缝插针地穿行在茂密的杉树林间,岩楯沿着路走了一会儿,终于看见了被黄色封条包围住的案发现场。前方是一座古老的石桥,过了桥则是一条有着U字形急转弯的单行道。道路右边的山上长满了葱郁繁茂的杉树,左边则设置着一排掉了漆的护栏。此外,还能听见微弱的流水声。

岩楯向调查员们打着招呼走上前去,缓缓捡起一根枯枝。他走近满是尘土的护栏,一言不发地将附着在上面的蜘蛛网扫落——这种地方一定少不了蜘蛛。看到岩楯像见了杀父仇人似的挥舞着树枝,牛久带着一脸犹豫而胆怯的表情向他搭话道:"那个,请问有什么问题吗?"

"我非常讨厌蜘蛛,讨厌到只要一碰到就会休克死亡。"

在仔细确认过另一侧的蜘蛛网也被消灭殆尽后,岩楯似乎终于放下了心，扔掉树枝看向下方。

悬崖的角度几乎呈直角，太阳光直射崖壁，在褪色杂木的叶片上反射出耀眼的光芒，一条狭窄的河流穿过谷底。悬崖有接近十米的高度，算不上是会让人头晕目眩的断崖绝壁。向下延伸的梯子被结实地固定在树木之间，这应该是搜索队设置的。

岩楯把肚子抵在护栏上，探出身子看向正下方。

陡峭崖壁的中间位置有一块像舞台一样突出的平台，平台下方则是类似梯田的阶梯状地形，一直延伸到河岸边，这应该是被水位上涨的河流长时间冲刷后形成的状态。好几名调查员降到了下面，分别进行着割草和采集微量物证[1]的工作，用于标示现场痕迹的数字牌被摆在了各个地方。

岩楯缓缓环视四周，将大致的地形记在了脑海中。一棵杉树倒在谷底，像一座独木桥似的架在河上。树上覆盖着好几层爬山虎，低垂的藤蔓差点就要碰到河面。前方的河面被草木遮挡看不清楚，消失在了葱郁的山林中。

放眼望去，这四周各种植物交错丛生，俨然成了一片原始林。河对岸却铺设着一条笔直的道路，十分怪异。道路附近的草木被砍伐得一干二净，沿河立着一排纯白的护栏，显得格格不入。

"好。"岩楯这么低声说道，转过了头。

"你是尸体的第一发现者。先说说你是怎么发现尸体的吧。"

岩楯从牛久手中取回暂寄他保管的调查档案，边翻着页边问道。尸体被发现的地方就在鉴定员们的附近。

"你也看到了，这附近杂草丛生，根本看不清下面。就算臭气再

---

[1] 微量物证：指能够证明犯罪的微小的物质材料或痕迹。

怎么刺鼻，要在这么一座大山里找出味道的根源也绝非易事。"

"您说得没错。但对我来说，这整座山都称得上是我的地盘。为了不放过任何一点细微的变化，我平日里便时时细心观察着周遭的环境。"牛久用洪亮的声音回答道。

"我每天早上都会沿那条登山路线往返一次。"岩楯热爱登山的搭档把手指向铺设在河对岸的那条道路，"路线全长大约四公里，坡度平缓，一直延伸到佛户岩。那是一条很适合登山新手的路线，所以一到假日就会有很多小孩和老人过来。我负责检查途中有没有危险物品，有时也捡捡垃圾。"

"每天吗？"

"是的。"

"了不起。真是警察中的模范啊。"

"不敢当。我也是抱着锻炼身体的心态在走的。"

牛久难为情地笑了笑，接着又立刻换回严肃的表情。

"那是前天早上，还不到六点的时候。我刚走上登山路线，就感觉周围的乌鸦有点多，中途风向改变，我就立刻注意到了臭味，我看见有好几只乌鸦聚集在河这一边护栏正下方的岩壁附近。"

搭档牛久用舒缓低沉的嗓音继续解释。

"我当时还以为大概又是浣熊的尸体，要不就是鹿。最近山里这样的动物尸体特别多，让我很心烦。因为争夺地盘，山里经常会出现动物的尸体，不能就这么放任不管。就算联系了卫生所，他们也要等很久才会过来处理。"

"所以就是这么一回事吗——你想要亲自收拾动物尸体，所以脱离了登山路线，来到了案发现场。"

"是的。夏天和秋天是登山客最多的时期，要是登山途中看见了动物尸体，心情肯定会变差，本该美好的回忆也会被破坏。"

"你想得还真周到啊。然而，你发现的并不是可爱的拉斯卡尔[1]，而是人类的碎尸。"岩楯直言不讳地说道。

话音刚落，岩楯发现牛久的脸色明显地改变了，他紧咬着厚厚的下唇，喉结反复上下滑动。至今为止勉强抑制住的嗅觉似乎也开始起作用了。牛久用厚实的手掌捂着鼻子，粗大的鼻梁仿佛都要被他压碎了。

"喂……喂，你没事吧？"

牛久像在说梦话似的低声重复着"我没事"三个字，但好像还是没办法骗过自己。他很快达到了忍耐的极限，在说完"对……对不起"几个字后便连忙转身跑进了道路另一旁的杉树林里。他就这样背着巨大的登山包，弓着身子，呕吐了起来。

岩楯默默看着干咳个不停，宽厚的背部不断起伏的搭档——他大概从没见过成为犯罪牺牲品的死尸，更别说还是被肢解的尸块了。这对他来说一定是难以想象的打击吧。

岩楯昨天一接到碎尸遗弃事件的通知，就急忙赶到了位于三鹰的一所大学的法医学教室。牛久作为第一发现者，却并没有参与见证解剖，看他刚才的状态，说不定是强硬地拒绝了命令。被发现的是男人的手臂，正好从关节处被切开，分成三段，具体部位是双手的上臂和前臂，以及右手手腕以下的部分。左手手腕以下的部分没有被找到，然而尸体上的损伤还不止这些。

岩楯翻阅着调查档案，目光落在尸体被发现时的照片上。

受害者右手的五根手指全都被切了下来，手掌像被漆黑的焦油涂过似的，覆着好几层凝固的血液——上面的皮肤被完全剥了下来，简

---

[1] 拉斯卡尔：指日本动画作品《小浣熊》中出现的浣熊拉斯卡尔。

直令人难以置信。

　　岩楯回想起解剖时的情形，口中便开始泛苦。尸体损伤严重到能看见惨白的骨头和泛紫的肌腱，看样子凶手很想把一切表示受害人身份的特征都消除掉，自然，蛆虫的数量也多到不忍直视。

　　"非常抱歉。调查第一天就如此失态……"

　　牛久低着头走了回来，看上去很是愧疚，他黝黑的脸颊毫无血色，变成了一种灰中带黄的颜色。岩楯盯着他仔细看了一会儿，牛久把流到太阳穴附近的黏腻汗液用毛巾擦干，肩膀大幅颤抖，喘着粗气。

　　"真的没事吗？"

　　"是的，那些事我已经全部抛诸脑后了。我没事，没有任何问题。"

　　"等等，别这么快就抛诸脑后啊，接下来的部分才是重点。"

　　牛久看见岩楯打开文件夹拿出照片，连忙移开视线，身子颤了几下。

　　"我接着问了，能告诉我你是怎么找到这玩意儿的吗？"

　　牛久从想要把照片摆在自己眼前的上司身边跳开好一段距离，嘴里说着"我明白了"，惊慌失措地反复点头。

　　"我跨过登山路线的护栏，把绳子绑在倒下的树上过了河。我是仙谷村人，没人比我更懂这附近地形如何，以及哪些地方是安全的。"

　　"是那一身登山客一样的装备帮了你吗？"

　　岩楯看向看起来很重的登山包。牛久的表情稍微好转了些。

　　"我的人生信条是'未雨绸缪'。为了保证无论在山里发生什么问题都能随时应对，我出门前会整理好各种装备，这是我的职责。"

　　"原来如此。"岩楯这么说着，打量起牛久的脸。

　　志愿者需要经过严格的训练才能成为山岳救助队队员。听说很多人是因为喜欢登山才申请加入救助队的，但这样的人多半会在半路就受挫放弃。毕竟得在自己存活概率降低的情况下去救助他人，没有强大的意志力是胜任不了这份工作的。

牛久的脸恢复了血色。他擦了擦脸上的汗，继续说明："我过了河，攀登到了悬崖斜面一半的地方。如您所见，这里的地形呈阶梯状，所以我没花太多的工夫就爬上去了。然后我赶跑乌鸦，拨开杂草，就发现了……"

搭档咽了口唾液。岩楯盯着拍得过于血淋淋的照片，看向护栏下方确认位置关系。

"听说胳膊散落在了四处。"

"……是的。我一开始还不知道那是什么。也是因为现场当时聚集着大量苍蝇，我还以为那细长的东西是蛇或是什么动物的尸体。但……但我在苍蝇之间的缝隙中看见那东西的皮肤非常苍白。不是野兽，也不是蛇。那到底是什么？在我看到稍远处的手掌时……我才意识到这是人类的胳膊。"

"没有被埋起来吗？"

"对，"牛久频频点头，"也不像是被动物挖出来的。感觉是被直接放在了草丛上。"

岩楯的目光在现场照片和护栏下方的案发现场之间来回移动，进行对照。鉴定科的人还降到了更下一层的地方，用棍棒拨开草丛进行搜索。他们这么做的原因自然是认为剩下的碎尸就在附近，但岩楯总觉得他们的观点让人难以认同。

岩楯的经验告诉他，凶手在遗弃碎尸时，大多数情况下会把尸块埋在地里或是装在塑料袋之类的袋子里。只要不是出于猎奇的目的，凶手都会极力避免尸体被其他人看见，这在某种程度上是一种下意识的行为。然而至今为止没有发现任何袋子，这附近植被如此旺盛，就算袋子被风吹走了，也一定会挂在枝叶上，遗留在附近……

岩楯朝悬崖下方凝望，这个案发现场总给人一种不对劲的感觉。岩楯觉得这样的现场状况一定意味着些什么，但当下还想不出个所以然来。

"对了，我问你，你觉得凶手是通过哪条路弃尸的？"

牛久思考了片刻便回答了。

"我觉得应该是从这边这条路上扔下去的吧。我走的那条需要过河的路，一般人是走不了的。西夏川的支流虽然河道不宽，但却深而湍急，很难想象凶手会刻意带着尸体过河。"

"是啊，至少需要绳子才能过河啊。"

"对，而且光有一根绳子不够，还需要有攀岩扣环或者抓绳器之类的金属装备。"

"与其全副武装地过河，还不如绕路直接从悬崖上弃尸。不过，就算凶手真的是从这里弃尸的，现场的状况还是很奇怪。"

岩楯啪的一声合上了调查档案。

"虽然其他部位还没找到，我说不准，但为什么只有手臂被扔在了这里？要是装在袋子里我还能理解。当然，凶手的意图应该是把尸体分成好几份，分别丢在不同的地方。问题是，凶手有可能把鲜血淋漓、白骨森森的尸块像撒豆子[1]一样从这里扔下去吗？"

"撒豆子……"

牛久下意识地重复了岩楯的话，用力摇了摇头，想要把凶手弃尸的画面从脑海中赶跑似的。

"岩楯主任，您认为问题在于现场找不到袋子吗？"

面对牛久直截了当的问题，岩楯斩钉截铁地表示了肯定。

1　撒豆子：日本人在春分的前一天有将炒制过的黄豆往屋外撒的传统，以此驱邪招福。

"就算凶手是开着车到处弃尸，但如果每次在扔之前都要把尸体从袋子里拿出来的话，一定会弄脏座位和行李箱。手跟衣服也会弄脏，身上也会沾上味道。如果我是凶手的话，我是不会干这么麻烦的事情的。而且要是每次弃尸都这么磨蹭的话，被人发现的风险也会增加。"

"可是，凶手会不会觉得这里是深山老林，不会有人经过呢？弃尸的时间想必是在夜里，这附近没有路灯，一旦入夜，周围就会一片漆黑。凶手认为，只要把尸体扔到谷底，就会被杂草掩埋，没人能发现。"

岩楯把调查档案交给牛久。搭档把看起来十分沉重的登山包从肩上卸下，将档案塞进背包的前置口袋中。之后他立刻背起包，继续阐述自己的观点。

"不过，我觉得凶手是个精神有问题的人。这么一来，也能解释凶手为什么不把尸体装在袋子里了吧？凶手有很强的自我表现欲，与其说要藏尸，他反而更希望尸体被发现，引起骚动，并以此为乐。这种人居然混进了村里，绝不能轻饶他。"

"嗯，倒也不能否认这种可能性。但是，凶手可是把尸体的手指全部切掉啊，而且还把手掌的皮肤剥掉，清除了所有的掌纹。凶手正是因为彻底抹去了指向被害人身份的一切线索，才敢把尸体就这么随手扔在这里。只要弃尸时不被人看见，就一定不会被抓。不过，我还是想不通为什么没有把尸体装在袋子里。"

"越想越觉得不正常啊……"搭档的怒火再次熊熊燃烧了起来。

"凶手确实有可能是个精神异常、性格偏执的人。但也有下面这种可能性：受害者是只要有指纹就能查出身份的人，而凶手则是一旦受害者的身份曝光，就会立刻被追查出来的人。"

岩楯感觉凶手事先甚至没有对周遭环境进行过任何的调查，弃尸的地点和方式太过随意了。如果认真调查的话，应该不会把弃尸地点选在离登山路线这么近的路边。而且，如果凶手觉得尸体扔在哪里都行的话，就不会特意到西多摩这么偏远的地方来。这么想来，凶手很可能和西多摩地区有着某种联系，至少之前应该来过这个地方才对。

就在岩楯注视着案发现场陷入沉思时，牛久用低沉的嗓音开口了，他坚定的眼神中充满了无处宣泄的愤怒："仙谷村是我出生、长大的地方，这附近的群山就像自家的庭院一样，也对我人格的塑造有着难以磨灭的影响，现在却有人这样蔑视、亵渎群山。我一定会找出凶手的！"

"……是吗？"

"请您助我一臂之力，有劳了！"

牛久把身子折成直角，朝岩楯深深鞠了一躬。

岩楯自见牛久的第一眼起，就感受到了他对故乡深沉的爱。与其说他是对凶手的残忍感到愤怒，倒不如说他的愤怒更多的是出于有人把自己的精神支柱——这片山林给亵渎了这件事。他的一切正义感都向着村子，当初选择当警官应该也是为了保护这片土地吧。虽然不能说这样有错，但岩楯认为牛久对于事情的看法跟自己有着相当大的差异。

就在这时，一阵潮湿的风从谷底吹来，岩楯因此把浓烈的腐臭一口气全吸进了胸腔里，不禁干咳起来。

"真是的，'臭气冲天'说的就是这种味道！山里湿度又高，这实在是再恶劣不过了。"

牛久为了避开谷风，迅速离开护栏边，捂着嘴挤出了声音。

"西……西夏川的支流分成好几股流淌在山间，所以山里的饮水点很多。尽管因此山里湿度很高，但绝景也数不胜数，好几条瀑布都是出了名的鬼斧神工。溪流为村里的饮用水提供水源，同时也帮助了林业的发展。这是一片非常好的土地。"

搭档用含混不清的声音向岩楯阐述村子的优点，岩楯看见他的脸色又突然变得惨白起来。

"今年梅雨季节雨量少，降水严重不足，不过这里似乎没受到影响啊。"

"对。这片土地从来不会有那样的问题。"

牛久回答着，喉结不停地上下滑动。

"如果要吐的话，可以请你不要突然吐出来吗？我还没做好心理准备。"

"我……我很好，没事的。不过，我怎么都没办法忘记那条爬满了苍蝇和蛆的手臂，总之，那个腐烂程度真是我从没见过的，虫子的数量实在是多得异常……"

"那还算不上什么。见过某个女人之后，你就会深切体会到自己看过的那些都是小儿科了。"

"某个女人？"

牛久咽了好几口口水，拼尽全力把涌上喉头的东西压回胃里。岩楯驱赶着掠过鼻头的牛虻，说道："这起案件会有一名特派调查员加入调查，是一名法医昆虫学者。而且不知道为什么，上头每次都把她分配给我照顾。当然，你也要跟我们一起行动，所以提前做好心理准备吧。"

"法医昆虫学者……"牛久一脸狐疑地嘀咕道。岩楯催促着牛久，迈开步子朝停车场的方向走去。

2

四日市警察局设立在仙谷街道上。那是一栋钢筋水泥造的五层建筑,有着既不算过时也不算新颖的方块形外观——没有什么值得一提的地方,只能说是差强人意吧。

案发现场所在的仙谷村拥有得天独厚的自然环境,让人很难想象是在东京境内。这里离仙谷村只有七公里左右,周遭环境却完全变成了司空见惯的郊区都市。不过,四日市警察局地处东京境内,一半以上管区却都是山岳地区,实在有趣。

岩楯盯着带有虎头海雕标志的门框看了一会儿,从正门玄关离开了警察局。他刚出门就吸入了一口满是灰尘的空气,呛得弓起了背。这副惨样映照在玻璃窗上,岩楯近距离地跟疲惫不堪的自己对上了眼。那张脸上还是一如既往地写满了不高兴,绷得紧紧的。岩楯盯着自己晒黑的脸看了好一会儿,他不知何时养成了皱眉的习惯,看起来总像在瞪着人似的眼神显得充满渴望。一看到这张脸,就能知道这个人过的不是什么像样的生活。

岩楯把手指伸进衬衫的口袋里摸索,意识到里面没有烟,叹了口气。最近一段时间,他每天都数次重蹈覆辙,每次都搞得自己烦躁无比。尽管岩楯无数次在内心告诉自己已经戒烟成功了,但身体似乎没这么容易接受这个事实。岩楯为自己仍旧对香烟恋恋不舍、渴望尼古丁的行为感到羞愧难当。

岩楯走到太阳下，用手抹了抹脸，将全身沐浴在火辣得令人感到刺痛的阳光中。今天跟昨天一样是万里无云的大晴天，但却丝毫没有令人爽快的感觉。这附近虽然比山里好，但湿度还是很高，现在明明还是早上，风吹在身上却让人感到十分黏腻。

岩楯看了眼伤痕累累的手表，时间刚过早上九点半。快到了吧——就在岩楯强忍着哈欠，望着路上来来往往的车辆时，边上传来了"喂"的叫声，岩楯转过了头。

有个人影踩着沥青路上蒸腾的热气，沿着人行道朝这里走来。她身穿淡蓝色T恤，腰间绑着一件格子纹衬衫，褪色的牛仔裤被挽到了膝盖的位置。她背着一个双肩包，上面斜插着一个捕虫网，上身前倾着飞奔而来的样子像极了一名忍者。岩楯很久没看到这幅景象了，她还是和以前一样，一点都没有变。岩楯不禁苦笑了起来。

法医昆虫学者赤堀凉子没一会儿就缩短了和岩楯之间的距离，她使出一记侧滑，忽地停在了岩楯面前。

"特地来迎接我，有劳你了！"

赤堀一边缓着气，一边摘下帽子向岩楯敬礼。她将刘海撩起，光滑的宽额头一览无余。白净的娃娃脸被太阳晒得发红，看起来无比天真烂漫。不用她开口，岩楯也知道她一定充分地享受了夏天。

"你每次都是在会议马上就要开始的时候才来接我，今天却挺早的啊。出什么事了吗？"

赤堀不解地歪着脑袋，将被汗水浸湿、结成绺的散乱短发用发卡重新别好。

"不过，还真是好久不见了。戒烟还顺利吗？我可是很早以前就戒烟成功了！周围的人都很佩服我，说我很有毅力。啊，我不是在炫耀哦，你别介意。不过最近真是每天都好热啊，馆林那里好像记录了三十八摄氏度的高温，明明是梅雨季却不下雨，这里还发生了这么残暴的事件，真给人一种不知道日本的未来会走向何方的感觉呢。你觉得呢？我在问你呢，岩楯刑警。"

刚见面赤堀就噼里啪啦地说个没完，这让岩楯感觉自己的体感温度一下子升高了两摄氏度左右，他松了松领带，解开衬衫的第一个扣子。

"我有一些话得跟你说，所以才来这里等你。用电话说不方便，得直接跟你本人说。"

"原来如此。是因为不想留下通话记录吗？"

赤堀用力点了点头，显出一副心领神会的样子。

"是要我在开会之前串好口供吗？做伪证虽然是步险棋，但如果是岩楯刑警的请求的话，我也没办法拒绝啦。"

"我可没拜托过你那种事！别胡说八道。"

岩楯迅速地环视了四周。在确认刚才的话没有被别人听见后，他再次低头看向眼前这个身材娇小的女人。

"我昨天跟前天也都发邮件叮嘱过你了，总之，我想说的就是，希望你在会议上发言的时候谨慎一点。要是一开始就给他们留下不好的印象，这次的调查会很难进行，而且对你也没好处。"

"什么呀，你想说的是这个啊。"

赤堀一脸失望地耸了耸肩。

"岩楯刑警真是爱操心啊，我可是一直都很谨言慎行的。"

"你什么时候谨言慎行了？"

岩楯立刻反问道。他感觉到一阵疲惫，用手指摁了摁眼角。

"直到现在，上级里都还有一个人不想任命你，她到最后都坚持认为，在她的指挥下不需要你，一点都不肯让步。这次调查的阻力可能比之前几次都要高,你可得做好逆风作战的准备。"

"哦……"赤堀这么说着,抬起下巴,露出无所畏惧的笑容。岩楯的经验告诉他,看到这个表情就意味着接下来不会有什么好事发生。

"我明白了。"

"等等,你看上去根本一点都没有明白。"

"哪有啦。不过,我该做的就是倾听昆虫的声音,把它们的话语转达给你们,我不会漏过任何一点细微的信息。我的任务就是这些,所以只要踏踏实实地认真工作就行了。至于讨上级欢心这种事,并不是我工作的重心。"

说得太对了。不过她不明白的是,为了充分发挥自己的能力,必须得先稳固住自己的地位。

岩楯本打算像个为孩子操心的父亲一样再次劝导她,但话还没说出口,他就决定不说了。赤堀至今为止在工作中的成果已经充分证明了她的实力,那么理所当然,对此视而不见的一方才是有问题的。总有一天,赤堀必须面对现实,但所幸她不是个随随便便就会被人打垮的弱女子。岩楯已经预见到了,她一定会坚持到最后,成为敌人的眼中钉、肉中刺。

岩楯深吸了一口温热的空气,转换了心情。

"嗯,那啥,那就姑且这样拜托老师你了。毕竟我再怎么闹腾也没用啊。"

"岩楯刑警,谢谢你一直以来的帮助。"赤堀用天真无邪的眼神望向岩楯。

突如其来的直率话语让岩楯顿时感到有些难为情,于是他移开了视线。

岩楯带着法医昆虫学者进了警察局后,似乎一直躲在某处观察着上司举动的牛久便慢悠悠地走了过来。他穿着大概平时不怎么穿的衬衫，整个人看起来整整小了一圈。牛久几度把手伸向看上去束得很紧的领口，朝岩楯身边的赤堀点头致意。

"敝姓牛久，隶属四日市警察局，在这次调查中将与岩楯主任一同行动。您是法医昆虫学者赤堀凉子老师，没有错吧……"

第一次见到赤堀的人都不禁要问这个问题。岩楯正打算回答，赤堀却抢先一步握住牛久的手，用力地摇了起来。

"请多指教啦。话说，你这一身的肌肉可真厉害啊。我们系的学生里也有个肌肉男，但他那只是为了显摆、赶时髦练出来的，你这紧实程度跟他完全是两个级别的，兼具攻击性和防御性。我听说你是山岳救助队的？"

"对，是这样，没错。"

"我到仙谷村去爬过三头山哦。"

"三头山吗？！"

牛久突然两眼放光，任凭赤堀摸着自己手臂的肌肉，继续说道："三头山是西多摩三山中最高的山。那里的山路十分陡峭，想要逞强在短时间内登顶的登山客却络绎不绝。今年到现在，我已经到那里搜救了三次左右。从大瀑布上跌落的事件也时有发生，因此登山老手在爬的时候更需要多加小心啊。"

牛久用仿佛在上登山课的口吻这么说完后，马上变回了原本困惑的表情，他好像不知道该怎么应对从刚才开始就被自己的肌肉所吸引的赤堀。然而我们的这位学者却丝毫不为所动，草草结束了过于简短的自我介绍。她总是这样，在没有名片的时候除了自己的名字什么也不说。牛久诚惶诚恐地问了那个他似乎最为在意的问题。

"那个，恕我冒昧，请问赤堀老师芳龄几何？"

"我今年三十六岁，跟牛久先生年纪相仿呢。"

"非要说的话，你跟我才是同龄人吧。"岩楯立刻更正道。

牛久一副打心底感到震惊的样子，低声重复了几遍赤堀的年龄，反复上下打量她。这情景，岩楯也见怪不怪了。赤堀身材娇小，长着一张圆乎乎的娃娃脸，加上她引人注目的怪异举动，几乎没有人能猜出她的真实年龄。不过，牛久也很快就会知道了吧——她最为惊人的不是外表和举止，而是她的专业精神。

不时用眼神偷瞄着赤堀的牛久深吸了一口气，好像终于调整好了心情，他指向摆着灰色长椅的走廊。"会议室在五楼。"牛久这么说着，建议两人尽快与会。

三人走出电梯，只见走廊前方人满为患。

"这是我们局里最大的会议室。听说这次调查一共出动了八十人，阵仗很大啊。"

就在牛久这么一本正经地说明的时候，岩楯听到身后传来赤堀怪异的叫声，浑身为之一震。

"牛久先生，我从刚才就想说了，你的声音真的非常洪亮，好棒呀！就像熊蜂[1]飞进了果汁易拉罐还是什么东西里一样的声音，等会儿让我测测频率。"

岩楯看见走廊另一边好几名调查员转头朝这里看了过来。他立刻决定收回刚才说过的"拜托老师你了"这句话，站在赤堀面前一脸严肃地再次叮嘱她："老师，接下来一句废话都别说了。"

"你这说的什么话呀？我这哪里是废话了？"

赤堀愤愤不平地上前逼问岩楯，岩楯却把食指立在她的嘴前示

---

1 熊蜂：一类多食性的社会性昆虫，是豆科和茄科植物的重要授粉者。

意她噤声，并把插在赤堀背后的捕虫网拔了出来。这个捕虫网几乎跟赤堀化为一体了，由于平时看惯了，岩楯之前甚至没有察觉到它很怪异。此刻，他产生了深深的危机感，背着这种东西进会议室也太不像话了。

岩楯把网子立在走廊的角落里，又瞪了赤堀一眼，然后走向了会议室。

会议室的门口贴着一张写有"仙谷村碎尸遗弃案调查总部"的纸，调查员们一脸凝重地接连进了房间。三人一路上避开其他人员和桌子，走向房间后方空着的座位。

赤堀一坐下，就如获至宝般地读起了刚发下来的司法解剖报告书。她不时歪着脖子，嘀咕着"来这招呀"之类的话，边在报告书上做着记号，边在笔记本上奋笔疾书。

岩楯拿起赤堀带来的一大捆资料，资料上密密麻麻地写满了细小的红字，大量贴满便条纸的纸被回形针别在一起。这些是现场采集到的昆虫的解析资料，蛆虫和苍蝇的标本照片上记录着日期和号码，边上画着许多问号。

粗略浏览完资料后，岩楯再次环视这个宽敞的房间。房间里有一台电脑和一台电视，电视屏幕已经被设置好了，白板上贴着现场的地图和照片。

其中一张照片吸引了岩楯的注意。他眯起眼睛，集中目光。照片上是被切断后扔在草丛里的手臂的一部分，上面爬满了苍蝇和蛆虫，甚至让人看不清是什么东西。要是没被牛久发现，这截手臂大概没多久就会化作白骨，与森林融为一体吧。岩楯看向左边，搭档牛久扭动着身子，把椅子弄得吱吱作响，同时朝照片投去愤怒的目光。昨天开始牛久似乎就十分热血沸腾，说他有些缺乏冷静也不为过。也许有必要提醒一下牛久，让他不要在工作中夹杂私情。

那之后没多久，几名高层警官在讲坛后方坐定，调查员们的闲聊声如退潮般消失了。到场的有刑事部部长、搜查一科[1]科长、四日市警察局局长，以及既不相信也不欢迎赤堀的那位管理官[2]。

前三位警官很快便轮番向大家致了意，话筒最后传到了管理官的手中。管理官以缓慢到让人觉得没必要的速度坏视室内后，深吸了一口气。

"我是伏见香菜子。望各位能团结一致，争取迅速侦破案件。有劳各位配合。"

伏见管理官用毫无起伏的语调这么说完，便单手拿起资料，语气冷漠地继续说道："那么现在开始开会。"

她是搜查一科中唯一一个进了特考组[3]的人。尽管她与赤堀年龄相仿，但整个人的气质、言谈举止甚至思维方式都跟赤堀完全相反，是绝对的保守派。不过，也正因为她不喜改变，所以十分稳妥可靠，她的干练可以说是受到了组织内部的公认好评。她染着一头棕色的卷发，画着偏浓但却并不花哨的妆，长着一张瓜子脸，脸上甚至连礼节性的微笑都没有。很明显，她是刻意这么做的。

伏见让负责人进行案件说明，四日市警察局的一名调查员向她行了一个礼，随后站到了白板前。

1　搜查一科：隶属刑事部，专门负责侦查各类性质恶劣的重大案件。

2　管理官：日本警察组织中的一种官职，负责管理各项事务，在重大事件发生时指挥调查行动。

3　特考组：成员主要是通过了如综合职、上级甲种、I种等日本国家公务员考试，被中央政府当作干部候补任用的国家公务员。

"七月十日的早晨五点四十五分左右,一名警官在仙谷村村道旁发现了遭到肢解的手臂。就在这附近。"

负责人向与会人员展示了地图,并指向现场的照片。

"尸块是在护栏下方五米左右的斜面上被发现的。这里的地形类似梯田,尸块在高层位置被发现,是一条右臂和左臂的一部分。第一发现者是四日市警察局的牛久弘之巡查长。"

这位看起来一丝不苟的刑警再次拨开刘海,简明扼要地就牛久发现遗体的来龙去脉进行了说明。

"数据库中没有找到与被害人一致的DNA样本,尸体的手指也被切断,因此目前我们没有掌握任何与被害人身份有关的信息。遗物也没找到。"

"除手臂之外的部分呢?"

听局长这么问道,负责说明的调查员轻轻摇了摇头。

"还没有找到。不过这应该只是时间问题,调查员们现在正在附近的斜面上进行地毯式搜索,村里的青年团、自治消防队,以及林业相关人员也在帮助搜索。"

"也就是说,你们认为尸体是被人从道路上扔下去的?"

"对,从地形上来说应该是这样。山谷里有一条河流,要从另一侧过河并非易事,而且凶手也没有这么做的必要,毕竟凶手是在斜面上弃尸的。从遗体的散落情况也能推断出是被人从上方扔下来的,这点应该没有错。"

局长点了点头,在记事本上做了笔记,再次提问道:"报告书上写道,现场附近发现了大量果实以及鱼和其他动物的尸骨。这是怎么回事?"

"刚入五月的时候,台风袭击了那一带,导致河流水位上涨,所以我认为那些东西应该不是被人搬运到现场的。毕竟案发现场所在的那座山里，到处都是这类东西。"

负责人将资料翻面继续说明。

"我们认为凶手有可能是开车前往现场的，我们将会对设置在路边和便利店的监控摄像头等进行重点排查。村道只铺到了半山腰，所以凶手弃尸后必须得原路返回。"

"可以认为那条路除了村民，没有其他人会走吗？"

伏见管理官一边记着笔记一边问道。负责说明的刑警口齿清晰地回答了一声"不"。

"那条路基本是为了方便从事林业的村民进山而铺设的。观光客一般会把车停在登山口的停车场，然后沿登山路线登山。不过，有些人也会抱着好玩的心态把车开上这条路。嗯，考虑到地点，嫌疑人应该是开车前往弃尸地的吧。"

岩楯一边听着说明，目光一边游走在资料中的地图上。从地图上看来，蜿蜒的村道一直延伸到了山梨县的方向，但似乎中间有一段路是车辆无法通行的。如果凶手只是通过地图就确定了路线，那这可以算是他弃尸计划中的一个重大失误了。重复经过同一条路，被目击的可能性将会大大提高。

可是……岩楯盯着照片，目光差点没在上面烧出个洞来。说到底，凶手究竟是否事先有所预谋都还是个未知数。岩楯总觉得凶手在弃尸前完全没有经过深思熟虑，尸块没有被装在袋子里，这点从昨天开始就让岩楯难以释然，但谁都没有提出来。凶手也许觉得调查员只要开始搜山，迟早会找到尸体，这个可能性并不小。但是，如果尸体真的是这么赤裸裸地被丢弃的话，那事情想必不单纯。说不定凶手还有其他某种目的，但岩楯目前对这个"某种目的"仍毫无头绪。

伏见管理官听完汇报后点了点头，说了句"我明白了"，向负责人行了个注目礼。"在仙谷村的走访调查得落实到位。"她冷漠地结束了对话。她从刚才开始就一直频频看向放在身边的平板电脑，似乎是在确认会议的流程。

"那么下一项，关于今天出来的司法解剖报告书。麻烦负责人说明一下。"

就在被管理官指名的调查员单手拿着资料站起身时，前排响起了一声椅子被拖动的巨响，搜查员们一齐把目光投向了声音的源头，一个身材瘦小的男人正用手整理着几乎会被人误认为是一项贝雷帽的柔顺头发。

岩楯看向男人，下意识地嘀咕了一句"本人居然还特地来了"，那是资深假发爱好者，法医神宫浩三。他把手撑在长桌上站起身，发出嘈杂的响声，走上讲台，朝台下深深鞠了一躬。

"大家好，我是负责解剖的神宫。关于解剖，由我来做汇报比较合适。突然上台十分抱歉，我可以开始了吗？"

这个年近花甲的男人的诚惶诚恐只表现在语言上。他一脸理所当然地伸出手，示意把话筒给他。伏见管理官似乎不知道法医会参与说明，迅速瞥了一眼坐在旁边的局长，并向他投去要求负责人上台说明的锐利目光。接着她环视室内，时间长得有些没必要。那之后，她看也不看神宫一眼，横着伸出手，说了句"请吧"。

看样子她还是没能去除自身地位和精神状态之间的隔阂。岩楯看向摆出一张扑克脸的伏见，心中如此想着。她一方面想炫耀自己的主导权，另一方面又没能完全抛下"大家是不是其实很轻视我"这样的自我怀疑心态……她最不能接受的一定就是像这样被别人在心里头分析一通吧。她没能很好地控制自己的自负，反而给人一种不平衡感。

在岩楯把视线从伏见转向神宫时，他注意到坐在旁边的赤堀也抬起头，直勾勾地盯着前方。她睁大的双眼闪烁着灿烂的光芒，脸上浮现出像发现了新品种昆虫般的不合时宜的微笑。毫无疑问，她对神宫医生抱有某种特殊的情感。岩楯连忙拉了拉赤堀的T恤袖子："喂，老师。拜托你了，别再说出跟上次一样的话了。"

岩楯用周围人听不见的音量对赤堀发出警告，赤堀保持着微笑看向岩楯，用力点了点头。

法医再次转向调查员们，再次深深地鞠了一躬。岩楯一方面担心神宫头顶的东西掉下来，另一方面又怕坐在身边躁动不安的赤堀会做出什么欠考虑的举动，紧张得不得了。

"那么，我打算使用PPT进行说明。比起我在这里夸夸其谈，还是直接看照片更一目了然。"

听见这话，伏见管理官咬着嘴唇，露出有些不高兴的表情。想必这件事也没有人告诉她。神宫用准备好的笔记本电脑将图像投映在大屏幕上，坐在窗边的调查员们将窗帘拉上，使房间尽可能地暗下来。

"先从这里说起。"

神宫敲了一下电脑键盘，屏幕上出现了不锈钢解剖台的特写，看上去冰冷无比的台子上放着一截从肩膀到手肘部分的人类上臂。如果不知情的话，根本看不出这是什么，然而一旦注意到了剥落的苍白皮肤上覆盖着的汗毛，再看，就无法不感到毛骨悚然了。被虫子啃咬过的大量伤口变成红黑色，皮肤的质感真实得令人难以忍受。会议室中到处能听见折叠椅与地板的摩擦声，还夹杂着好几声轻微的叹息。

"我们在最短时间内得出的DNA鉴定结果表明死者为男性，不过这光是看也能看得出来。通过肌肉的附着程度和骨头的状态来判断，年龄应该在三十五岁到四十五岁之间。死者生前体形不胖也不瘦，属于中等身材。血型为 A+，尸体上没有检测出其他人的残留物，也没有检测出酒精和有害的药物。"

岩楯对照着报告书，倾听着法医的话语。

"我认为死者身材在一米八左右，是名彪形大汉。如果有大腿部分的话，就能更精确地判断出来，可惜现在只有这个。"神宫伸出手，示意调查员们看屏幕，"我是通过上臂的长度和骨骼的粗细推断出来的。接下来是这个。"

法医按了一下电脑键盘，切换了照片。手臂切面的特写毫无征兆地出现在了屏幕上。岩楯可以感受到身边牛久的肩膀抖了两下。照片中央是森森的白骨，骨骼被红黑色的肌肉和脂肪层包裹着。看到像胶管一样的静脉从肌肉中伸出的样子，就连身经百战的岩楯也不由得皱起了眉头。

"被发现的手臂上所有的伤口都没有生活反应，也没有发现类似抵抗伤[1]的伤口，毫无疑问，死者是在死后被分尸的。"

"死者是被人用什么工具分尸的？"

局长将身体扭向一边，看着屏幕，山根处堆满了皱纹。从他的语气中可以清楚听出他对这张照片的厌恶。

"我认为是斧头或柴刀一类的东西，是那种使劲砍下去能让尸体一分为二的利器，尸体上没有被锯子锯过的痕迹。从衣服纤维完全没有残留在断面上这点来看，凶手在分尸前就把死者的衣服脱掉了。"

"手段很高明啊。"

"不，不，就算是奉承，我也不敢说凶手的手段高明，凶手并没有一下子就把手臂切断。大家看，这个部分。"

---

1 抵抗伤：受害者在被袭击的过程中进行抵抗，用手防御凶器等时留下的伤。

神宫用绿色的激光笔照向屏幕，指出了一处像木桩一样的断面。

"手臂正好是从大结节，也就是肩关节的下方被切断的。但因为凶手使用利器砍了好几下，导致裂伤十分严重。我推测此处的伤口至少经历过五次猛砍。"

"砍了不下五次啊……"

"没错。这张是右手臂的照片，可以看出伤口处的肌肉组织破坏严重，肱骨也粉碎了。不过，请看这边。"

法医在屏幕上放出下一张照片。那也是一张手臂的切面图，但显然跟刚才看到的照片完全不一样，切口非常平整。

"这是死者的左上臂，这边是被一刀切断的。换句话说，凶手应该是在分尸的过程中慢慢掌握了切割的技巧吧。我认为右肩的切口多半是分尸的第一刀，凶手下刀时犹豫不决、不够果断，掌握不好力度，切了好几下。肌肉组织和骨骼可是比想象中要硬得多呢，想要切断绝非易事。"

"请等等。切面不一致的话，那也有可能是集团犯罪，对吗？"

伏见管理官不带情感地说道。

"这也有可能，不过从伤口来看，用于分尸的凶器是同一把。嗯，虽然凶手有可能是轮番上阵分尸，或者准备了好几把同样的斧头，但这些推测都不太合理啊。"

"无论如何，我觉得光凭刚才的这些证据还不能下定论。"

伏见发表了看似有些钻牛角尖的意见，岩楯认为现在这个阶段，讨论凶手是单独作案还是团伙作案并没有什么意义，没有任何足以推理出结论的证据。

这倒是其次，岩楯从刚才开始就觉得案情很让人想不通——他眼前浮现出凶手朝着衣物被扒光的男人尸体举起斧头的景象……

过去发生的碎尸案中，凶手在对尸体进行解体时通常会使用小刀、锯子等多种工具，如果要在室内作案的话，选择这类利器较为稳妥。假如凶器是斧头或者柴刀，那在屋内是无法挥舞的——不，虽然不是不可能，但很难想象凶手会这么做。要这么做，作案地点就必须选在避人耳目的车库、储物间或者庭院里，要不就得是人迹罕至的其他地方，很难想象凶手是在闹市区里悄悄将尸体分尸的。不过，如果分尸地点是在仙谷村，那就是另一回事了。

岩楯脑海中浮现出被大自然包围的僻静环境，这块土地上的人们以林业为生，斧头和柴刀自然也是家家户户的必备之物，仙谷村附近人烟稀少的地方也比比皆是。但这么一来，凶手把尸体丢弃在路旁的举动就让人想不通了。总之，岩楯认为这起案件疑点重重。

神宫用柔和的语气继续进行着说明，伏见则时不时若无其事地插进几句尖锐的意见。坐在边上的牛久弓着背努力地记着笔记，坐在右侧的赤堀则看着解剖报告书，嘴里喃喃自语。她对照着蛆虫的照片和尸体的照片，鼻子几乎都要碰到报告书了。

"嗯，那我接着说了。右手的五根手指都不见了，手掌部分的皮肤和肌肉组织被沿着掌骨的方向割掉了，此处使用的利器也和刚才几处一样。"

"用斧头或者柴刀割的？确定是这样吗？"伏见确认道。

"是的。凶手分好几次仔细地将皮肤和肌肉组织给割除了。使用小型的刀具割起来明明会更容易，但凶手却始终如一，大到分尸，小到剥皮，全都使用了同样的凶器。不知道凶手这么做是嫌换工具麻烦，还是出于什么其他原因。"

屏幕上右手掌的照片实在太过凄惨，所有的手指都被砍下，这一点已经让人心生厌恶，其他的部分是有过之而无不及。被剥除皮肤的手掌中布满了松紧绳一样的肌腱和血管，复杂的手部骨骼显露无遗，简直像人体标本一样。腐烂还使得手掌的颜色异于寻常，让人作呕，岩楯不明白为什么会出现粉色、绿色和黄色这样异常的颜色。

场内此起彼伏地响起了调查员们的叹息声，他们一个个都好像不忍直视尸体似的，低头看向了手边的资料。看大家这个样子，神宫算准时机开了口。

"此外，还有一个部分吸引了我的注意。手腕处的切面附近有一处两厘米左右的刀伤，就是这里。"神宫用激光笔指向那个位置。在非常接近切面的位置，有一处泛黑的伤口般的痕迹。痕迹小到如果不说，甚至都发现不了。

"虽然这可能是切割失败时留下的伤，但手肘的切面附近也发现了类似的伤口，这样的痕迹只出现在了右臂。"

"看起来像是用刀子划过的痕迹啊。"局长一脸凝重地说道。

"照片上看起来确实是这样，但这不是划伤，而是把皮肤完全切开的非常深的伤口。我之所以会在意这两处伤口，是因为这两个位置都正好是动脉经过的地方。手腕附近的是桡骨动脉，手肘内侧的是上臂动脉。"

"难不成凶手是看准了这些地方有血管经过，才把皮肤切开的吗？"

"尸体受损严重，无法断言，但我很难相信这两处如此精准的伤口是偶然造成的。我觉得有必要考虑凶手将皮肤切开挑出动脉的可能性。也就是说，凶手是把尸体的血管挑出后才分尸的。"

法医的话让场内炸开了锅。牛久咕咚咽了口口水，带着一脸无法理解的表情凝视着神宫。这时，伏见一边看着照片，一边发出了不解的声音。

"如果要分尸的话，血管肯定会被切断。既然如此，凶手刻意花时间事先切割血管又有什么意义?而且这些伤口全都是没有生活反应的死后的伤口,不是吗?"

"也是啊。就算凶手对血有着异常的狂热,但在死后切割动脉,血液并不会喷出,这点应该谁都知道吧?"局长插话道。

伏见轻轻点头,继续说道:"这有没有可能不是凶手刻意留下的伤口,而只是单纯的外伤呢?"

"现在还无法断言。不过,人体内静脉和动脉的分布是非常错综复杂的,准确切开动脉位置的伤口真的是偶然造成的吗?虽然现在找到的只有手臂,我也说不准,但不能完全否定这两处伤口有着某种特殊意义的可能性。"

岩楯探出身子,盯着屏幕上的图片。手掌的大拇指处和手肘内侧的伤口附近遭到昆虫啃食,看不太清楚。但如果凶手真的把动脉给挑出来了,那就说明他是一个能正确把握血管位置的人。

不过,凶手究竟是想干什么?岩楯一时间想到了"放血"这个令人生厌的词语。但他立刻又想到,如果是放血,明明只要把手臂切断就足够了。这又是一个不知道该如何解释的谜题。

"总之,请各位把这件事记在脑海里吧。"

神宫补上这么一句后,用严肃的语气转入了结论。

"目前为止,死因不明。光看尸斑、腐烂程度,还有血液的状态,我推测死者应该死了十天左右。"

法医话音刚落,岩楯边上便传来了一声洪亮的"我有问题!",吓得他差点从椅子上摔下去。牛久被吓得几乎要站起身来,会议室里的其他人都将目光聚焦在声音的源头上。赤堀把手举得笔直,眼角下垂的眼睛中放射出无比耀眼的光芒。但没一会儿,台上便传来了一个冷漠的声音。

"汇报会还没有结束，请不要随意发言。"

是伏见管理官。她只从讲台上看了赤堀一眼，便又若无其事地看向平板电脑，准备让会议继续进行。赤堀放下了手，挠了挠脑袋。然而神宫医生却突然踮起脚，用手指向座位的最后一排。

"那位小姐，有什么问题吗？"

"神宫医生！"伏见听闻，立刻加重了语气说道，"汇报会结束后会有问答的时间，请不要打乱会议的进程。麻烦您先回到座位上去。"

"不，那么做效率太低了，难得我刚跟大家分享了解剖的信息。局长，可以吗？"

神宫整理着柔顺的假发，向坐在讲台上的干部们投去笑容。神宫外表看起来非常无害，性格温和，实际上却是个会把自己的想法强加在他人身上的固执男人。而且他完全没把伏见放在眼里，也丝毫没有隐瞒他的这种想法。虽然这个医生让人猜不透，但岩楯隐约觉得这个人的一切行动都是经过精心计算的。

局长苦笑着，插入了两人的对话中，建议伏见把问答环节提前。伏见的愤怒瞬间如同电流般向四周放射了出去。拿到传过来的话筒的赤堀也面露难色，显得忐忑不安。不过，在站起身鞠了一躬后，她又变回了平常的样子。

"不好意思啊，好像因为我而发生了争吵。这个需要写反省书吗，写完要给谁？"

岩楯难以置信地抬起头看向赤堀，明明跟她叮嘱了那么多次，她却还刻意说这些废话……

坐在边上的牛久鼻头冒出大颗的汗珠，脸色铁青，一个劲儿地朝岩楯使眼色，仿佛在说"事态非常糟糕"——这种事，不用你说我也知道。就在岩楯揉着隐约作痛的胃部时，赤堀无视现场僵硬的气氛，若无其事地开了口。

"初次见面,我是法医昆虫学者赤堀凉子。我被安排参加这次的调查活动,请大家多关照。"

"噢,你就是大家口中说的赤堀啊。"

神宫饶有趣味地眨了眨眼睛。

"没错,我就是。嗯,总之我还是快点问完比较好吧?要不然反省书的字数又该增加了。"

赤堀再次口出废话,进一步加剧了伏见的烦躁。

"嗯,神宫医生的说明我听得非常明白了。不过,我对死亡时间的部分有些疑问。"

"关于被害者已经死亡了十天左右这一点吗?"

"是的。我调查了鉴定人员在现场采集的昆虫,蛆虫作为最先侵略尸体的昆虫,龄数却各不相同。所谓龄数,就是指蛆成长并蜕皮的次数,是一种用来表示昆虫发育阶段的单位,蜕皮一次叫作一龄,两次叫二龄,以此类推。"

法医再次站到笔记本电脑前,一边点头以示回应,一边敲击着键盘。

"丽蝇科的苍蝇,在闻到尸臭后的十分钟之内就会赶到尸体附近。它们的产卵期大约为六天,发育期大约是十二天。那之后,幼虫就会结成蛹,从产卵到羽化成虫大约需要十七天。"

"这数值准确吗?"

"虽然得根据天候和气温对数值进行修正,但这个繁殖周期还是相当准确的。从现场采集的昆虫中,我发现了五枚蛆虫的蜕壳,说明有些幼虫已经长成成虫,变成苍蝇了。这意味着蛆虫至少经历了两个发育阶段,所以死亡天数是十天这一推断是不对的,要达到这个状态,最少需要十七天的时间,不会有错的。"

调查员们目瞪口呆地看着赤堀用各种手势进行说明，看到不知从哪里冒出来的女人对法医推断出的死亡时间提出异议，换作谁都会是这个反应吧。神宫全程笑容满面，不时点点头，倾听着赤堀的说明。

"还有，请看这个。"

赤堀一脸兴奋地将带来的标本照片高高举起，她手上的东西看起来就是张普通的蛆虫照片。

"这是黑水虻[1]的初龄幼虫，没想到吧。"

"那是什么？"

"虫如其名，这是从美国远渡重洋来到日本落户的一种常见的食腐昆虫。这种昆虫的习性是只吃死亡二十天以上的腐肉。"

"有例外吗？"

"从统计上看没有例外。也就是说，这些虫子告诉了我，距离死者被杀害、遗弃经过了二十天以上。"

岩楯看向赤堀整理的资料，眼熟的昆虫边上记录着采集日，还有一堆数字被密密麻麻地写在旁边。岩楯回过神来，发现牛久也从边上看着赤堀的资料，频频点头，还低声嘀咕着什么。

"如果遗体被放置了二十天以上，我是一定会发现的，我不大可能注意不到尸体被扔在那里。虽然神宫医生提出的十天这个时间也让人无法接受，但赤堀老师说的二十天以上，我觉得有些不太现实啊……"

他说得的确在理，牛久对村子和大山的热爱非比寻常，每天风雨无阻地走同一条登山路线，自然应该连最细微的变化都能注意到。可是赤堀给出的根据也合乎逻辑。这个逻辑甚至有些太过完美，以至于让人有些担心。

---

[1] 黑水虻：在日语中，黑水虻被称为"美国水虻"（**アメリカミズアブ**）。

神宫医生将赤堀的假说打在电脑上，像是在验证一般地盯着屏幕。他在手持的资料里简短地写了几个字，然后缓缓抬起头。

"我理解赤堀博士在法医昆虫学上的见解。不过，从解剖学来看，尸体并不是死后二十天的状态。这点能请你说明一下吗？"

法医整理着假发，先前温和的笑容也消失了。

"人死后的腐烂过程分为新鲜期、膨胀期、腐烂期、后腐烂期和白骨期五个阶段，之后就会逐步归于尘土。你自然也是了解这些的吧？顺便问一句，赤堀博士，这具遗体现在正处于哪个时期呢？"

"啊，请稍等。"

赤堀哗啦啦地翻阅着报告书，在罗列着数值的页面上停了下来。她迅速地将手指在纸面上滑动，就这么低着头，含混不清地开口了。

"从骨头和软骨的氮含量，还有尸体的照片看来，似乎还没有进入腐烂期。是膨胀期的初期阶段吗？"

"完全正确。"

神宫看向屏幕上尸体右手的照片。

"你刚才通过外观和数值判断这具尸体处于膨胀期初期，那么赤堀博士，我问你，这么一来，死亡经过时间是多久呢？"

简直像老师和学生间的对话一样。然而，赤堀却一副察觉到了问题本意而恍然大悟的样子，迅速拿起资料贴在面前。"怎么会，为什么……"赤堀欲言又止，突然拿起资料与自己推断出的死亡时间进行比对。岩楯很少见到她这么惊慌失措的样子。

"告诉我吧，赤堀博士。膨胀期初期的尸体的死亡经过时间是多久？请回答我。"

面对步步紧逼的神宫，赤堀犹豫不决地回答道："现在这个季节，膨胀期初期大约是死后一周到十天吧……"

"就是这样。虽然跳过膨胀期尸体直接腐烂的案例也不在少数，但那大多数发生在冬天。我说得有错吗？"

"嗯，没错。"

"对吧？就算昆虫的繁殖表示死亡经过时间超过了二十天，但死者本人的尸体却明确地告诉我们不是这么一回事。那么，通过什么得出的死亡时间才是调查的主轴呢？是虫子，还是尸体？在调查中该遵循怎样的原则，在座的各位应该比我们更清楚吧。我的回答就是这样。"

简直就像在法庭上盘问证人一样。神宫将论点集中在腐烂程度上，引导出了一种无法得出其他结论的局势。岩楯明白，神宫是为了不再给赤堀说话的机会才故意这么问她的，最糟的是，他这么做，让调查员们对法医昆虫学留下了不好的印象，认为法医昆虫学不过是门微不足道、无足轻重的学问罢了。虽然双方只不过是从自己的专业角度提出了见解，但比起蛆虫什么的，还是切切实实地回收回来的尸体要更有说服力。看样子，不想任命赤堀的不光是伏见管官，神宫也是其中之一。

赤堀双手抱胸，歪着脑袋，拼命思考着是什么导致了这个矛盾。不过显然，目前手头上还没有任何证据足以反驳神宫。

"嗯，那个，从生物学上来说，这是同一具遗体发生了两种不同的死后变化，原因我还不清楚。但我想说的是，重要的不是要以两者间的哪一方作为主轴，而是要考虑为什么会出现这种情况……"

"赤堀老师。"

至今为止没有插嘴，一直静观其变的伏见用格外强硬的声音打断了赤堀。

"不只是神宫医生，体质人类学者也得出了完全一样的结论，只要好好读过报告书就会清楚这点。被害者的死亡经过时间在十天左右,也就是说,死亡时间是在六月三十日左右。总部将依据这个结论,决定调查的范围。"

"可是……"

赤堀的话还没说完,但伏见似乎不打算让她继续说下去了:"神宫医生,谢谢你。"她向法医道谢,冷漠地将会议推向下一个阶段。

这次的案件格外棘手,是因为调查总部的主事人伏见把赤堀称作无能的怪人,没来由地讨厌她。伏见是个无比重视效率和成果的人,她认为所有无法立刻取得成效的过程和努力都是没有必要的,应该抛弃它们。因此,在法医学界还不受人重视的法医昆虫学自然是没办法入她的法眼了。

昆虫学者赤堀泄了气般地一屁股坐在椅子上,反复对比报告书和自己整理的资料。岩楯看着她那无精打采的样子十分心疼,但这个问题只能由她亲自寻找突破口。

那之后,会议照流程进行了下去,调查员们被分成几个不同的小组,接二连三地出发了。这时,赤堀突然站起身,背上背包,蹦蹦跳跳地看了看前方的情况,语速飞快地说道:"岩楯刑警,我要回去了。应该没我的事了吧?"

"是啊。"岩楯话音刚落,赤堀就快速跑了出去,与数名调查员擦肩而过,来到了正在整理物品、准备离开的法医身边。

"神宫医生,今天辛苦你了。"

"啊,谢谢。"

"说起来,我从刚才开始就对你的发型很好奇啊。"

赤堀这话刚出口,岩楯就感觉周围的空气凝固了。他懊恼地抱着头,打心底里后悔刚才同意了让赤堀先行离开。

"我有个学弟叫大吉,做的是驱除害虫的工作,您头发的柔顺感跟他的一模一样呢。啊，要看照片吗？"

赤堀取出手机按了几下后，把手机举在神宫面前。接着她叽里呱啦地说着发质啊、圆滑的形状啊什么的，甚至还大声傻笑了起来，这毫无疑问是对神宫先前的行为的报复。尽管岩楯早就知道赤堀是个不会被轻易打垮的人，但他没想到她爬起来的第一步竟然是像这样不动声色地消解心中的烦闷。就这点来看，她如果涉足犯罪的话，一定会是个高智商罪犯。

岩楯为自己先前的心疼感到有些后悔，只好跟牛久一起装出一副不认识赤堀的样子。

3

　　仙谷村位于浅间山山脚，村里住着四百多户人家，给人一种时间停滞在了几十年前的感觉。房檐低矮的木屋商店中密密麻麻地摆满了陈旧的杂货，墙上贴着的褪色宣传海报引人怀旧。

　　仙谷村乍一看是个冷清、萧条的小村子，村民们却对名为"仙谷君节"的集会活动展现出了异样的热情。仙谷君似乎是村子的吉祥物，全村上下都在为它做宣传。在走访调查时可以看到家家户户的门柱上都无一例外地绑着彩旗，上面印着花里胡哨的插画。

　　岩楯看着水渠中的哗哗流水，用毛巾擦了擦额头上的汗。即便是在如此水源充足、绿意盎然的环境中，也感觉不到丝毫的凉意，真是片让人喜欢不起来的土地啊！天气预报说今天有雨，但所幸在眼看着就要下雨的时候，老天改变了主意。

　　牛久将调查车辆——一辆雅阁停在路边，用手指向一条看上去像是农用道路的小道。

　　"这前面就是村落的西边。"

　　牛久今天虽然没扎领带，但还是穿着短袖衬衫。衬衫被他结实的肌肉挤得仿佛马上就要爆开，而裤管却宽得有些不像话。他大概是为了贴合大腿的尺寸，特意选择了大两码的裤子，因此裤腿自然就得裁短许多，牛久看起来像个穿着父亲裤子的小孩似的。

牛久放慢步调，与岩楯并排而行，不知怎么，他一直朝岩楯的方向偷瞄。他反复摸着自己的平头，似乎从刚才开始就一直在找机会开口。

"怎么了？"岩楯烦躁地说道。

"那个，其实也不是什么重要的事。我是想问，从早上到现在，我们在村里四处走访，您有没有注意到什么？"

"并没有。"

"我指的是村里的吉祥物'仙谷君'啦。您不觉得它跟某人很像吗？"

牛久露出腼腆的笑容，突出的颧骨附近微微泛红。牛久这么一个粗犷的男人扭扭捏捏、害羞不已的样子，让岩楯感觉背后有些痒。任谁都看得出来，手持登山杖的登山者"仙谷君"是以牛久为原型的，但看到搭档满怀期待的样子，岩楯还是坏心眼地说了句"不觉得啊"。

"哎？您看不出来吗？太意外了。大多数人一下子就能猜到的。"

牛久一脸不可思议地歪着脑袋，但马上整理好了心情，笑容满面地抬起头。

"其实仙谷君是以我为原型创作的。村里将卡通吉祥物作为振兴村子的一环，公开征集了形象设计方案，仙谷君在所有的投稿中获得第一名，被选上了。"

"被选上了？你刚才说这是以你为原型的，对吧？虽然不太可能，但该不会是你跟村公所的人串通好了，内定的结果吧？"

"才不是啦！"

搭档鼓起胳膊上的肌肉，拍了一下手，发出洪亮的笑声。

"是村里的女高中生画的。她在山岳救助队的实战演习里看到了我，就突然灵光一闪，觉得可以把我画成吉祥物。虽然有些难为情，不过村里人似乎都很喜欢这个形象，真是太好了。"

岩楯一开始以为牛久是个沉默寡言、拘谨刻板的人，但看样子，他还挺健谈的。大山、村公所、村中产业、土特产,最后又讲回大山。虽然大部分是跟村子有关的话题,但对故乡的热爱能达到这个地步也着实令人佩服。岩楯苦笑了起来。

"连女高中生都成了你的粉丝,真是羡慕死我了。"

"没有那回事。"

岩楯倒觉得不见得。他与牛久一同跳过狭窄的沟渠,穿过宽敞的大门,走到了私人用地里。

这是一栋相当大的民房。轻型卡车像被弃置了似的斜停在空地上,边上则放着一辆看上去有些脏的叉车,货叉上还放着几片薄薄的板子,机臂上吊着钢筋的小型起重机应该是担任着每天搬运原木的工作吧。屋子旁边是一间破旧的储物间,里面堆满了看得见年轮的木材,附近弥漫着一股木头散发出的味道。

"这里是胶合板加工厂,同时也是东京林业工会的仙谷村办事处。支部长同时也是厂长,地位相当于村里的总指挥官,曾经当过村主任。"

房子后面似乎有一个工厂,岩楯可以听见切割木材的噪声。

"这个村子里的加工厂还真多啊,几乎每家每户都有吧?虽然有些已经不再运作了。"

"对,毕竟这个村子是靠林业为生的。浅间山的山脊坡度比较平缓,从前用马来运输木材很是容易。因此村子就繁荣了起来。"

牛久一边热情地介绍着村子从江户时代开始制造木炭的事,一边像到了自己家里似的,径直穿过储物间,来到屋子后面。

岩楯在工厂的门口一站,便看见一名身穿土黄色连衣裤、身材矮小的老人在里面工作。说是加工厂,实际上也只有一个小作坊那么大。老人此时正在将木头推向桌上高速转动的圆锯,一言不发地切割着木材,细小的木屑四处飞舞。直冲脑门的尖锐声音响彻屋内,岩楯不禁咬紧了牙关。

就在这时,身后传来了另外一个高亢的声音,两名刑警同时回过了头。

"哎呀,两位工作辛苦了!"

一个身上系着蓝色围裙的中年女人亲切地拍了拍牛久的手臂。

"爷爷,弘之来了!爷爷,爷爷你听见了吗?!"

满脸雀斑的女人用力地拍着手,朝专心致志地推着木头的老人喊道。从刚才开始就一直皱着眉头的老人看向门口,立刻关掉了嘈杂的切割机。他取下沾满污垢的口罩,灵活地扬起右边的嘴角,微微一笑。

"我刚才就在想你们差不多到了。你们今天是先去了上面吧?见岛老师打来电话,说你们往我这里来了。"

老人将工作手套脱下,扔在木柴上。他从裤子的口袋中抽出毛巾,使劲地擦着白发苍苍的脑袋,朝两人走来。尽管老人看上去已经年近八十,但腿脚依然十分灵活,毋庸置疑,他仍是一名现役林业工作者,一点也不像上了年纪的样子。皱纹密布的额头因为汗水而密密麻麻地沾满了木屑,简直给人一种沙画的质感。

"不过话说回来,还真是发生了一件不得了的大事啊,没想到会在这个村子里发现碎尸。"

"是啊。关于这起案件,我有几个问题想问问您。"

岩楯向老人出示警官证并点头致意。老人用树枝般瘦骨嶙峋的手指擦了擦额头上的木屑。

"也就是说,你是牛久弘之的上司吗?以前没见过你啊。"

"警视厅派我到这里来调查这起案件。嗯,我算是他的上司吧。"

"原来如此。弘之被提拔成大人物的搭档了啊。这孩子老实得很,为人相当可靠,还请你多多关照他。"

"我也想请你多多关照他。这孩子从小就品行端正，当警察真是再合适不过了。"

接着两人便朝岩楯鞠了一躬。"快别这样了！"岩楯身后传来牛久慌乱的声音。

在这个村子里，不管到哪里，大家都会拜托岩楯关照牛久。虽说都是乡亲，但村民间的关系实在是非同寻常地紧密，眼前的两人令岩楯再次意识到了这一点。整个村子就像个团结一致的大家庭，牛久仍旧处于这个家庭的庇护之下。这种成长环境也许在某种意义上来说是非常理想的，但岩楯看着牛久，总觉得他像一个离不开父母的孩子似的，心里隐约有些不安。

岩楯露出暧昧不清的微笑，决定不在这个话题上多花时间。

"我听说您是林业工会的支部长，非常感谢您为调查提供的帮助。听说青年团、自治消防队跟工会人员今天也参加了搜索工作。"

"这是我们应该做的。毕竟是在自己的村子里发现了碎尸，而且还是在我们工作的大山里。可怜的受害者一定也希望我们尽早找出剩下的遗体吧。"

支部长略显气愤地发出"啧"的一声，摸着白须杂乱的下巴说道："总之，我让他们都把眼睛放亮了，绝对不能轻饶这种残忍的家伙。"

"是啊。在村里走访调查的时候，我听说如果要到弃尸地点去，就必须途经村子。"

"啊，没错。路有好几条，但不管走哪条都得经过村子。登山客也都是开车经过村子，再把车停在山上的停车场里，搭大巴来的也一样。所以说，凶手一定从村里经过了。他若无其事、大摇大摆地从我们面前走过，真是可恶。"

老人火冒三丈，用低沉沙哑的嗓音说道。身穿围裙，看起来像是老人儿媳妇的女人也咬着嘴唇，用力点了点头。

岩楯继续发问："只要是住在村里的人，就能看出谁是外人吗？"

"嗯，是啊。只要一眼就能看出谁是登山客，不是登山客的人也能看出来。"

"不是登山客的人，指的是怎样的人？"

"那条路尽头有一处叫佛户岩的溪谷，不知怎么，好像被人认为是个什么能量景点[1]。经常有年轻姑娘跟情人跑到那里去，很多姑娘都踩着高跟鞋，穿着随风摆动的短裙。"

"完全就是去喂牛虻的啊……"

岩楯脑海中浮现出牛虻争先恐后地朝女性大腿飞去的画面，不禁浑身一震。

"也不知道那里有什么能量，因为湿地特别多，牛虻自然不用说，有时候还会有蝮蛇出没。那群人一点都不懂大山的可怕。"

牛久站在岩楯身边，将要点记录在记事本上，显出一脸无比认同的样子。老人感慨颇深地注视着牛久记笔记的样子，眉间的皱纹又深了几分。

"但比那种人更麻烦的，是那些来找幽灵的人。"

"先是能量景点，这下又是幽灵吗？不过这附近确实有种幽灵出没的阴森感觉。"

"才没有什么幽灵呢。"

老支部长摆了摆手。

"碎尸被遗弃的那条村道前方有一条老隧道，传闻那里有女幽灵

---

[1] 能量景点：部分日本人认为某些地点具有神秘的力量，前往那些地点就能获取能量。因此，这样的地点被称为能量景点。

出没。"

"在网上还被人说成关东的灵异地点，真是讨厌啊。"

儿媳妇立马插了话。

"这下子可好，别提什么幽灵了，那条路肯定会因为碎尸而出名的。一群蠢货大半夜开车去隧道，结果有去无回，这样的事情早就见怪不怪了。"

"有去无回，是因为村道在那里就中断了吗？"

"嗯，对。到了隧道附近，道路就会变得十分狭窄，车子没办法掉头。因此很多人得在一片漆黑中倒车下山，常常不是掉进山谷里就是撞在树上。"

岩楯看向记着笔记的牛久，搭档牛久补了一句"的确如此"。

"那条路过了坡顶后就是一条未铺路面的山路，很多人不知道这回事，在倒车返回的过程中出了车祸。开车人因为恐惧而内心慌张，道路本身还十分曲折，每年都有人死于意外。虽然我们已经立了标牌、封了路，但拆掉路障、解开锁链执意前往的人还是络绎不绝。"

这么一来，就算村民在大半夜看到陌生的面孔，也不会觉得对方是可疑人物了。在某种意义上对居民们来说，这是件令人困扰但又司空见惯的事。

岩楯一边思考着，一边继续提问："您最近有没有听说附近发生了什么可疑的事？就算是很小的事也没关系。"

"事件发生后，我就一直在想这个事，但并没想到有什么东西特别可疑。最近一段时间，我每天都一如往常地到工厂来，切割杉木，开车运货，进行工具和机械部件的检查。晚上就喝喝小酒，早早睡下。仅此而已。"

"那么，村里有什么人举止可疑吗？我指的是仙谷村本地的人。"

话刚出口，岩楯就察觉到老人和女人的脸色骤变。

"刑警先生，你这话的意思是，碎尸案的凶手是我们村里的人吗？"

"我没有这么说，但任何人都不能免除嫌疑。"

"太荒唐了。"

老支部长发出略显夸张的大笑。

"我们村里从没发生过什么大事。村里老人这么多，但最近流行的'是我是我'诈骗[1]却一件都没发生过。要问为什么，是因为村里人互相帮助、团结一致。不管是谁在什么地方做了什么事，都一定会有人知道。我这么说，你一定会觉得我们这儿是个又闭塞又让人讨厌的村子吧。"

"是啊，因为这就是所谓的村庄社会[2]吧。"

"我们就是这样活过来的，也没出什么差错。这样的日子过着舒服。我敢保证，如果村里有人想干什么坏事，我一眼就能看出来。如果对方有烦恼，我会耐心听他说，讲多久我都听。"

老人用充满活力的深棕色眼睛直勾勾地盯着岩楯的双眼看。老人对自己的生活方式引以为豪。说实话，乍看之下，这个村子有着一种令人窒息的相互监督体制，但也许只要肯敞开心扉，就不会像在市中心生活那样受孤独折磨。只要开口，就会有人愿意伸出援助之手，这是一种同甘共苦的精神。但所有村民真的都能做到这份儿上吗？

岩楯丝毫没有移开视线地开了口。

"从其他地方搬来的人又如何呢？我听说这个村子里有好几个这样的人。"

岩楯察觉到老人的眼神短暂地动摇了一下。

---

1 "是我是我"诈骗：指罪犯在电话中冒充老人的亲人，以此骗取其钱财的诈骗手段。
2 村庄社会：指以村落为基础形成的，有权者居于高位、等级森严、墨守成规、具有排他性的社会集体。

"请告诉我最近搬到村里来的都是些什么人,只要把支部长您自己的印象说出来就行了。"

"这种事问你的下属就行了吧?他也住在村里,知道这些事。"

老人朝站在一旁拿着记事本的牛久抬了抬下巴,岩楯却微笑着摇了摇头。

"他的立场不同。我想听听支部长您的看法。"

老人与系着围裙的儿媳妇对视了一眼,接着把目光投向看着笔记的牛久,最后把视线又移回岩楯身上。然后,他像是要争取思考时间似的,用毛巾缓缓地擦了擦脸。

"我先说好,你可不要误会。我们可不是全村故意联合在一起排斥他们。这都是他们自己的意思。"

"嗯,我明白了。"

老人再次拿起毛巾擦了擦脸。

"有一对父子在八年前搬到了村里,姓一之濑。父亲跟儿子两个人住,他们租了靠山那边的一栋空屋。"

"家里没有女人啊。那对姓一之濑的父子有什么问题吗?"

"是有问题,他们不让外人靠近他们,一点都不让,连村里定期举行的志愿活动都不参加。听说邻居去邀请时,他们就让大家别管他们,连话都说不上几句。附近有人过世了,守灵跟举行葬礼的时候他们也都没有露面。你说奇怪不奇怪?"

"嗯,他们都搬到村里来住了,这样确实很匪夷所思啊。"

"就是说啊。儿子在东京市中心离这里很远的一所高中上学,跟老爸一样对人爱搭不理的。不管是在什么地方生活,都得遵守那个地方的规矩吧?他们却打一开始就对村里的规矩视若无睹。"

"他们干的也是林业吗?"

"不是。他们在房子附近租了小小的一块地，以种地为生。像他们那样勤劳工作的话，应该是不会为食物发愁的吧，毕竟家里也只有父子两人。"

"难不成他们过着自给自足的生活？"

老人一脸不快地频频点头。

"我听说是这样。但他们可不是穷人，反而给人一种活得很奢侈的感觉。明明那么有钱，却连村里的经费都不肯付，真是可恶。儿子骑着闪闪发光的自行车，老爸也开着看起来很贵的车子。那个叫什么来着？"

老人看向身边的儿媳妇。她毫不掩饰自己对两人的不信任，用尖酸刻薄的语气说道："奔驰 G350。"

"G350 啊，原来如此。"

"我是不太清楚，但邻居家的男主人很懂车，平时经常提起那辆车。那辆车全身漆黑，像装甲车一样，听说非常贵。"

岩楯没记错的话，那个型号的车少说也得要一千万日元。这个情报岩楯还是第一次听到，努力记着笔记的牛久也一脸的惊讶。一之濑也许是个有钱人，但他只租了一间空房来住，实在让人感到奇怪。住在乡下对他来说只是个人喜好吗？这倒也不是不可能……女人滔滔不绝地说着外来者是如何家财万贯。岩楯看着她，思考了起来。

听着她的话，岩楯觉得一之濑不像那种出于宗教原因而盲目追求自给自足和纯天然绿色食品的人。然而他一边在这种地方过着清贫的日子，一边又开着价值千万的车子到处跑，这种行为确实疑点重重。

岩楯双手抱胸，不解地歪着脖子。

"真是一对不可思议的父子啊。"

"就是说啊，所以大家都很不安呢。"

"我明白了。除此之外呢？"

"还有一个人也挺奇怪的，不过我觉得他挺可怜的。"

老人从积着薄薄一层灰的办公桌上拿起茶杯，用看起来像是麦茶的茶水润了润喉咙。

"那是一户在七八年前搬过来的姓中丸的人家。年过七十的一对老夫妻跟一个年过四十的单身儿子三个人住。儿子是一名派遣员工，平时当土木工人，接修剪树枝的工作，他的父母，我记得是在家干零活儿的。"

"没有固定工作啊。"

"具体情况我也不清楚，但那家的儿子是个身体强壮的怪人。大冬天到瀑布下去淋水，半夜在河里游泳、在山里徘徊，经常干这些奇怪的事。因此也有很多人觉得他很危险。"

"可以理解。"

"他好像还在日出町那边跟踪了一个年轻的女孩子。这传闻是邻居告诉我的，不知道是不是真的。"

岩楯迅速地用眼神向牛久示意，牛久微微点头，证实了老人的话。

"虽然总有人说他的坏话，不过拜托他干的活儿，他都能认真干完，还是帮了我不少忙的。也不知道他从哪里学的，居然懂得操作木工旋床。"

"木工旋床，就是那种中间有根轴的机器吗？把木头放在上面旋转，然后用刀具来刨木头的。"

"对，这家的老人对人低声下气的，甚至让人觉得有点可怜。夫妻俩身材都很消瘦，看起来非常憔悴，整天都在向人道歉。中丸家平时也不跟村里人交流，但和一之濑家不同，只要跟他们打声招呼，他们偶尔也会出来，还是有一些社交性的。他们并不排斥这个村子。"

老支部长把话一口气说完，看起来有些因为说了太多而感到后悔。他正被伤害他人名誉后所产生的愧疚感深深折磨着。他干咳了好几声，把嘴唇贴在多半已经没有茶水的茶杯上。

老人也许并没有想象中那么排斥外人，岩楯如此想着。至少他没有感情用事，不管三七二十一就开始谴责外来者。岩楯之前走访其他人家时，都还没开口问那两家人哪里奇怪，村民就开始声讨他们了，而且一个个都不忘嘱咐岩楯，让他切记将他们说过的话保密。

此外，一之濑家这个马上就要十七岁的儿子在村民间的风评很差。虽然他好像什么也没做，但村民们说他有一种来历不明、猜不透的感觉，让人不禁抱有戒心。这么说的人大部分是把他和最近被连日报道的残暴的未成年人罪犯联系在了一起。

岩楯用眼神示意牛久——是时候离开了。他向两人点头致意。

"感谢两位的帮助。顺带一问，斧头或者柴刀这类的利器，在村里是每家每户都必备的东西吧？"

"就跟空气一样稀松平常，每户人家都有。"老人如此断言道。

他的儿媳妇将手放低，不断轻拍着老人的手，她似乎是想说些什么。

"您注意到什么了吗？"岩楯面带微笑地询问道。

老人一脸不耐烦地甩开了女人的手。

"都是些毫无根据、不可靠的事情。就算听了，对案件也没有帮助。"

"这些我会自行判断，两位无须介意。请说吧。"

看着笑容满面的刑警，女人用力咽了一口唾液。她扯了扯蓝色围裙的下摆，像下定决心似的深吸了一口气。

"是跟奶奶有关的事。啊，奶奶指的就是我的婆婆。"

"就是我老婆。"老人在一旁插嘴道，表情看上去有些不开心。

"奶奶每周有四天会到日间托老[1]中心去，有一天她说在回家的路

---

[1] 日间托老：白天将老人交给护理中心照顾，夜晚护理中心会将老人送回家。

上看到了某个东西。"

"我都说了,那只不过是她的妄想罢了。"老人再次插嘴道。

"您怎么能肯定呢?奶奶本人都说看见了。"

"她什么都没看见。要是因为这种莫名其妙的证言,浪费了警察的时间怎么办?你总是这个样子,所以我才说你是个二百五。"

"您说我二百五,我认了!但万一这是个重要的线索怎么办?!爷爷您负得起这个责任吗?!现在村里很可能混进了一个杀人魔啊!要是不把他抓住,大家都会被他杀掉!大家都会死的!"

"你是想把事情夸大到什么地步啊,真是受不了。"

老人不耐烦地发出"啧"的一声。

"之前来调查的其他警察都不把这当回事,你忘了吗?这种事任谁听了都会觉得是没用的信息。"

岩楯总感觉要是这么放任不管,公公和儿媳妇之间的争吵会没完没了。牛久有所顾虑地试图上前阻止他们,但两人看都不看他一眼就把他给轰走了。岩楯插进两人中间,将他们强行分开。

"哎呀,两位都冷静点。总之,我还是先听听到底是什么事吧,光是听听也不会浪费我们什么时间的。"

老人仍是满嘴的咒骂,女人却爱搭不理地将脑袋转向一边,转身看向岩楯。

"我记得六月份的第三周有一天下了好大的雨,山里还打雷了。日间托老的员工开车送老人回家,奶奶说在回家的路上看见了一辆黑色的出租车停在路边。"

"第三周,也就是十五日的那一周吧。"

牛久看着记事本进行确认,将她的话记了下来。

"那天是短时间的托老,时间是三点到五点,听说在我送她去护理中心的时候她也看到了一样的出租车，就在东边的那棵孤杉附近。弘之，你知道位置在哪儿吧？"

牛久一边记着笔记，一边点了点头。

"总之，那天的雨大得连雨刷都起不了什么作用，周围也很昏暗，我根本没注意到什么出租车。那天下了三场左右的集中暴雨，雨势很惊人，总感觉雨刚停就马上又下了起来。总之，奶奶那天一直提起那辆出租车，搞得我很在意。"

"也就是说，有一辆黑色的出租车在雷鸣滚滚、光线昏暗的大雨中，在三点到五点这至少两个小时的时间里停在了那个地方，是吗？"

"嗯，没错。"她反复点头。

"奶奶为什么一直提起那件事呢？"

"因为那辆车的车牌号不是村里的。"

她干脆地断言道。

"我们村的车挂的都是八王子的车牌，偶尔看见挂着其他车牌的车子，就会不由自主地注意到。听奶奶说，那辆出租车的车牌号是品川的。"

老支部长在边上发出好几声"啧"，女人却不以为意，继续说了下去。

"这件事我本来都已经忘了，直到我听说村里找到了碎尸才想起来。我觉得这件事说不定跟碎尸案有关。"她抖了抖丰满的身体，视线在岩楯和牛久之间徘徊。

这时，老人哼了一声，接着故意重重地叹了口气："我说啊，你难道觉得杀人魔会从东京市中心搭出租车来这里吗，身上还带着碎尸？然后还要在滂沱大雨里走到登山口，把尸体从路旁丢下去，然后坐上等着他回来的出租车回市中心吗？当心又要被人笑话了。"

"确实,听起来的确像个笑话。"

岩楯话音刚落,老人便一脸"我就说吧"的样子,抬起下巴看向女人。

"不过,搭乘出租车的不一定是凶手。有可能是共犯,也有可能是受害者。"

"你说什么?"老人怪叫道。

"我只是说有这个可能性而已,没什么深意。总之,我想直接跟本人谈谈。您夫人现在在家吗?"

听到这话,老人和儿媳妇的脸色顿时阴沉了下来,与岩楯真挚的笑容形成鲜明对比。接着老人换上一副犹豫不决的表情,低声说道:"抱歉,你跟她是说不了话的。她痴呆了,连自己是谁都搞不清楚了。她得了阿尔茨海默病,护理依赖程度四级[1]。前几天,她还说自己遇见了长得像章鱼的外星人,跟它们一起跳舞了。"

原来如此,岩楯终于恍然大悟。确实,若是这种情况,大多数人都会觉得她的证言不可靠吧。不过,岩楯能够理解她在看到非本地车牌号时感到奇怪的心情。而且,一个连自己的名字都记不清的老婆婆,居然能断定那辆车是品川的车牌号。

那之后,几人一同前往位于宽敞的独栋副屋里的静养房,与声称目击到了出租车的老婆婆见了面。老人的身体萎缩得像个瘪了的气球。她从护理床上坐起身,看到突如其来的访客,笑逐颜开。然而,她嘴里讲的净是自己出嫁前的事,至于岩楯的问题,她似乎一个字都没听进去。

---

[1] 护理依赖程度四级:此处所指的等级参照日本标准,与国内护理依赖程度的划分不同。

4

两人刚坐进雅阁，牛久就立马发动引擎，将空调调成强风。黏糊糊的脸颊受到冷风的吹拂，汗水仿佛不曾存在般地消失了。岩楯让冷气吹进衬衫领口传遍全身，总算有种又活过来了的感觉，松了一口气。

"这就是全部了吗？"

岩楯透过挡风玻璃抬头仰望深灰色的天空，将仍有些温热的矿泉水喝下肚。牛久也补充了水分，打开笔记本，用洪亮的声音回答道："刚才的支部长家就是最后一户了。村落的西边全都走了一遍。"

"接下来呢？"

"总算要去一之濑家了。在那之后再去中丸家吗？"

"路线交给你来定。不过话说回来，在这个村子里只要干了点不合群的事，就会被全村人讨厌成那个样子啊？刚才支部长那样都算好的了，其他人简直一副要把他们赶出村子的样子。"

"事出有因啦，大家一开始也不是这样的。现在外来者中的大部分还是能很好地融进村子里的。"

"所以是当事人自身的问题吗？"

岩楯又喝了一口水。

"好，一之濑和中丸，告诉我关于这两户人家的详细信息。"

"明白了。"牛久飞速翻阅起了笔记本。

为了让自己在访问村民时不先入为主，岩楯刻意让身为本地人的搭档暂时别告诉自己他所掌握的信息。牛久被夹在方向盘和座位之间，看起来很不自在。他蜷起身子，开始浏览笔记。

"那我先讲中丸家。七年前的2008年5月，中丸一家从福岛县的郡山市移居到了仙谷村。"

"郡山？那里的空屋也是要多少有多少，他们为什么要来这里？他们在这里也没什么亲戚吧？"

"对，没有。一开始，只有中丸夫妇两人搬到了这里。"

"那个大冬天在瀑布下面淋水修行的行脚僧一样的儿子呢？"

牛久抬起头，用单眼皮的细长眼睛看向岩楯。

"中丸聪，四十四岁。他二十三岁时在一起抢劫伤人致死事件中被判定为从犯，一直服刑到三十七岁。出狱后他在琦玉县替人干活儿，住在雇主家，直到五年前才来到这个村子。"

"原来如此。"

岩楯下意识地将手伸向胸前的口袋，不知道这是他今天第几次犯烟瘾了。

"村里人知道他有前科吗？"

"不，只要本人不说，应该没人知道。不过，刚才支部长也说了，他去年因为尾随女性，被四日市警察局局长警告了。报案人是在日出町报的案，这件事迟早会传到村里吧。"

这件事要是传进村民耳朵里，恐怕他这次就真的要被逐出村子了。他父母之所以搬到仙谷村，多半也是出于这方面的苦衷吧。

"还有吗？"

"时常有人投诉，称中丸莫名其妙地往别人家里偷窥，或是擅闯别人家的私有土地，还有就是跟踪了。虽然不知道这些话几分是真、几分是假,但有好几个人投诉过中丸,说觉得自己被他跟踪了,来投诉的不光是女人。总之他就是个举止可疑到不行的人。"

"这家伙到底是怎么回事啊?抢劫伤人致死,他到底干了什么?"

"实在是非常过分的事。"

牛久眉头紧锁。

"中丸和三个共犯合伙,犯下了好几起飞车抢劫。有一次,共犯中的一人打开车窗,试图抢夺一名女性的皮包。在抢夺的过程中受害者跌倒,身体被皮包的带子钩住,四人开车将其拖行了三百多米。之后中丸等人没有对其实施救助,径直离开,导致受害者死亡。"

"毫无同情心啊。"

听岩楯这么说道,牛久面色凝重地点了点头。

"中丸进山时经常在村民作为水源的河流里大小便、游泳、乱丢烟头和垃圾,总之就是个品行极度不端的人。他打一开始就没打算遵守村里的规矩,与其说他是怪人,我觉得应该说他是没有伦理观念。即便他没有前科,这副德行,任谁都不会接受他的。"

"所以他是在监狱里学的木工旋床技术啊。"岩楯将空调的风力调弱,"另外一家人呢?"

"一之濑父子是在六年前搬到这里来的,之前住在江东区。"

"姑且不提那个开着'装甲车'到处兜风的父亲,为什么大家对儿子的评价也这么差?无论是老人还是年轻人,似乎各个年龄层的人都对他抱有敌意啊。"

"啊,那啥,主要的理由是他太帅了。"

"太帅了?"

岩楯目不转睛地盯着似乎觉得这个理由正当无比的搭档。

"我说啊,牛久,要是因为这么个理由就得被讨厌成那样,那哪天要是有个美男子不小心进了村,怎么受得住啊?大家会把他绑在杉树上,处以火刑吗?"

"不,不是那样的啦。当然,这不是直接理由。怎么说呢,那个……"

"到底是怎么回事?"

"他……他总是能一瞬间俘获女生的芳心。"

"噢……这可不妙了,偷心大盗啊。"

面对上司的插话,牛久一言不发,用一只手揉了揉棱角突出的脸颊。

"少年名叫一之濑俊太郎,总之就是个天生的花花公子。经常一时兴起就找女孩子搭讪,来者不拒。脚踏两只船、三只船对他来说都是再正常不过的了。村里的女中学生,不,就连小学生都对他痴迷不已,甚至影响到了正常生活。"

"影响到正常生活……这也太……"

"总之就是,女孩子们一个个陷入了爱河,对他日思夜想。最近一两年里,有好几个小女孩不肯上学,还有学生退学。有的人跟朋友关系破裂,成绩下滑;有的人性情大变,变得残忍暴力。在父母眼里,他就是一切烦恼的根源,一个个都巴不得立刻把他赶走。他可谓村里的麻烦制造者。"

"你这番话当真吗?"

"是啊,我认真的。"

牛久叹着气,频频点头。

"总结起来就是这么一回事吧:这个平静的村子里来了一个独一无二的美少年,女学生们为他展开了激烈的争夺战。于是,女人们瞧都不瞧一眼的乡下男人和老人们就组队,打算把他抓起来,处以火刑。"

"怎么又说回火刑上去了?"牛久语带责备地如此说道。

岩楯示意其开车,牛久便缓缓地发动了雅阁。村落中弯曲的私人道路狭窄得一不留神就可能把车开到路边的水沟里。牛久频繁查看后视镜，确认路况，转动方向盘，熟练地避开了路上古旧的消防栓。

不愧是以林业为生的村子，每栋民房的外墙使用的都是杉木板。自然，用的都是未经加工的天然杉木材吧。经历了长时间的风吹雨打而泛黑的木板，为这个地处险峻山间的小村更添了一抹灰暗。暗淡的阴天与这片土地十分相称。

车子出了集镇，开上双车道的村道后，便开始频繁地与调查车辆和新闻采访车辆擦肩而过。事件发生后，登山口便被封锁了，原本打算登山的游客似乎都往西多摩方向去了。

"那个，岩楯主任。"牛久握着方向盘开口了，"刚才在支部长那里听到的，有关品川车牌的出租车那件事。"

"啊，对了。你帮我调查一下奶奶看见出租车的那天的信息，就是山里打雷下暴雨的那天。"

"好的，明白了。那天因为下雨发生了悬崖塌陷，我第二天还去山里调查了，资料马上就能调出来。其实我想说的是，我觉得主任好像对这件事非常在意啊。"

牛久在闪烁的黄灯前谨慎地停下车，确认路况后向右拐弯。

"虽然这确实是新的证言，但有必要向上级汇报吗？这证言可是出自一个得了老年痴呆症、连话都说不清楚的老人嘴里，其他调查员也都无视了这个情报。而且，事情发生的时间比推断的死亡时间还早了好些日子，我觉得可能跟案件没什么关系啊。"

"是啊。"

"有什么地方令您感到在意吗？"

上司认真地倾听了患有痴呆症的老人说的话，牛久似乎对此感到十分意外。岩楯将窗户打开一道细缝，将充满青草味的空气引进车内。

"我觉得奶奶的话似乎证实了某件事。"

"某件事？"

"赤堀推测出的死亡时间是正确的。"

岩楯将潮湿的空气吸进肺里。

"总部决定采用神宫医生推断的死亡日期——六月三十日左右，但是赤堀认为死亡日期是在六月十五日左右，这个日期跟奶奶看到品川车牌的出租车的日期正好吻合。这究竟意味着什么呢？"

"这两者之间真的有联系吗？"

牛久出乎意料地用强硬的语气反驳道。

"虽然这么说有些不好，但赤堀老师的假说是立足于昆虫的角度的。与其说是法医学，在我听来，她说的那些更像是昆虫的生态。尸体是死后十天的状态，这点赤堀老师也同意了。既然这样，我认为其他答案就没有任何意义。而且，支部长夫人的话可信度也不高。"

"是啊。"

岩楯说了跟刚才一样的话。

参与调查的大多数人都觉得赤堀很怪异。大家都在讨论为什么这么一个没有任何能力、莫名其妙的女人也加入了调查。自然，那些话也传到了岩楯和牛久的耳朵里。

"岩楯主任，说实话，关于这件事，您到底是怎么想的呢？"

"还真是单刀直入啊。"

"这关系到今后的调查，非常重要。"

他是被责任感所驱使，想把误入歧途的愚蠢上司引回正道上吗？还是说，他觉得自己和上司同病相怜，被上面硬塞了个没用的学者作为搭档呢？岩楯瞄了一眼面色凝重的牛久。

"那个女人信得过。"

岩楯明白,赤堀参与过的案件只有寥寥数起,自己这么说一点说服力都没有。比起这个,岩楯更惊讶的是自己竟然如此轻率地断言了她的话值得相信。只要拿出结果,就能得到大家的认可,自己完全没必要这样操之过急地去吹捧赤堀。岩楯一屁股瘫在了座椅上,唐突地结束了对话。

牛久似乎有些难以释怀。他踩了油门,让车驰骋在上坡路上,开往山上。途中,他把车开进一条被树木遮掩的私人道路,接着在下一个路口往左拐。

"那里就是一之濑家的房子。"

那是一间外壁贴着杉木板的平房——这种房子可谓是仙谷村的象征。房子的正前方种着结有黄绿色果实的乔木,就像是一道天然的屏障——那是两棵苹果树。往里看可以看到一个带屋顶的车库,里面停着备受村民们瞩目的粗犷的厢型奔驰车。

两人将车停在房子的侧边,下了车。一之濑家的屋顶上铺着墨色的砖瓦,看起来像是间很老的房子。从外壁泛黑的程度来判断,这间房子至少有五十年以上的房龄了。庭院长满了紫苏、蘘荷、魁蒿等用作香料的蔬菜,应该是一之濑家自己种来吃的吧。

岩楯看向沿着水泥砖墙生长的长势过旺的欧芹。怎么说呢,这个地方给人一种不协调感。这片土地上到处能瞥见菜园子的影子,但却给人一种平日里照料不周,只是做做样子的感觉。好像主人完全没有花功夫、满怀爱意地打理菜园,整个地方仿佛都在诉说着主人是如何把蔬菜种下地后便觉得麻烦、弃置不管的……

"我还是第一次看到那种自行车。"

听到牛久颇感兴趣,岩楯转过头。牛久的视线停留在了两辆并排停好的公路自行车上,蓝色的车身上印着"De Rosa"几个字。

"那两辆是高档自行车,是自行车骑手们都敬而远之的型号。在市中心常常遭窃,有些时候甚至还会发展成杀人未遂案件。"

"为了一辆自行车而去杀人吗……"

"是啊,他们竟然买了两辆。"

比起大自然,一之濑家的人似乎对这种昂贵的物件更有兴趣。他们显得跟这个村子以及当地人的生活方式格格不入。

就在岩楯走到玄关门口,正准备敲门时,屋主正好从屋里走出来,跟岩楯打了个照面,两人差点撞在一起。

"啊,抱歉。"

岩楯笑盈盈地向一之濑出示了警官证,他迅速地打量了屋主。

这个男人比身高超过一米八的岩楯还要高,晒得黝黑的五官宛如石膏像一般端正深邃,一身结实的肌肉看起来弹性十足。他的脖子上挂着配有望远镜的数码相机,这玩意儿恐怕也值不少钱。从外表看来,年龄应该在五十左右。他身上完全没有一日三餐自给自足、舍弃俗世之人的那种郁郁寡欢的感觉,举手投足间流露出一份优雅。

"很抱歉突然前来打扰,我是警视厅的调查员,敝姓岩楯。您是正要出门吗?"

"我要去地里。"一之濑语气毫无起伏地说道。

"我想问您几个问题。关于这次震惊全村的案件,不知道您有没有注意到什么特别的事呢?"

"我没注意到什么。我光是要过好自己的日子就够忙的了。"

"您知道这次案件的具体情况吗?"

"整个日本应该都知道了吧。媒体的人整天在村里进进出出,案件好像还上了电视节目呢。"

一之濑语带讽刺地如此说道,把放在车库旁的农具装进独轮车里。各类农具看起来都相当时髦,大概是进口的吧。颜色和形状都十分独特,上面还印着不常见的商标。

真是想不通这个人为什么要在这种地方过日子。岩楯毫无顾虑地观察着对于刑警的来访毫不介意的男人,儿子有着偶像般的人气,父亲也不像是疲于人际交往而躲到乡下的样子,倒不如说他们是就算不说话都存在感十足的人,无时无刻不散发出一种令人难以忍受的以自我为中心的傲慢感。

"冒昧一问,您为什么搬到这个村子里来呢?"

"家庭原因。"一之濑把网眼很细的网用绳子捆起来,话中带刺地说道。

"我听说您的儿子读的不是本地的高中,而是在离这里很远的市中心的一所高中上学。"

"是他自己要求去那里的。"

"是这样啊。说起来,您平时的爱好是摄影吧。这部相机看起来望远功能很好啊,您打算拍些什么呢?"

"田地或者鸟之类的。"

"原来如此,您是位观鸟爱好者啊。这附近都有些什么鸟呢?"

"跟城里的鸟没什么两样。"

岩楯努力装出感兴趣的样子,然而一之濑看起来并不打算跟他聊这件事。说到底,一之濑应该是没有这方面兴趣的。他看起来根本不像一个熟知鸟的种类和名称的人。

"顺便问一句,您除务农之外还有其他工作吗?您似乎对高档车也很有兴趣。"

一之濑推着独轮车,与岩楯擦身而过。他停住脚步,回过头,把夹杂着白发、看起来发质很硬的头发往上拢了拢。

"直说吧,你到底想问什么?"

"当然是关于案件的事了。"

"在我听来,你的问题没有一个是跟案件有关的。顺带一提,我跟我儿子都没见过什么可疑的人物。关于这个案子,中丸家的人了解的应该比我多。"

"您这话是什么意思?"

"就是字面意思。"

一之濑与岩楯对上眼,一脸的沉着冷静。

"那户人家的儿子有前科,故意杀人。他杀了个无辜的女人。"

"您是怎么知道这件事的?"岩楯心生戒意,低声问道。

"现在已经是网络时代了,只要想查就没有查不到的。那么,我就此告辞了。我想趁下雨之前赶快把活儿干完。"

一之濑这么说完,正打算转身离开时,他看着岩楯的脚下,轻轻地发出"啧"的一声。

"哎,我说你啊,请不要踩那边的草。那些是我种的。你的鞋子踩到幼芽了,真是让人头疼啊。"

一之濑一脸不悦地瞥了一眼岩楯的皮鞋,迅速确认了草叶的受害情况。岩楯再怎么看都觉得那只不过是杂草。之后,一之濑再次朝两名刑警看了一眼,推着独轮车走上了未铺路面的农用道路。

"真是个难缠的家伙……"

岩楯看向一之濑离开的方向。正如支部长所言,一之濑的冷漠表现只能让人联想到"话都说不上"这几个字。

"真没想到他居然知道中丸的那件事。"牛久把笔放回口袋,小声嘀咕道。

"他想必是出于某种理由才去调查的吧。毕竟中丸听起来就是个以偷窥和跟踪他人为乐的男人啊。也许是中丸对他做了些什么。"

岩楯和牛久坐上车，前往频频被人提及的中丸家。

尽管中丸家离一之濑家不远，但那栋房子位于村中木材堆置场的后方，从道路上或其他的村落看过去是个完完全全的死角。中丸家也是使用了大量杉木板的平房，但屋顶上放着好几块古旧的瓦片用来压住白铁皮屋顶，看上去简直就像一间无人打理的空屋。水泥砖墙的上半部分也已经崩塌，呈现出阶梯状，失去了最基本的遮挡视线的功能。尽管如此，这儿的住户却把村里公认的吉祥物"仙谷君"的彩旗插在了破损的墙上，简直就像拼了命地在告诉大家自己不是敌人一样。

岩楯看向院子，只见一位身穿破旧运动背心的老人正步履蹒跚地用镰刀割着疯长的杂草。牛久将车停在房前，老人便突然停下手里的活儿，踮起脚尖往这边看。他用缠在脖子上的毛巾擦了擦脸，一动不动地看着走过来的岩楯二人。

"您好，突然来访，十分抱歉。"

"你们是警察吧？"

岩楯还没拿出警官证，老人便如此说道。他的门牙似乎缺了几颗，讲起话来有些漏风，听不清楚。岩楯对其出示了警官证，并报上姓名。

"我想您应该已经听说这次发生的事件了吧……"

"跟我没关系，跟我儿子也没关系。这是真的。"

岩楯的话还没说完，老人便从牙缝中挤出了悲痛的声音。他忐忑不安地朝家里看了一眼，再次把视线移回两名刑警身上，浑身颤抖。

老人身体瘦弱，驼着背，苍白的脸上密密麻麻地布满了深深的皱纹。与其说这是岁月逝去的证明，倒不如说是因为儿子成了罪犯，作为父亲多年来经历的痛苦所刻下的痕迹。岩楯一看，不知何时，一名身材矮小的老婆婆已经站在了门口，被眼前的景象吓得动弹不得。这对夫妇的样貌让人怀疑他们平日里不曾有任何一刻获得精神上的安宁，令人十分担心。

岩楯赶在自己受同情心影响前换上笑容，驱赶着烦人的豹脚蚊，向老人及站到了他身边的妻子点头示意。

"我们确实是为了这次的案子而来，但并没有怀疑中丸先生。我看这里离山里挺近的，就想问两位是否听到过或看到过什么不寻常的东西，特别是在六月中旬到六月末的这段时间里。"

"我跟之前来的警察也说过了，我晚上很早就睡了，没有看到什么奇怪的东西。"

"您夫人呢？"

"我跟他一样，什么都不知道。我白天都在家里干零活儿。"

"具体是怎样的工作呢？"

听岩楯这么问道，老婆婆把目光投向玄关地板上放着的纸箱。

"把杉树叶子摘下来，然后从叶子里榨油。那个，我们真的什么都不知道，没有什么能回答你的。"

老婆婆抓着像是蒙了一层纱似的灰白头发。出于紧张，她的声音有些高亢，语速十分之快。她的东北腔十分严重，说起话来比丈夫还难懂。最近这起事件让这对夫妇回忆起了二十年前的那起案件，岩楯深切体会到了这一点，他仿佛能看见那天的情景：为了逮捕身负抢劫杀人致死嫌疑的中丸，一大早开始就有大批调查员冲进中丸家进行搜查。

"那个……"

不知道那个儿子在不在家。岩楯的视线越过矮小的夫妇，看向他们的房子。虽然玄关大门敞开着，但屋内却像水底一样昏暗不堪，看不清里面的情况。不知道家里是在煮着些什么，滚滚的白烟从小窗中不断冒出。

岩楯指着房子高声喊道:"中丸先生!是着火了吗?!您家里在冒烟啊!"

中丸夫妇慢悠悠地转过身,静静地盯着自己的房子,时间长得令人焦灼。就在岩楯示意牛久联系消防队时,中丸老人有些难为情地挠了挠白发稀疏的脑袋。

"警察先生,那不是火灾。那是蚊香的烟。"

"蚊香?不,这烟量也太不正常了吧。"

"这地方就是潮湿,蚊子多。如你所见,这儿杂草这么多,所以蚊子也多。"

老人环视四周,用脚尖碰了碰堆成小山的杂草。

"真是拿这加拿大一枝黄花没办法,我几乎一整年都在割它们,洒了除草剂,也没办法斩草除根。这草跟蚊子都一个样,没完没了的。蚊子一批接着一批地冒出来,所以,我们家一天二十四小时都点着蚊香。"

顺着风飘来的烟雾的确带有一股蚊香味。接着岩楯仔细一看,发现中丸夫妇的胳膊和脖子上有着好几处虫咬的痕迹。尽管听起来有些异乎寻常,但看样子,老人说的都是实话。岩楯擦了擦额头渗出的冷汗。

"哎呀,真是吓了我一跳。木头造的房子要是着火了,可是一下子就没了。就算只是点蚊香,也请两位千万注意用火安全啊。"

"那是自然,我们是非常小心的。"

"说起来,两位的儿子在家吗?"

岩楯突然改变话题,夫妻俩顿时显得有些紧张。老婆婆像试图冷静下来似的深吸一口气,踩着拖鞋回屋叫儿子去了。令岩楯意想不到的是,他们的儿子很快就露面了。

中丸聪是一个身材矮胖的中年男子，驼背十分严重。不知怎么，他看起来有些呆滞，给人一种迟钝的感觉。但最让人吃惊的还是那张脸。

岩楯毫无顾忌地打量着中丸的脸。他脸上密密麻麻的都是虫咬的痕迹，一路延伸到脖子。那些咬痕被抓破，看起来像得了水痘一样，从短袖T恤中露出的手臂上也全是尚未痊愈的伤口结的痂。

"不好意思，在您休息的时候前来打扰。我们是警察。"

岩楯向他出示了警官证，然而中丸却没做出什么反应。然而，在他注意到站在岩楯身后待命的牛久时，他将下巴往前伸，向牛久鞠了好几个躬。

"上……上次实在是非常抱歉。"

"我提醒过好几次了，真的请您不要再犯了。拂泽瀑布附近的水域是村里的水源，我们也在那里设立了警示牌，严禁游泳。"

"非常抱歉。因为瀑布下面的水很干净，我就不由得想下水……"

他似乎是在山里游泳时被牛久抓到了。中丸点头哈腰地向牛久鞠躬，摸着自己的光头，露出怯懦的笑容。岩楯一边观察着男人，一边将对话转回正题。

"关于这次村里发生的事件……"

"关于那件事我一无所知，真的。"

中丸立刻答道，速度毫不逊色于自己的父母。

"我听说您经常进山，是您个人的兴趣爱好吗？"

"是啊，非常抱歉。"

"您在山里见过什么不寻常的东西，或者是有什么特别的事吗？"

"没什么特别的，只有偶尔见到登山客而已。"

他每说一句话时都要低头鞠躬，看起来一副手忙脚乱的样子。话虽如此，但他似乎并没有在害怕。岩楯反而觉得他无时无刻不在偷偷观察着两名刑警，天不怕地不怕地周旋在两人之间。是错觉吗？从这个男人身上完全感受不到他父母那种苦恼之情。

岩楯久久地打量着中丸满是咬痕的脸，然后将视线移到一旁插在木柴上的斧头上。接着岩楯再次看了一眼中丸，观察他的反应，最后向其道谢，走向雅阁。

从他身上感受不到那种夺人性命的罪恶念头，岩楯感觉过去的一切对这个男人来说都已成过眼云烟，连记都记不起来了，甚至连刑警的到来似乎都没能勾起他的任何一丝回忆。

真是个让人看不透的男人。岩楯在脑海中记下了这个名为"中丸"的捉摸不定的男人。

Chapter 2

芳香的巫女[1]

---

1 巫女：指侍奉神明的女性神职人员。

1

今天的天空跟昨天一样阴沉沉的，但太阳仍时不时从云层中探出头来，毫不留情地抬升着气温。岩楯将护栏上重新结成的蜘蛛网再次扫落，看向杂木乱生的谷底。腐臭仍未散去，伴着潮湿的空气飘到高处，令人难以忍受。站在岩楯身后的牛久僵着脸，试着封锁自己的嗅觉。

"这里就是现场啊……"

赤堀一脸凝重地嘀咕道。她穿着胶皮底布袜，头上裹着毛巾，像极了古时候的小偷。她把身子探出护栏，动作大得看上去有些危险。她的目光游移在梯田般的阶梯状地形上，接着她确认了河流的流向，缓缓转过头，将视线投向葱郁的暗绿色森林。

远方的山间白霭升腾，一道神圣的光芒从雾霭间射出。毫无征兆地看到这样的光景，岩楯有些能理解得知山林被玷污时牛久的愤慨之情了。雄伟的绝景被黄色封条和蓝色防水布隔断，新闻媒体的直升机盘旋在空中，打破了山林的宁静。前方约一百米处，调查员们正带着警犬四处搜索。尽管警方已经尽可能地动用了一切警力，但尸体余下的部分仍旧连个影子都没有。

"手臂是从这里丢下去的，对吧？"

手握捕虫网的赤堀一动不动地看着谷底，如此问道。

"嗯，照理来说是这样的。现在是因为割了杂草，下面显得光秃秃的。碎尸被发现的时候，可是完全被植被遮盖住了。"

"那是自然。"

赤堀从背包中取出毛巾，将其揉成球状扔下山谷。浅蓝色的毛巾稳定地在空中描绘出一道抛物线，途中蹭到了开着淡红色花朵的合欢树的树枝。毛巾继续下落，多次碰到杂木突出的枝叶，最后弹到了尸体被发现的位置附近。

"我记得碎尸上没有被树枝剐到的痕迹啊。"赤堀说道，视线仍旧看着下方。

"应该说是因为受蛆虫和其他动物啃咬的伤口太多，导致难以辨别。腐烂的影响也不小。"

"可是，要是从这里扔下去的话，是一定会被斜面上的树剐到的呀。"

"是这样，没错。你还真是纠结于这点啊。你该不会要一棵一棵地找过去，看有没有尸体蹭过的痕迹吧？"

"嗯，那或许可以作为万不得已时的最后手段吧……"

赤堀似乎着眼于尸体是不是从这里被扔下这一点上。岩楯是因为没发现塑料袋而对弃尸地点产生了疑问，看样子，昆虫学者也感受到了某种异常。

"好，下去看看吧。先去发现现场，不到现场看看实际情况，说再多都没用。"

今天的任务是跟赤堀一起调查现场。悬崖上已经设好了直达下方现场的梯子，并用绳子牢牢固定住了，只要将救生索绑在身上就可以下去了。

岩楯回头，对牛久使了个眼色。牛久严肃地点了点头，他放下登山包，从中取出一捆绳子，迅速地在赤堀的腰上打了一个单套结，之后他也同样在自己和岩楯身上设置好了救生索。不愧是山岳救助队，手法十分娴熟。牛久将绳子系在梯子旁的岩钉上，确认结实程度后松了一口气。

"请当心脚下，不要滑倒。脚下的梯子很结实，只要不踩空就不会有危险。"

牛久说了句"我先下去"后，下降到尸体发现地附近的平地上，举起了右手。接着赤堀像猿猴般麻利地着陆，最后岩楯也在打了个手势后踩上了梯子。

铝质梯子的缝隙间全是树木的枝叶，它们像是在刻意阻挡着岩楯的脚步似的。每次踩上踏板，梯子都会弯曲变形，发出声响，让岩楯心惊肉跳，冷汗直冒。雪上加霜的是，在自己这么忙的时候，牛虻还在脸部附近飞来飞去，岩楯只好一边咒骂一边甩着脑袋。他由衷地想，对于大自然，还是远观就好。像是被牛虻催促着，岩楯加快脚步，落到了地面上。

流水声听上去很近。岩楯用袖子擦了擦两鬓的汗水，将身上的绳子松开，朝尸体发现地走去。

岩楯原先以为谷底是被河水冲刷成阶梯状的岩盘，但实际上是腐叶土堆积而成的肥沃土壤。土壤被杂草和树木的根茎压实，形成了坚固的地基，面积大约是网球场的一半。

气都还没喘一口，赤堀就马上挥舞起了捕虫网，一如往常地发出"哈！"的怪叫声，将捉到的虫子装进小瓶中。接着她借助结实的潜水手表确认了时间，拿起挂在脖子上的水笔，在标签上写下日期和时间，贴在瓶身。她一个接一个地捕获目标，动作迅速得像是被快进过的视频一样。对法医昆虫学仍有疑虑的牛久就这么一言不发地将目光锁定在赤堀身上。

"话说，这里是牛虻巢吗？"

岩楯用手驱赶时不时掠过面前的牛虻。他从刚才开始就被令人不悦的昆虫振翅声吵得受不了，这个数量实在是太夸张了，比前几天还要多得多。

岩楯发出"啧"的一声，定睛看向飞虫。他渐渐看出飞舞在这附近的不光是牛虻，还有相当一部分其他昆虫混在了里面，数量最多的是苍蝇。此外，在杂草被修剪得参差不齐的地面上，有好几处地方密密麻麻地聚集了大量苍蝇。苍蝇成群蠕动的样子只有"瘆人"二字可以形容。

岩楯回想起了血淋淋的现场照片，不禁浑身一震。苍蝇聚集的五处地点，正好是尸块掉落的地方。位置的吻合程度高得令人吃惊，这也加重了岩楯的厌恶感。

岩楯刻意将苍蝇聚成的小山从视野中排除，强忍着自上风处扑面而来的恶臭空气。就在这时，在前方不远处捉着虫子的赤堀突然抬起头，不知是想到了些什么，蹬着地面跑了起来，这一切都发生得毫无预兆。她满脸笑容、气势汹汹地奔跑着，双手高举着捕虫网，朝岩楯的方向逼近。

"你干什么？！"

岩楯把身子往后仰，赤堀一阵风似的冲了过去，她轻盈地跳起，借势把网扣在地面。蠕动的苍蝇一瞬间像龙卷风般飞蹿到了半空中，惊慌失措的苍蝇毫不留情地冲撞着岩楯的身体，数量多得令人看不清眼前。岩楯下意识地用手捂住嘴，但发出恼人声音的苍蝇仍不停地往指缝里钻。

"啊！"岩楯大叫着将苍蝇拍落，用袖子使劲蹭着被手遮住的嘴。

"怎……怎么回事？！什么？！怎么办？！"

牛久慌乱地大喊道，快速地摆动着手臂，试图将苍蝇风暴驱散。

他起先奔走在现场，想要找个地方躲苍蝇，最后意识到自己无路可逃，他万念俱灰地发出了悲痛的喊叫声。

"到……到处都是苍蝇！还一直往我这里飞！这么多苍蝇到底从哪里来的？！"

"总之，把眼睛和嘴护住！这些可是食腐的苍蝇！"

"食腐？！"

岩楯连忙解下缠在脖子上的毛巾，将其包裹在脑袋上，现在已经顾不上仪表了。岩楯用手护住嘴，向原地踏步、闹个不停的牛久说明现状。

"这些苍蝇是那些啃食尸体的蛆虫的父母，它们是尸体出现后第一批赶来的大头金蝇，红砖色的复眼和发着绿光的躯干，不会错的。"

"第……第一批？！到底会有几批啊？！"

牛久终于将毛巾从口袋中抽出，覆盖住口鼻。

"这些虫子在收集渗入土壤里的尸液。真是的，明明老早就把它们的食物拿走了，还这么依依不舍的。"

"尸……尸液？！请别说了！光是这个臭味我就快受不了了！我觉得岩楯主任您能这么冷静才奇怪吧！这么一大群苍蝇啊！声音也大到不行！"

"我看起来像是冷静的样子吗？我也跟你一样，胃里的东西已经涌到喉咙了。"

赤堀没有理睬两名手忙脚乱的刑警，不顾附近聚集的大量苍蝇，一心一意地从捕虫网中拿出猎物，进行取样。这一幕被牛久看见，他发出"噫！"的一声，以及甚至不知道能否被称为叫喊的声音。

实在是太可怕了！岩楯顿时觉得胃里翻江倒海，他用手压着胸口，拼命地抑制反胃的感觉。赤堀的脸上爬满了苍蝇，它们自由自在地蠕动着。尽管如此，这女人还是满不在乎地用平时的声音开口了。

"哎呀，还剩下这么多，运气真不错。说起来，这些虫子，长得跟西瓜种子一模一样啊，你们不觉得吗？"

"跟你说过多少次了，别总是把虫子比作食物。"

"我小时候有个爱好，我喜欢坐在套廊[1]上，把西瓜的种子用手弹到同一个地方，放着不管，它们还会冒芽呢。"

"这算哪门子的爱好啊？"

就连两人说话的时候，苍蝇也在赤堀的嘴边盘旋着，几乎要飞进去。然而她却一副若无其事的样子，挥着手把它们赶跑了。牛久见状，突然发出一阵呻吟，一路往梯子的方向小跑而去，把身子折成了一个直角。跟赤堀共事，铁定会落得想要呕吐的下场。不过，牛久看样子是完全接受不了这类场景。

"咦？牛久先生，出什么事了吗？"

"出什么事，你心里就没点数吗？"

不忍直视的岩楯解开裹在头上的毛巾，往赤堀头上打了下去。就这么重复了好几次，苍蝇才全部飞走，赤堀的脸上终于干净了。

"好痛啊！你干什么呀，岩楯刑警？突然进入战斗状态了，要干一架吗？"

"干什么架啊？我帮你把脸上的苍蝇都赶跑了啊！我看着都要受不了了，拜托你，回去以后记得给脸好好消一下毒。"

"什么呀，原来你会在乎这种事啊？"

"当然会在乎啊。"

---

[1] 套廊：日式建筑的特征之一，指房间外缘到庭院之间可供休息的缓冲空间，大多数情况下都铺设在房屋朝南的地方。

岩楯语带怒气地说道。

"嗯，不过苍蝇确实是卫生害虫，是很多病原体传播的媒介，斑疹伤寒、霍乱、痢疾……各种各样的病毒，最近还有研究说O157[1]也有可能是以苍蝇为媒介传播的。"

"既然如此，你就更不该这样任由它们在你脸上爬来爬去啊。况且这些苍蝇还是聚集在尸液上的，身上说不定带着更可怕的病毒啊。"

岩楯不停地拿毛巾擦拭碰到了苍蝇的部位。牛久面如土色地回来了，但在看到嗡嗡作响的苍蝇旋涡仍旧盘旋于此地时，他又停住脚步，不敢往前了。

"总之，现在这种环境没办法调查现场，苍蝇太多了。"

"这点小事就交给我吧。"

赤堀挥舞着捕虫网驱赶苍蝇，将试图飞回来的个体再次赶回河谷方向，那样子简直像挥舞着金箍棒的孙悟空一样。赤堀笑着重复这个动作，苍蝇的数量逐渐减少到了原先的三分之一。

"那样好玩吗……"牛久忍不住开了口。

"我暂时把它们赶跑了，苍蝇现在处于警戒状态，十分钟之内是不会回来的。趁现在赶紧干完收工吧。"

不过，其实只有赤堀是必须在案发现场进行工作的。

牛久咽了好几口口水，用手捂着嘴，但视线似乎从没离开过赤堀。他的大脑里似乎只剩下了震惊，此外的情感被一扫而空。赤堀看着搭档，微笑地说了句"欢迎回来"，捡起了掉落在现场中央的球形毛巾，这是赤堀刚才从上面扔下来的。

"聚集在这里的苍蝇，大部分是一种叫作大头金蝇的苍蝇。岩楯

---

[1] O157：一种肠出血性大肠杆菌，是食物中毒的原因之一。

刑警说得没错,食腐的苍蝇会在尸体上产卵,卵孵化后就会变成蛆。跟尸体腐烂分解有关的昆虫,可以分为好几种不同的类型。"

赤堀扫视着杂木繁茂的悬崖斜面,将视线停在了被警方认为是弃尸地点的村道上。

"第一类就像岩楯刑警刚才讲的,是聚集在这里的苍蝇,还有就是一种叫皮蠹的甲虫。"

"啊,这我知道。我之前把皮质登山靴放在储物间里,结果进了好多那种虫子,把我的鞋子啃坏了两双呢。是那种像黑芝麻一样的小虫子,对吧?"

"对,对,皮蠹会啃食开始变得干燥的尸体,皮制品也是它们的最爱。第二类是以蛆虫和甲虫为食,或是会寄生在它们身上的节肢动物,比如阎虫、埋葬虫,寄生类的有小型的蜂和蚂蚁。"

"一共有几类呢?"

"四类。第三类是大型的蜂和蚂蚁,还包括一部分甲虫。这类昆虫既吃尸体,也吃其他昆虫,人类害怕的昆虫基本都在这类里面。要是尸体被胡蜂发现了,它们就会不眠不休地啃食蛆虫和腐肉。"

赤堀一边说着一边蹲下身,拨开被割短的杂草。牛久听着她说的话,眼神里写满了"这个女人到底是何方神圣"几个字。

"最后一类是蜘蛛类。它们会在尸体附近结网,一只接一只地捕捉被尸体吸引来的昆虫,是高智商罪犯,它们天生就倾向于把风险降到最小。所以,只要调查现场的昆虫,就能知道尸体的腐烂进展到了哪个阶段。不过这其中主要还是研究蛆。"

"您觉得这样得出的结果准确吗?比如日期什么的。"

"嗯,虫子只会依自己的本能行动。它们一心只想着要如何吃到食物,如何留下后代,仅此而已。而且,昆虫的世界是弱肉强食的,为了生存下去，它们只会按规则行动。它们是排除了一切冗余之事的究极生物，它们所说的话是值得信赖的。"

赤堀像獾一样在地上匍匐前进。突然，她站起身，抬头仰望崖壁。她从刚才开始就一直在重复这个动作，看样子非常在意上面的情况。

"怎么了？"

岩楯向其搭话道。赤堀包裹着毛巾的脑袋转了过来。

"要是从上面扔东西下来，一定会撞到那边的合欢树，刚才的毛巾就撞到了。"

赤堀指了指开着绒毛状淡红色花朵的树。

"合欢是黄蝶喜欢吃的植物，也是特定种类昆虫的栖息地。"

她这么说着，用手抓起掉在地上的黄绿色毛毛虫。接着，她又用左手抓起一只身体细长、看上去像是天牛的昆虫。

"只要树被什么东西撞上了，这种虫子就会七零八落地从树上掉下来。但是在鉴定科送来的虫子里，不知怎么的，这样的昆虫一只都找不到。"

"有没有暂且不提，这味道是怎么回事？"

岩楯被突如其来的臭气呛到了。与腐臭明显不同的另一种极为复杂的臭味随风飘了过来，赤堀摆出一副早已看透岩楯心思的表情，将抓着虫子的左手伸到岩楯和牛久面前。两名刑警同时条件反射性地往后退了一步。

"你说的味道应该是这虫子发出来的吧？纹须同缘蝽，它是栖息在合欢树或者果树上的一种大型椿象，这个味道还挺有异国情调的吧。"

"你到底为什么能毫不犹豫地抓起那种东西？这根本就是腐烂的厨房垃圾的味道。你自己回去查查'异国情调'是什么意思。"

赤堀将看上去长度超过两厘米的椿象拿到鼻子前，深吸一口气之后，又马不停蹄地开始了取样。牛久已经连话都说不出来了，只好哑口无言地看着她。

"这些椿象倒是其次。它们就算从树上掉下来，也可以自己爬回去，但黄蝶的幼虫是没办法做到这一点的。然而，送过来的样本里连黄蝶幼虫的尸体都没有。"

"难道不是因为经过的时间太久了吗？毕竟那时碎尸已经被丢在这里有十天以上了。"

"岩楯刑警，不是十天以上，是二十天以上哦。"

赤堀露出得意而诡异的微笑，纠正了岩楯。

"嗯，也有可能是被其他动物捕食了，所以这点我就暂且不追究了。但我总觉得现场很怪，这是我的直观印象。"

赤堀似乎确定了先前的异常之感并非空穴来风。

那之后，昆虫学者赤堀在现场忙碌地采集着昆虫和植物，然后下降到阶梯状地形的下一层，继续进行现场调查。

岩楯拿出塑料瓶喝水，随意地用手擦了擦止不住的汗。树木环绕的森林中暑气逼人，从地表升腾起来的热气几乎可以说呈现出了蒸汽的状态，始终给人一种在蒸桑拿的感觉。

岩楯扯了扯因汗水而粘在身体上的工作服，看向赤堀的方向。她蹲下身子，猫着腰，直勾勾地凝视着地面。接着她从工具箱中取出镊子，夹起土块一样的东西装进塑料袋中。

"那是什么？"岩楯在远处向她问道。

取样到一半的赤堀立刻回答道："某种动物的粪便，还有被晒干的桑葚。调查会议上也提到了，说这些东西掉得到处都是。"

"你要把那些东西带回去吗？虽然不知道你想干什么，不过真是辛苦你了。"

"因为不知道这些东西跟凶手有着怎样的联系，以防万一，我觉得还是尽量不要遗漏任何线索。别被条条框框所束缚，要懂得拓宽自己的视野，拓得像蜻蜓那么宽。"

"你的字典里打一开始就没有'条条框框'这四个字吧。"

岩楯意味深长地笑道。

他从没见过像赤堀这样不被固有观念束缚的人。她对待工作热情十足，而且对各个领域的意见都持非常包容的态度。一旦碰上问题，她总能很快意识到问题的本质并进行学习和挖掘，这在某种意义上可以说是一种近乎贪婪的求知欲。别人总笑她表里如一、大大咧咧，但那些只不过是她的外在。这个女人显然有着不可忽视的内在，是个不容小觑的人物。随着共事时间变长，岩楯也逐渐意识到了这点。

赤堀爬上来，回到了刚才的位置。这次她又开始用铲子挖土，她采集了发现碎尸的五处地方的土壤，在袋子上贴上标签。

"这次鉴定科没有帮我采集土壤，甚至连虫子都是混在一起给我送来的，分类的时候费了我好大的劲。"

"非常遗憾，有关法医昆虫学的教育进行得还不够到位啊。"

"唉，蛆虫对他们来说都一个样，这也是没办法的事啊。那数量多得让人喘不过气，而且一般人也不会觉得必须要把所有虫子都采集、保存下来。"

"在你加入之前，聚集在尸体上的虫子几乎都是被扔掉的命。考虑到这点，我觉得他们已经有所长进了。"

说到岩楯，他甚至对丢弃昆虫这件事产生了抵触感。在短短几年前，岩楯还完全没想过将虫子作为研究对象的人到底在追求些什么。

赤堀将样本装入盒中，塞进背包里，猛地站起身。她满身大汗，发丝粘在了脸颊和脖子上。

"好了,苍蝇也差不多要回来了,是时候收工了。对了,牛久先生,你要是有什么问题就尽管问吧。"

"啊?如果有问题的话,我当然是会问的。"

突然被搭话的牛久一脸讶异,一本正经地回答道。

"说是'问题',其实你想问什么都行。比如像'法医昆虫学不是骗人的玩意儿吗'或者'真的有必要陪她做这种事吗'之类的。"

赤堀露出一脸得意的表情,嘴角微微上扬。牛久的慌张都写在了脸上。

"我……我是有些疑问,但没到您说的那个地步。"

"啊,没关系啦,我早就习惯了。而且我也不是会介意这种事的人。"

被戳中要害的牛久不自在地扭动着身子。尽管如此,他似乎终于决定要把一直藏在心底的想法说出口。他看向赤堀,喉结在粗壮的脖子上上下滑动。

"那就请容我问一句。我觉得神宫法医的观点合乎逻辑,无懈可击,我们现在做的工作,是为了推翻他的推断吗?"

"不是的,不是的。"

赤堀把手举到面前左右摆了摆。

"一方面是我想弄清现场的环境如何,另一方面是我想直接听听虫子们的声音,尽管十分微弱,但这里仍残留着案发当时的声音。"

赤堀扫视整个河谷,目光锁定在开始回到现场的苍蝇身上。

"那么,关于遗体呈现出死后十天左右的状态这一点,赤堀老师您怎么看?"

"光看遗体的话,这个推断应该是没错的。"

"那您还坚称被害人已经死了二十天以上,又有什么意义呢?"

"因为这是我的工作呀……这大概就是意义吧。我得运用自己学到的知识，从自己研究的领域给出观点。如果不这么做，法医昆虫学不就没有存在的必要了吗？"

岩楯明白观念保守的牛久无法接受赤堀，不过，他似乎不像伏见管理官那样，认为赤堀是靠着关系加入调查的无能之人。岩楯能看出他对昆虫学者十分敬重，但同时也对这不知将走向何方的调查感到不安，大概是这样吧。

"我想告诉牛久先生的是，在所有与腐烂分解有关的生物中，昆虫有着不可动摇的地位。这点只要思考一下生理组织归于尘土的过程就能明白，参与腐烂分解的生物中百分之八十五以上都是昆虫。"

牛久思考了片刻，提出了更为尖锐的问题。

"那么，尸体上明明附着着大量的昆虫，为什么法医得出的结果却显示尸体是死后十天的状态，和昆虫给出的答案不相吻合呢？"

"这我不清楚。"

赤堀笑嘻嘻地回答道。牛久闭上了嘴，用手抹了抹脸。

"不过说起来，牛久先生你真是有着一副好嗓子啊。我之前看过罗密欧与朱丽叶的舞台剧，你的声音很像演罗密欧的那个人呢。"

"……是吗？"

"对了，你能不能说说看那句台词？'只要你唤我作恋人，从今以后，我就永远不再叫罗密欧了。'一定超帅的。"

牛久再次用手抹脸，在不知考虑了些什么后，老实地重复了舞台剧的台词，而且岩楯听得出他念得十分深情。搭档的声音穿透了弥漫在四周的腐臭、乱飞的苍蝇，回响在河谷中，惊动了山里的鸟儿。

"你们两个别玩了，该走了。"

岩楯将捕虫网递给鼓着掌的赤堀，朝梯子的方向走去。

2

　　三人回到停车场，仔细地清洗了脸颊和双手。岩楯决定在送赤堀去车站前先到两三户人家里问问话。三人在牛久保证美味的手擀荞麦面店填饱肚子后坐上了雅阁车，前往村郊。

　　"仙谷君的人物原型是牛久先生吧？"

　　赤堀将在荞麦面店拿到的贴纸贴在笔记本上，从后座探出脑袋。牛久听到后，脸上露出喜滋滋的微笑，朝旁边瞥了一眼。

　　"有那么明显吗？"

　　"那是当然，跟你长得一模一样啊。"

　　"可是岩楯主任好像就没认出来。"

　　"啊，他那只是故意整你的，你上司的性格里就是有这种别扭的部分。"

　　又在那里乱说话……岩楯打开调查档案，确认目的地，将窗户打开一条小缝。就在这时，女人的尖叫声传入车内，接着一阵哭声也随风飘进车内。到底是怎么一回事？

　　岩楯将窗户完全打开，环视四周。他看见小山丘上的一座石桥上，似乎有一群少女在叫嚷着。十个人，不，不只十个人聚集在那里。石桥桥头有位少女正捂着脸啜泣，好几个人围在她身旁。岩楯原以为是聚众霸凌，他探出身子一看，却发现少女们有的将手放在哭泣少女的肩上，有的抚摸着她的背，看样子是在安慰她。

"那些女孩是村里的女高中生，她们在这种地方干什么？"

牛久在少女们身后远远地停下了车。

"你倒是说话啊！你不觉得小优很可怜吗？！"

"你当我们是傻子吗？别跟个哑巴一样，你倒是解释啊！"

"为什么要做这么过分的事？真是个人渣！"

"我们再也不会被你骗了！还不快道歉！"

少女们的说话声听上去就像吠个不停的小型犬的叫声。

"大家都在围攻一个人啊。是霸凌吗？"

"不，不可能。村里从没发生过霸凌事件。"

无论如何，不能就这么置之不理。岩楯揉了揉僵硬的脖子，无可奈何地下了车。

"住手，住手。你们在这种地方干什么？"

听到岩楯劝阻的声音从身后传来，少女们一齐转过了头。她们一个个都涨红了脸，鼻头渗着汗珠，其中有好几个人还流着泪，所有人都异常激动。

果不其然是小孩子在吵架啊。就在岩楯扫视少女们的时候，被人群包围的中心人物抬起了头，岩楯的目光不由自主地被吸了过去。

那人皮肤白得透明，披着一头随性的浅棕色的柔软短发。这种微妙的颜色，是叫作榛子色吗？那人有着清晰的面部轮廓、深邃的五官，依据角度不同，有时看起来像男生，有时看起来像女生，长相非常中性。

这时，从身后赶来的牛久凑在岩楯耳边，低声说了句"那是一之濑俊太郎"。原来如此，那就是偷走了全村少女芳心的美男子啊。

岩楯饶有兴趣地观察着被少女们包围住的俊太郎。他继承了父亲的优良基因，才十七岁身高就轻松超过了一米八。他的脸小得惊人，还显得有些超凡脱俗，岩楯想起之前在某部电影中看到的电脑合成的妖精形象，那妖精给人的感觉就是这样的。稚气未脱的五官精致得像陶瓷一般，看起来脆弱无比，很容易被刮伤的样子。岩楯有点理解村里的少女为什么会迷恋他了。

"仙谷君！"

好几名少女这么喊着跑上前来，岩楯差点被撞飞出去。

"你听我说！这次换小优被一之濑伤害了！"

"居然在 LINE[1] 上公开让她出丑，太过分了！"

"仙谷君，我们忍不下去了！每次受伤的都是我们！他凭什么这样玩弄我们的感情，折磨我们？"

少女们的控诉严厉、认真、来势汹汹。牛久似乎是女高中生们仰慕的对象，所有人在面对他时都毫无戒心，流露出了真情实感。

就在这时，赤堀从身后冒出来，像在使用什么必杀技似的把手伸向前方，扎起马步。

"热杀蜂球！"

少女们看见披着沾满漆渍的粗棉布衬衫的赤堀，顿时安静了下来。她们一副见了可疑人物的样子，退后一步，面面相觑。

"你们这是热杀蜂球，还是窒息争球？"

"你这又是演的哪一出？别吓唬小孩子啊。"

岩楯的疲劳感倍增，长叹一口气。赤堀微笑着扫视了少女们。

"我来解释一下吧。日本蜜蜂在遭遇敌人袭击时，会聚在一起组成球体，发出四十七度的高温将敌人热死。这叫作热杀蜂球。"

---

1 LINE：一款即时通讯软件。

女高中生们依然面面相觑,歪着脑袋。

"但如果是西方蜜蜂的话,则会大量聚集起来并组成橄榄球比赛中并列争球的队形,勒住敌人的腹部,使其无法呼吸。一边是热死,一边是勒死,不知为何,亚洲的蜜蜂和欧美的蜜蜂使用的杀敌方法是不同的。你们现在这个样子就很像蜜蜂在攻击敌人哦,也就是说,只要抱团就能变强。"

赤堀说了句"借过",拨开人群,走到少女之敌面前。她踮起脚尖,目不转睛地盯着少年看。

"瞳孔是翡翠色的……跟无霸勾蜓一样呢。"

在这场骚乱当中,俊太郎没有流露出丝毫感情,冷静得让人感到害怕。他的母亲是俄罗斯人,听说在外面有了别的男人,回国了。他这莫名的成熟感大概也是拜复杂的家庭环境所赐吧。这么一个表情冷酷、不知道在想些什么的美少年,对怀春少女们来说,想必是个引人遐想的存在。

"你为什么不反抗蜜蜂呢?"赤堀问俊太郎。

"因为我赢不了。"少年立刻冷漠地答道。

"她们刚才说,你把跟小优私下里的聊天记录给公开了,这是真的吗?"

"真的。"

"为什么?"

"我腻了。"

话音刚落,少女们便发出尖锐的叫喊声,岩楯不由得捂起耳朵,耸起肩膀。当事人小优从刚才开始就哭个不停,但却不难看出她有些沉浸在这悲剧带来的优越感中。女高中生们大惊小怪地将怒火投向俊太郎,但赤堀知道这不是她们的真实想法。她们想要责备抢先下手独占了俊太郎的同学，但却不想承认自己输给了她。如此一来，她们只好树立一个共同的敌人，抱作一团。这简直就是村庄社会的缩影。

少女们像被捅破蜂巢的蜜蜂一般躁动不止，激动到了极点。俊太郎应该是被少女们叫到这里来的，岩楯可不能放任少女们在这种歇斯底里的状态下攻击少年。他把手举到耳边拍了拍，用压过少女们声音的大音量喊道："行了，大家都解散吧。"

"凭什么？！少自作主张了！"

"我还偏就自作主张了。今天是难得的周六，干些更开心的事不好吗？要不在家读书也行啊。"

一名少女握住牛久的胳膊，大倒苦水。岩楯给了搭档一个眼神，让他劝少女们马上回家。

"总之，你们也别再为难仙谷君了。更何况，危险人物现在还游荡在附近呢。你们放心吧，警察叔叔会替你们把一之濑好好教训一顿的。好了，听明白了就快走，不许顶嘴。"

岩楯随意地摆了摆手，试图将少女们赶走。她们自然没有轻易让步，在牛久的耐心劝导下，才终于不情不愿地离开了。在目送所有人都从村道尽头拐弯离开后，岩楯将脸转向俊太郎。

"你也回去吧。"

"不是要好好教训我吗？"

"我尽量不去插手别人的恋爱问题，就算是小鬼之间的爱情也一样。"

俊太郎露出一脸意外的表情，他直勾勾地盯着岩楯看了一会儿，然后跨上倚靠在石桥栏杆上的 De Rosa 牌高档自行车。少年穿着白T恤和灰色运动裤，仿佛穿了一身睡衣，但不知为何，看上去有些时髦，令岩楯十分佩服，自己要是跟他穿一样的衣服，看起来就只不过是个从便利店买完东西，正要回家的大叔而已。

少年再次用泛着绿光的美丽瞳孔与岩楯对视,接着便一阵风似的骑车离开了。

"一之濑,以后可别再靠近蜂箱了哦!"

赤堀朝俊太郎挥手,嘴里喊着莫名其妙的话。俊太郎短暂地回头瞥了一眼,然后便消失在了树木的缝隙间。

这里还真是个多事之村啊。三人朝雅阁走去,准备前往下一个目的地。周围除了知了声外什么都听不见。上车后,牛久粗暴地转动着方向盘,嘴里一直重复着同一句话。

"刚才真该好好训斥一下一之濑家的儿子,让一个女孩子哭成那样,算什么男人?这已经不是第一次了,我都看不下去了。"

他愤怒得简直像自己的女儿被男人骗了似的。

"而且还对女孩子说什么'我腻了',那是小孩子该说的话吗?他现在才十七岁啊,长大了得成什么样子?"

"是吗?可他要是不那么说的话,这事就没完没了了。"

"就算是这样,他也可以说得委婉一点啊。真是的,一点同情心都没有。"

"说起来,你成家了吗?"

"怎么了?为什么突然问这个?"牛久惊讶地问道,然后摇了摇头。

"我还单身。我参加了好几次警视厅和山岳救助队举办的相亲会,但总是找不到有缘人。"

"你就算不特意去参加那种聚会,村里的老人也会整天帮你牵线搭桥吧。"

"是这样,没错,但我希望结婚对象是我自己看过并认同的,毕竟那可是要携手一生的伴侣。"

牛久握着方向盘,表情突然放松下来,眼神变得深情。他心里是什么感受，全都在脸上写得一清二楚，实在有趣。

"说起来，你喜欢什么样的女孩子？"

"这个嘛……总之，我希望对方能跟我回老家住。我想找一个顾家的全职主妇，愿意每天等我回家。当然，我也希望她能跟村里人好好相处，守护、继承仙谷的文化和产业。性格温和，总是笑盈盈的，喜欢小孩子的开朗女性最为理想。要是还有点清纯可爱的感觉，就再好不过了。眼睛最好要炯炯有神，有着一头顺滑的乌黑长发，给人一种很适合穿白色衬衫的感觉……"

"真亏你能列出这么一大串要求啊。"

岩楯惊呆了。他以为对方是带着半开玩笑的心态说这些话的，但牛久本人却一副一本正经的样子。岩楯可以想象出他在相亲会上一副格格不入的样子了。对女人来说，他就是那种让人避之不及的麻烦男人。

就在牛久因想象着心目中的理想对象而脸颊泛红时，赤堀从后座伸出脑袋，将脸贴近牛久，距离近得有些恼人。

"我总觉得你是在说我啊！"

"差了十万八千里吧。"

岩楯抓住努力往前挤的赤堀的脑袋，将她摁了回去。

"还真是警察中典型的保守结婚观呢。哎，你要这么想是你的自由，但千万别把对象当成自家老妈，指望对方能容忍自己的一切。这么做只会自取灭亡。"

岩楯斩钉截铁地断言道。他之所以这么说，是因为他现在正和分居中的妻子进行离婚调解，而且决定于近期内解除婚姻关系。导致这一切的最大原因就是岩楯跟牛久一样，没把妻子当作一个独立的个体来对待。两人都希望妻子能察言观色，在家庭中只展现出自己好的一面。岩楯总是下意识地用这种幼稚的想法去要求妻子，而妻子也会在其他事情上对丈夫提出单方面的要求。

现在离婚已成定局，解脱感、失落感、安心感和空虚感接连涌上岩楯心头。然而，妻子却是拼了命地隐藏自己的喜悦之情，尽管表面上装出一脸沉重的样子，思绪却早已飞往离婚后的美好未来，她似乎已经彻底抛下二人无趣的过去了。

岩楯将手伸向工作服的胸前口袋，意识到香烟不在那里，发出一声苦笑。

他打开车窗，看见一位老人将绳子绑在细长的原木上，身子前倾，用力拖行着。隔壁家的人则操作着一台古旧的手动切割机，将木头加工成薄板。再边上的一户人家正在豪迈地砍着柴。今时今日，人口稀少的问题越发严重，仙谷村也并非例外。然而在这里，你走遍全村都找不到一个游手好闲的人。不管往哪儿看，老人们都精神头十足，活力充沛。

"村里的老人一个个都是劳动者啊，是不是一个隐居养老的人都没有啊？"

岩楯眺望着沿途的民房如此问道。他察觉到坐在一旁的牛久点了点头。

"直到前年，村子的口号都是'一辈子现役'。"

"确实都是现役啊。腰跟膝盖都弯成那样了，看上去还是那么稳健，真厉害啊！感觉比年轻人还有活力。"

"他们现在虽然一副精力十足的样子，但大家其实是从最近几年开始才变得这么健康的。以前很多老人在退居二线的同时，会患上老年忧郁症，那之后甚至还会变得卧床不起，患上老年痴呆，所幸巫女拯救了村里的人。"

"巫女？"

"对，一位巫女守护着仙谷村。"

牛久踩着油门，将车开上平缓的斜坡，继续说道："我们现在就要去巫女家。她是从外地搬过来的，但很快就适应了村里的环境。她乐于社交，学识渊博，村民们能恢复活力都多亏了她。"

"她是神社里的神职吗？"

"不，不是那么一回事。"

搭档看着前方摇了摇头。

"她治好了被诊断出皮肤癌的村民，还帮助胃癌末期、饱受折磨的老人消除病痛，让老人家安详地离世。只要经过她的手，不管什么疾病或症状都能得到缓解，她实在是名副其实的'疗愈大师'。"

这个男人到底在说些什么？岩楯凝视着热切地诉说巫女厉害之处的牛久，一股危机感油然而生。癌变消失、缓解百病、治愈身心……这些都是骗子和邪教传教人员的惯用说辞。只要是个警察，就理应对这种事再清楚不过，然而牛久看上去却对此毫不怀疑，耿直得让人有些害怕。

"那么，那位不是医生的巫女，向村民索取高额的布施费了吗？"

"没有，没有，全都是无偿的。她说她用的一切东西都源于大自然，成本为零，没有收大家的钱。"

"自然信仰啊，那多半是计划着将来成立个宗教吧，打算到那个时候再赚个盆满钵满。"

"不可能啦！她从来没有把自己的想法强加于人。"

牛久看起来无比地认真。他都说到这个份儿上了，看样子这个巫女确实没有加害于村民。尽管这整件事越想越觉得可疑，但岩楯决定暂时不去深究，他决定等自己亲眼见过这个巫女后再做判断。

3

巫女的住处位于村子东南方的一处悬崖下。从崖壁上伸出的白蜡树的枝叶，像蕾丝图案的阳伞一般覆盖在瓦片屋顶上，但这儿别有一番风味的不只是这把阳伞。屋子是带有村子特色的、司空见惯的木屋，但三人站在私人道路上却看不太清楚屋子的情况。究其原因，是屋子周围乱蓬蓬地长满了高度及腰的杂草，让房子看起来就像一间没人打理的废弃老宅一样。

"建在荒地正中间的破房子……"

岩楯直截了当地说出了自己的想法。宽约十米的杂草之墙里面还长了一排细竹，将屋子团团包围，住户是希望竹子起到栅栏的作用吧。

赤堀从刚才开始就像在调查什么似的四处走动，时而拨开杂草，时而摘下叶片，时而发出哼哼声，忙个不停。最后她双手抱胸，频频点头之后断言道："这绝对是专家的杰作，不会错的。"

岩楯搞不懂赤堀为何把这么个荒凉无比、看上去就不像是正经人住的地方称为"专家的杰作"。

牛久听后，十分高兴地回应道："她可是为村子的振兴做出重大贡献的有才之士哦！来，请往这里走。"

两人跟着牛久走上弯曲的石子路，接着，岩楯便看见一条像是被野兽踩出来的道路一直延伸到深处。看来这里就是屋子的入口，涂成红色的木质邮箱上插着村子吉祥物"仙谷君"的彩旗。

牛久走在前头,拨开沿途的杂草。这时,岩楯被稻穗一般的草叶割到了手,发出咒骂声。定睛一看,这里到处长着带刺的植物,这一带简直像布下了天罗地网一样,草丛深处的可怕程度一定超乎想象。岩楯已然被这房子弄得烦躁不堪,但在通过细竹栅栏,视野变得开阔后,他下意识地嘀咕了起来。

"这是……"

宽敞的院子一直延伸到深处,目瞪口呆的岩楯开始环视起了庭院。

所谓百花齐放,指的大概就是这幅景象吧。不管把目光往哪里放,映入眼帘的都是令人愉悦的色彩,新鲜的花香弄得人鼻子痒痒的。而且,这里的植物跟花店里卖的那些好看的花草不同,不知怎么,充满了野性和力量。岩楯清楚地明白了屋主的园艺水平完全不是业余人士可以比拟的。

房子旁边是一个用支架搭成的立方体建筑,支架上覆盖着一层随风飘动的半透明白布,这好像是个小型温室。透过薄薄的布料,可以看见温室中花朵绽放,有大朵的玫瑰,还有各类兰花,就连覆盖在看起来像是集装箱改造的铁皮储物间表面的爬山虎都十分别致,令人感到不可思议。岩楯立刻就被这毫无秩序又细巧无比的庭院所俘获了。

"你看吧,所以我才说她是专家啊。"

赤堀像是在品尝空气似的深吸了一口气。

"种在屋子附近的植物都有驱虫的效果,天竺葵、柠檬草,还有蚊子最讨厌的香茅和桉树。这些植物就像过滤器一般被混着种在了杂草之中,难道说巫女的真实身份是草药师吗?"

"非常准确的介绍,基本上说对了。"

岩楯看向低哑嗓音的源头,一个女人从带有套廊的房子旁出现了。她一头干净利落的短发,黑发中混着几缕白发,晒黑的脸颊上布满雀斑和其他色斑,年纪大约五十岁吧。尽管如此,她看起来却十分年轻,目光炯炯有神,她的目光锐利到让人忍不住想移开视线。

"擅自闯进来,非常抱歉。我是警视厅的岩楯。"

户主一边整理着覆盖在温室上的薄布,一边走向岩楯,在他的正前方停下了脚步。真是个高大的女人啊,她几乎可以与岩楯平视,肩膀很宽,身材十分魁梧。女人身穿麻色衬衫和深绿色长裙,手上提着一个装得满满当当的水桶。与其说她是巫女,这架势更像是遁世的武术家。

她从头到脚地打量了岩楯一番,接着突然一边做出扇风的手势,一边开了口。

"腐叶土、西夏川、荞麦面、萝卜、焙茶、腐败胺、硫化氢。"

她抬起下巴盯着岩楯,突然说出一串令人感到莫名其妙的词汇。

"啊?"岩楯反问道。女人抬起右手,示意岩楯不要插嘴。

"你到这里来之前在河流附近待过。你身上有股酮的味道,一定是从案发现场来的吧。然后,你午饭吃的是荞麦面,喝的是焙茶。还有就是……"

她像是在向岩楯的身体问话似的,双手小幅度摆动着,做出一副侧耳倾听的样子。

"虽然味道很淡,但应该是万宝路没错。"

听见这个出乎意料的词语,岩楯顿时手足无措,像个藏着香烟被老师发现了的中学生一样。

"不是,我只不过是昨晚抽了一口而已。而且抽得很轻,在烟还很长的时候就掐掉了。"

"噢,你输给了自己的欲望呀。"

岩楯往旁边一看,只见赤堀眯着眼睛,脸上浮现出可憎的窃笑。巫女斜眼看着寻找借口试图狡辩的岩楯,走到昆虫学者面前,歪着脖子,停下动作。

"你抽的是佳士达五毫克呢。"

这次轮到赤堀惊慌失措了。到底是谁整天耍威风,说自己毫不费力地就戒了烟呢?赤堀夸张地大笑起来,想要蒙混过关。"可不是嘛。"她拍着岩楯的手臂,莫名其妙地向其征求同意。

"不过话说回来,你的味道还真奇特呢。虽然跟岩楯先生有着同样的味道,但还混着些其他气味。你是吃了黄瓜或者西红柿吗?不,好像也不是,不过在成分上很接近。还有,这是什么味道……绿霉?"

巫女像乐队指挥一样晃动着手臂,嘀咕个不停,眉间出现了一条皱纹。赤堀见状,将拳头放在嘴边,像重整旗鼓般地干咳了几声。

"我既没吃黄瓜也没吃西红柿,不过这些蔬菜的共同点就是都含有反式-2-己烯醛,是绿叶味道的主要成分。味道的正主是纹须同缘蝽,我刚才抓过一只。"

"纹须……什么来着?"巫女从胸前的口袋中缓缓掏出笔记本,放下水桶,拿出短铅笔做起了笔记,"就在这附近吗?"

"去合欢树上找就一定能找到。另外,绿霉的味道应该是来自马达加斯加蟑螂的臭腺吧,那是一种体长七厘米的大型蟑螂,有人通过特殊途径托我做器官移植实验。"

到底是什么样的人才会拜托赤堀做大型蟑螂的器官移植实验啊……岩楯再次意识到自己对昆虫学者的人际关系仍旧知之甚少。赤堀扭动着身子,将手伸进背包侧面的口袋中,拿出一个岩楯十分眼熟的小瓶。

"这是干燥的亮毛蚁,如果你喜欢的话,就请收下吧。"

巫女接过瓶子,拔出软木塞,将小瓶拿在眼前摇晃、画圈。接着,她用青筋突出、瘦骨嶙峋的大手将瓶中的气味扇进鼻子里。

"太令人吃惊了,闻起来就像花椒、柠檬和红黏土混合在一起的味道。"

"这种蚂蚁的费洛蒙中含有和香茅醇、香叶醇接近的成分,人类闻起来就成了你说的那种味道。"

"香叶醇?那是玫瑰花香的成分。没想到这么小的蚂蚁里居然也有那种东西!而且这么多种复杂的香味竟然被完美地调和到了一起,真是奇妙的虫子呢!"

巫女不停地说着"太令人吃惊了",反复闻蚂蚁的味道,并在笔记本上奋笔疾书。跟赤堀说起话来居然能有来有回,这女人究竟是何方神圣?岩楯看向牛久,搭档牛久轻轻点了点头。

"这位是绵贯千鹤女士。她是一名调香师,之前长期居住在法国,她还亲手调配过国际知名品牌的香水呢。"

"这些头衔我早就丢掉了。"

千鹤摆了摆手。

"说是制作香水,其实更像是去开发未知的香味。如今的世界上到处都是人工合成的化学香精味,我是一名想要反其道而行之,找出给人以强烈印象香味的调香师。"

"这么说来,您让村民们恢复健康,用的也是香味?"

千鹤笑了起来,露出开着缝的门牙。

"我一直在研究医学芳香疗法。这在欧洲的好几个国家已经得到了实践,被分类为一种医疗方法。但在日本,香味大多被用在美容沙龙里,除了闻着舒服外,没有其他效果,这样的观念根深蒂固。尽管日本设有芳香治疗师资格认证制度，但在整合医学[1]中几乎不会用到芳香疗法。"

"绵贯女士现在正致力于将仙谷村产的杉香油推广至全日本。因为花粉过敏症，杉树受到全日本国民的无端嫌恶，她反过来利用了杉树知名度高的特点进行宣传。那个集装箱是研究室，她在里面提取村中植物的精油。"

牛久指向集装箱。从窗户中可以看见似乎是不锈钢质的银色器具，里面摆满像压强计一样的仪器，还有两个被管子连接在一起的大圆筒，大小接近一辆自行车。架子上整齐地摆放着遮光瓶和锥形瓶，俨然一副实验室的样子。

"看起来非常正规啊。那个像宇宙飞船一样的机器是什么？"

"减压水蒸气蒸馏装置，是用来从植物中提取高浓度精油的。说是精油，其实提取出来的并不是油脂，而是植物中一种包含了芳香化合物的不溶于水的成分。这种液体真的很厉害，举个例子，要提取一克的玫瑰精油，就需要五千克的花瓣。"

"这浓度可真是高得惊人啊。不过，即便如此，真能光靠香味就治好病吗？要真是这样，芳香疗法应该早就被世人所熟知了才对。"

岩楯估摸她应该经常被问到这方面的问题。对于岩楯的意见，千鹤一副司空见惯、毫不介怀的样子，略显夸张地耸了耸肩。

"关于这点，是日本的研究制度有问题。虽然日本在基础医学领域的研究水平是世界一流的，但临床研究十分落后。说起来，你们警察应该已经遇到了不少这方面的问题吧。事态已经相当严重了。"

---

[1] 整合医学：一项强调了医患关系的重要性，重视人的整体性，循证治疗，最大限度利用合适的治疗手段、医疗专业人员和医疗原则从而达到预期治疗目的、达到最佳抗状态的医学实践。

岩楯像在问"然后呢"似的歪着脑袋，千鹤见状，长叹一口气。

"危险药品——光是吸入一口就会改变人格，使人做出难以想象的举动。那是一种仿造大麻制作出来的合成大麻素的气味，一旦闻到这种气味，合成大麻素就能轻松通过毛细血管，突破血脑屏障[1]，见效迅速而直接。那么，我们难道不该理所当然地认为，这个世界上存在着能够起到相反效果的气味吗？"

她的意思大概是气味既是毒，也是药。经她这么一说，岩楯意识到人们确实都只考虑到了气味的负面效果，而从没考虑到其正面的效果。就在这时，一直默默听着的赤堀开口了。

"我记得日本也有人在研究用于癌症治疗的医学芳香疗法，对吧？"

"嗯，有研究表明某种精油成分可以促使癌细胞自然死亡，但现在还处于研究初期。"

千鹤直勾勾地看着赤堀，继续说了下去。

"抗癌药会同时攻击正常的细胞，对患者身体的伤害很大。所以，如果能同时采用芳香疗法，癌症的治疗将会发生巨大的改变。"

"嗯，听起来很棒啊。我觉得气味还有很多不为人知的功效。毕竟人就算上了年纪，嗅觉细胞的再生也依然十分活跃，随着年龄增长，听觉会衰退，视力会下降，嗅觉却不会变得不灵。"

千鹤内双的眼睛闪闪发光，她抓住赤堀的右手，与对方握了手。

"你叫什么名字？"

"赤堀凉子。我是一名法医昆虫学者，目前暂时被警视厅雇来进行调查。"

"法医昆虫学……我还是第一次听说。怪不得你对昆虫这么了解。"

---

[1] 血脑屏障：指在血管和大脑之间一种选择性地阻止某些物质由血液进入脑组织的屏障。

"嗯，我毕竟也算是靠昆虫吃饭的人啦……"赤堀难为情地挠了挠脑袋。千鹤对昆虫学者表现出极大的兴趣，再次将小笔记本拿在手中。

"我有个问题，请你一定要回答我。除了刚才的蚂蚁，还有其他像那样拥有独特气味的昆虫吗？"

"这个嘛……粉蝶科的昆虫味道类似柠檬，雄性的田鳖则有类似香蕉的味道，水蜘蛛的味道也很特别。我推荐你在发现一种昆虫后，可以先闻闻它们的味道，我平时也是这么做的。"

两人间的对话实在是令人云里雾里。千鹤专注地记着笔记，赤堀继续说道："要说味道的话，国外的昆虫比日本本土的要有趣。一样是蚂蚁，其中有一种味道跟黄油饼干一模一样，还有像巧克力味的。"

"地点在哪里？"

"婆罗洲。那大概是新品种，我擅自给它起名叫作'赤堀甜点'。不过保护区内的昆虫严禁带出，所以我也就只见过它一面而已。"

"真是可惜。以昆虫为主题的香水说不定还挺有趣的呢。世界真大啊！"

千鹤一脸兴奋，两眼放光，一副明天就要跑到当地去的样子。毫无疑问，她跟赤堀是同一类人。她们两人都在尚未受到日本国内认可的领域中刻苦钻研，并且清楚地知道自己该做的事是什么。

岩楯对性格冷淡却对自己的人生方向毫不迷惘的千鹤产生了兴趣。

"我姑且说一句，我们来这里可不是为了聊蚂蚁的。"

"我知道，是为了山里发生的那件事吧。"

"是的。听说您经常进山，不知道是否看见过或听到过什么不寻常的东西，再小的信息都没关系。"

"没有啊。"

千鹤立刻冷淡地答道。

"我上山都只走通往佛户岩的那条登山路线,沿途有一片种着西洋杉,我经常去那里采集青苔和树皮。当然,这都是得到林业工会许可的。"

"尸体是在与那条路线隔河相望的另一边被发现的,您一般什么时候进山?"

"大概是晚上九点到十一点,我想采集沾着夜间露水的青苔,那样的青苔是吸收了杉树气味的极品。"

调查总部给全体调查员分配的任务是对所有村民进行问话,但岩楯还是第一次遇到声称自己在半夜进山的人。他继续问道:"六月月中到月末这段时间里,您进过山吗?"

"进了好几次。"

"请仔细回想当时发生的事。有没有人站在河对岸的村道上?有没有人开车往山里行驶?您精通香味,有着惊人的敏锐嗅觉,如果在味道方面察觉到什么异常的话,不妨也告诉我。"

千鹤一脸凝重、双眼紧闭,大幅度摆动着双手,简直就像是在指挥一整个管弦乐队一样,这似乎是她进行回忆时会做的动作。她嘴唇微颤,轻声嘀咕着些什么,她长时间保持着这个状态,突然间睁开双眼,倒吸一口凉气。

"您想起了些什么吗?"

岩楯靠近一步看向千鹤,千鹤却立马摇了摇头。但她之后又立刻点了点头,像是有些混乱似的用手指揉着太阳穴。接着她又自顾自嘀咕了几句,缓缓抬起了头。

"有车开过悬崖上的道路。嗯,不会错的。"

"是往山上开去的吗?"

她又点了点头。

"记得是哪一天吗？"

"记不太清楚了。我过着这样的生活，本身就对日期不太敏感。"

"车子的型号呢？"

面对岩楯连珠炮似的发问，千鹤只说了句"我只看见了车头灯"，便低下了头。怎么回事？她的状态跟先前有些不同，总有种不够干脆的感觉，说话吞吞吐吐的。岩楯一边观察着她的样子，一边重复刚才提过的问题。

"气味方面如何呢？"

"气味啊……那附近到处都是野生的云片柏和月桂树，香味十分复杂。就算真的混进了其他什么味道，也很难辨别出来。"

"是这样吗？您刚才明明连我昨天抽了什么牌子的烟都闻出来了啊！"

千鹤看上去正在努力地保持平静。这次她非常不自然地凝视着岩楯的双眼，一副在岩楯退缩之前坚决不移开视线的态度。这反应到底是怎么回事？她看起来不像是在隐瞒事实，而像是刚刚意识到了什么，感到十分震惊。除此之外还带着一丝困惑。

千鹤在与三人对峙片刻后，像浑身突然没劲了似的长叹一口气，苦笑起来。

"跟事件没关系，我只是想起了白花的味道。我之前一直想着要去采集的，结果居然忘了个精光，连我自己都吓了一跳，真是年纪大了啊。我所说的白花是一种菊科的花。"

千鹤通过说话渐渐恢复了冷静。虽然不知道她想起的是否真的是花草的事，但她确实流露出了明显的惊讶之情。岩楯姑且将这件事记在了脑海里。

"我明白了。顺便问一句，绵贯女士，您见过中丸先生吗？"

"见倒是见过，难不成警方在怀疑他吗？"

千鹤睁圆了双眼，反复摇头。

"不可能，不可能，他不是那种会对人下死手的人。他又胆小，又怕生，给人的感觉简直像个六岁小孩。啊，我的意思是他这人很单纯，你不要误会。"

这还是岩楯第一次在村里听到对中丸的正面评价，千鹤看待事物的角度似乎与其他村民有所不同。

"您似乎不仅仅是见过中丸先生这么简单啊。"

"嗯。他被虫咬，抓破伤口的样子实在太惨了。我起先看了觉得有点恶心，后来还是把他带到家里做了芳香浴。我烧了盆开水，往盆子里滴了精油，让他吸入蒸汽，有效成分可以通过肺泡溶进血液，到达全身。我还用茶树油先抑制住了感染。"

岩楯对千鹤将来历不明的男人带回家的行为感到震惊，对她毫不迷惘的内心感到佩服。她这么做不是迫不得已，也不是为了研究，她是发自内心地想要帮助他人。岩楯想起中丸的母亲说过，她平日里的工作是采摘杉叶榨油，那应该也是千鹤托她做的吧。千鹤凭借着自己与生俱来的度量和包容力，受到了村民们的爱戴，她的为人确实跟牛久说的毫无二致。

"一般人可做不到像您这样。不过，还请多加小心。这世上可不是只有好人。顺带一问，您认识一之濑父子吗？"

"认识，那户人家的儿子俊太郎经常来我这里，他最近状态已经好了不少。"千鹤似乎跟谁都能融洽相处。

她继续说了下去："一之濑先生真的很辛苦。俊太郎患有严重的过敏性皮肤炎，还有哮喘的毛病，听说严重的时候甚至会影响到日常生活。他对很多食物都过敏，我们平时吃的大多数食品对他来说都是过敏源，他不能吃的东西比能吃的东西还要多，过敏严重的话，一不小心吃错东西就会丧命。"

"怪不得他们过着那样的生活啊。"岩楯恍然大悟。

"是啊,很少有人能做到那个地步。为了儿子,一之濑先生毅然决然地抛弃了自己的工作和生活,幽居山林,开始从事农业,实在是让人佩服。"

牛久似乎也是头一次听说这些事,他一脸的难为情,像是在对自己不由分说地厌恶他们一事感到羞耻。岩楯深切地体会到了何谓"家家有本难念的经",但这些信息对案件来说,并没有太大的价值。

想要弃尸,凶手就必须通过仙谷村。然而寻遍全村,却只有一个老年痴呆的老奶奶说自己看到了可疑的东西,而且这条证言还不是直接从她口中说出来的,调查总部自然会认为这条情报可信度极低。但岩楯觉得就这么弃之不管有些可惜,自己现在该做的就是把所有的疑点逐个击破。

4

空调发出叹气一般的声音,送来阵阵凉风。总算申请到手的这间位于主教学楼的赤堀专用的研究室,尽管只有四叠[1]大,却舒适无比。虽然终于不再是借用,而是能名正言顺地使用了,但还万万马虎不得。受学生数和关注度的影响,这间实验室的使用者随时会被更替,竞争十分激烈。

"不管看多少次,赤堀老师穿着白大褂的样子都让人觉得好新鲜啊,我感觉这样穿才像个研究者嘛。"

在工作台斜对面的法医昆虫学专业的学生奥田护用慵懒的声音说道。他趴在桌上,双手一刻不停。他今年二十三岁,热衷健身,听说是个几乎一年四季都穿着短袖T恤的勇者。

奥田护一边记着笔记,一边确认温度,再次发出含混不清的声音。

"要不要以此为契机,从今天起每天都穿白大褂呢?学校里的其他老师们都是这样的。"

"不光是白大褂,可别忘了还有黑色紧身迷你裙和高跟鞋。听说老师如果穿成这样,所在专业的学生数就会激增,这么一来就能轻松

---

[1] 叠:日本人在计算房间面积时的惯用单位,一叠指的是一块榻榻米(宽90厘米,长180厘米)的大小,约为1.62平方米。

申请到大型实验室了。"

"嗯，您说得确实没错，但我不喜欢这种做法，有种治标不治本的感觉。"

"你说什么呢？这可是正儿八经的策略呀！通过视觉吸引目标靠近，这在自然界中可是理所当然的事。我觉得也差不多该开始这么做了。"

护停下手中的动作，似乎在想象着些什么，但最后还是决定彻底无视副教授的发言，继续工作。

赤堀用镊子拨开放在白纸上的土壤，一边揉着僵硬酸痛的肩膀，一边抬起头。工作台上并排摆放着五个三脚架，上面倒插着用厚纸做成的圆锥体。圆锥体呈现出漏斗状，就像是圣诞节时戴的三角帽被倒放了一样，圆锥下方放着装有药剂的烧杯。赤堀专心致志地看装置看得入迷，眼睛被过于耀眼的光芒闪得不停地眨巴。光芒的源头是一根横放的竹竿上系着的五个灯泡，它们分别被悬挂在五个圆锥体的正上方。六十瓦的灯泡将研究室照得过于明亮，从刚才开始就照得人毫无睡意。

"护，今天明明是星期天，你还肯过来帮忙，谢谢你。"赤堀揉着眼睛说道。

护微微一笑："您都说要做土壤动物分离实验了，我哪能再待在家里无所事事呢？我还从没亲手采集过土壤生物，这可是个求之不得的好机会。"

"你高兴就好。哎，要是能买到一整套的漏斗就好了，可惜还是申请不下来，说是有其他可以替代的东西。"

"这个装置确实十分简单呢。"

肩负着法医昆虫学未来的学生凝视着圆锥的尖端，反复确认烧杯中的药剂。被卷成漏斗状的厚纸内侧铺着一张网眼很细的网，里面放着从西多摩的案发现场采集的土壤。

"那个,赤堀老师,能麻烦您教教我今后该怎么做土壤生物的采集吗?"

"OK。首先,我会对现场采集的土壤进行一个大致的筛选,体形相对较大的昆虫在这个阶段就会被筛选出来。"

护一边点头一边记着笔记,笔记本上的文字密密麻麻、整齐划一。

"接着将筛选出来的土壤转移到漏斗中,在上方放置灯泡,提供光和热量。土壤中的节肢动物喜欢凉爽潮湿的环境,因此它们会避开光和热,在土壤中四处移动,最后这些动物就会从圆锥体的尖端掉进下方的烧杯中。按这个灯泡的亮度,大概四小时后就会全部掉落下来。"

护在笔记本上记下装置图和说明。

"然后对生物进行保存,并确定类别吗?"

"没错。接下来就是坐在解剖显微镜前一个劲儿地观察昆虫的眼睛和翅脉,数数身体上有多少根毛。尽管这个过程无聊透顶,让人困得脸都撞在镜片上,也只能一直这么做下去。"

"怎么说呢,法医昆虫学研究还真是一场持久战啊。"护转动着粗壮的脖子嘀咕道。

赤堀却嘴角微微上扬,说了句"接下来才是重头戏"。

"确定完类别后,接着得把标本的物种名、发育阶段、采集地点、出现时间联系起来。然后与从尸体上得到的物理信息、体内外温度、采集地的降水量、相对湿度以及尸体的外观进行比较。"

"如果得这么一点一点进行对比,感觉工序上会比其他的科学调查繁杂得多啊。"

"为了将昆虫作为证据分析,是有必要做到这么详细的。我们需要得出能让所有人信服的依据,逻辑必须无懈可击。"

这些工序都是为了上法庭而准备的。虽说法医昆虫学的证据效力目前仍旧没有得到认可，但与其一个劲儿地恼恨，赤堀认为大家更应该将目光放在十年后的将来。如果不能让包围住尸体的昆虫为己所用，不能将一切细节都掌握得清清楚楚，那么一旦到了紧要关头就派不上用场。为了确立法医昆虫学这门学科，自己现在所处的位置也是至关重要的。正因如此，赤堀直到现在都对自己在首场调查会议上表现出的愚蠢行径感到懊恼不已。

那之后，两人默默地干着自己的活儿。正如赤堀所料，大约过了四小时，使用了土壤动物分离装置的生物提取就基本结束了。赤堀拿出解剖显微镜，把十倍放大率的镜片安装好，将装有虫子的培养皿直接放在标本台上。

土壤中的生物几乎都是必须使用显微镜才能观察到的微小生物。就在赤堀朝双目目镜中看去的时候，在桌子对面做着同样动作的护用含混不清的声音说道："蜱螨类生物果然很多呢，这是巨螯螨科的成虫啊。"

"这说明土壤是正常的。尸体开始腐烂后，就会有体液从伤口或者裂口处渗出，这些体液会跟蛆虫活动时产生的氨混合在一起，这些东西渗进尸体下方的土里，将土壤变成了碱性。"

赤堀一边通过显微镜确认物种，一边继续说道："尸体被丢在荒山野岭的那个瞬间，平常生活在下方土壤中的虫子们就会一齐离开，因为它们无法适应碱性的环境。所以，随着腐烂的体液渗入土壤，土里的昆虫也会变成以食腐类为主。"

"跟土壤外面的情况完全一样啊。以尸体为中心，促进腐烂分解的昆虫群聚集在周围。"

"就是这样。"

赤堀含混不清地说道。

"这些虫子小到肉眼看不清，在案件调查时被完全忽视了。不过警察们也没空管土里的事吧。"

赤堀决定先将显微镜中的昆虫群辨别清楚。正如护所说，蜱螨类的昆虫似乎正在充满活力地繁殖着。它们应该是前来食用腐烂分解的副产物——藻类和菌类的吧。除此之外，还能看见不少其他种类的昆虫。

赤堀一边看着显微镜，一边将放在一旁的笔记本拿到手上。这应该是寄生类的蜱螨吧，静静地躲在土里，等待时机，以被尸体吸引来的食腐生物为目标进行寄生。此外还能看见线虫一类的线形动物、跳虫类，还有就是沙蚕之类的环节动物。土壤中的生物构成没有什么异常之处，可以说都是些司空见惯的东西，但从刚才开始赤堀就觉得有哪里不对劲。

赤堀在笔记本上粗略地写出土壤生物的类别，不停地念叨着。接着她再次转向显微镜，盯着圆形镜片中映出的小型昆虫看。

种类没问题——跟一般情况没什么区别——没有混进什么奇怪的物种……那这种异常之感究竟是从何而来？赤堀觉得自己的脑海中似乎有什么东西在蠢蠢欲动，惹人不快。

赤堀将显微镜中的生物和笔记上的一一进行对照，试图找出究竟是什么让她如此介怀。然后，就在她重新思考起死亡时间和土壤生物的关系时，某个想法在她的脑海中一闪而过，令她的动作戛然而止。这是法医昆虫学基本中的基本……下一秒，赤堀便用差点儿把椅子弹飞的势头猛地站起身，冲到钢质橱柜前，粗暴地打开抽屉。

"怎么了？"

护抬起头，发出疑惑的声音。赤堀从抽屉中拿出两个计数器放在工作台上，将其中一个朝护的方向推去。

"数一数巨螯螨类和寄螨类的数量。先算成虫就行。"

赤堀就这么半弯着腰看向显微镜，从上到下按顺序数出这两类蜱螨的数量。接着她将另一个培养皿放在标本台上，噼里啪啦地敲打着计数器，统计出数量。

"护，怎么样？"

"巨螯螨类四十八只，寄螨类三十一只。"

"那是一个培养皿的数量吗？"

"是的。"护点了点头。

发现碎尸的五处地点的土壤中，蜱螨数量可以说相差无几。太少了……赤堀抱着胸，一言不发，在狭窄的实验室中不停地来回踱步。

自己推算出的死亡经过时间是二十天以上。那是因为现场的蛆虫已经经历了两个发育阶段，而且还发现了黑水虻的初龄幼虫，应该不会有错。然而土壤中的生物状况却丝毫没能印证这个推算，这个数字反而更像是在支持着神宫医生得出的"死亡经过时间为十天"的结论，土壤中的昆虫群甚至都还没形成。

"这是怎么回事……土壤外头跟土里的昆虫行为完全不同。而且还跟尸体的腐烂阶段有着微妙的误差。不，搞不好这些蜱螨会摇身一变，成为支持神宫医生论断的有力证据啊。"

"这不可能吧。"

护翻阅着笔记，再次看向前方。

"既然找到了蜕壳，那被害人就绝对不可能只死了十天啊。"

"是啊，就是说啊。那究竟是什么原因导致的这种混乱？"

"尸体落在了草丛上，这个理由如何？如果尸体没有直接接触到地面，就能解释为什么土壤的碱性化如此缓慢了。"

赤堀认真地思考着护的意见。着眼点是正确的，可能性也是存在的。但是，在迅速从各个角度进行验证后，赤堀最后还是摇了摇头。

"考虑到地表的昆虫群情况跟尸体的腐烂阶段也不相吻合，我觉得事情没有那么简单。"

"可是，老师您是在尸体被回收一周后才采集的土壤。都这么久了，昆虫自然也已经开始离开了吧？"

赤堀一脸凝重地摇了摇头。

"当时还有大量的大头金蝇留在现场，密密麻麻地聚集在尸体待过的地面上。我接下来会测一测土壤的pH值，应该还没变回原有的环境。毕竟土壤得过上好几个月才能变回原先的状态。"

那么，原因究竟是什么？问题可能出在尸体所在的环境，赤堀回想起那片郁郁葱葱的山林。要说仙谷村的环境特色，就是其他地方所无法比拟的高温多湿。此外，仙谷村的降水量也远超平均值，植被茂密，以水源丰富著称。就在赤堀一个接一个排查原因的时候，她的思绪突然又返回了原点。

这个问题太简单了，赤堀甚至不曾停下来仔细思考。如果尸体真是被扔在那种环境中，应该一眨眼工夫就会化作白骨，那里具备了腐烂分解的理想条件。附近的苍蝇和昆虫一齐聚集过来，只有双臂的话，用不了几天，肌肉组织就会被啃食殆尽。然而尸体却维持着死后十天左右的腐烂状态，蛆虫的状态则表明死亡经过时间超过了二十天，另外，土壤中的昆虫又表示尸体距离死去还不到十天，三者间的差别实在太大……

赤堀不寒而栗，浑身一颤。

"太狭隘了，我的目光太狭隘了。"

自己的注意力完全被醒目的矛盾所吸引，看漏了隐藏在其中的真相。岩楯不是说过吗？"凶手甚至没把碎尸放进塑料袋后再丢弃，这不奇怪吗？""会有人把弃尸地点特意选在登山路线的附近吗？"原来是这么一回事。所有的疑问都联系在了一起。

赤堀突然发出一阵大笑。护大吃一惊，腰部撞上工作台，发出低声呻吟。

"把虫子们的话语总结起来就是这么一回事：土里的虫子之所以少，是因为距尸体被扔在那里还没经过太长时间。"

"啊？赤堀老师，您不是推测被害人已经死了二十天以上吗？尸体上残留的微量物证也证实了这个结论。"

"嗯。这也是虫子们告诉我的，所以'死亡经过时间'是不会有错的。也就是说，碎尸是从其他地方被移动到现场的，然后尸体在土壤中的昆虫还未完全聚集起来之前就被发现了。"

护像在斟酌赤堀的话语似的陷入了深思。不一会儿工夫，他便不解地歪起了脑袋。

"我觉得这可以作为土壤中生物数量少的根据，但这完全没办法解释其他事情啊？为什么尸体明明正处于膨胀期初期，通过昆虫推断出的死亡经过时间却超过了二十天？"

"护，你真是成长了不少啊。想当初你刚入学的时候还是个脆弱不堪、整天吐个没完的少年呢。老师我高兴得都想跳舞了。"

"请您不要跳舞。"

护干脆利落地说道。赤堀将右手朝工作台对面伸出，一本正经的学生提心吊胆地握住了伸出的手。

"答案是塑料袋。"

"塑料袋……"护松开手，重复了赤堀的话。

"尸体的双臂是被动物从其他地方搬过来的。我觉得尸体的腐烂程度之所以比蛆虫的繁殖程度来得轻，很可能是因为被塑料袋一类的东西密封起来,然后埋在了土里。因为尸体与外界隔绝,所以昆虫活动被延缓,尸体的腐烂也减速了。这是个合乎情理的推断。"

"那也就是说,苍蝇开始产卵的地点不是现场,而是其他地方?"

"没错,凶手分尸的时候,尸体上已经被产下了一些虫卵。仔细一想,这是理所当然的啊。当时周围一定弥漫着血腥味,苍蝇不可能闻不到。因为尸体被袋子所密封,大部分蛆虫还没孵化就死了,但依然有一些被产在了肌肉组织深处的虫卵成功孵化了。那之后有动物将尸体挖出,搬运到现场,那些孵化出来的蛆虫就在那里'羽化成虫了'。"

"这时尸体距离死亡大约为十七天。"护在笔记本上断断续续地记录着,如此说道。

"遗体在被搬到现场之后才真正开始腐烂。正是因为这样,蛆虫的龄数才会参差不齐。黑水虻则是准确地等了二十天才在尸体上产卵。真是一群一丝不苟的虫子呀,不被外表的腐烂状况所欺骗,能正确判断出死亡时间。真是的,实在是太酷了。"

调查组现在还在对遗体发现地附近进行重点搜索,但多半是找不到东西的。他们必须来个一百八十度的思路大转变。

"我总算是明白了,首先得用数值来证实老师的假说是正确的。不过,如果尸体是被动物挖出来并搬到发现地点的,要找到余下的尸体可就更难了啊,没有办法确定范围。"

"这倒不会哦,各种昆虫都分别给我留下了一些小提示呢。"

赤堀抬起下巴,咧着嘴笑了起来。她已经掌握了指明下一步调查方向的新的关键。

5

村里的问话已经告一段落，但仍旧没有得到什么有效的情报。警方还对高速路口和便利店的监控录像一一进行了排查，但每次发现的可疑人物或车辆，都在后续取证中被排除了嫌疑，可以说是毫无进展。调查组原本预计尸体的剩余部分马上就会被找到，这也被证实为判断失误，重荷压得调查员们喘不过气。然而调查组似乎依旧没有改变方针，打算就这么调查下去——搜索遗体、走访调查，还有就是排查录像。其实应该说，除了这么做，警方已经毫无办法了。

"不过说起来，支部长夫人声称自己目击到的那辆品川车牌的出租车，没想到还真被找到了。"

牛久坐在岩楯身边，喝了口端上桌的麦茶，放低音量快速地说道。从仙谷村到这里，这番话岩楯一路上已经听了四五回了。

"全是仰仗了主任的明察秋毫。"

"我可没厉害到连跟外星人跳舞的老奶奶的内心都能洞察清楚，多亏了那家的儿媳妇发现了这个疑点。"

"但主任您没有把她的话当作耳边风。因为情报来源是个老年痴呆的老奶奶，我完全把这件事从调查列表中排除了。"

牛久兴奋不已，滔滔不绝地说道，闹腾得简直像已经破案了一样。

"村里下了集中暴雨，电闪雷鸣的那天是六月十九日。没想到当天八王子高速路口和仙谷村街道交叉处的监控录像真的拍到了！品川牌号的出租车！"

"好了，你冷静点，这并不意味着我们找到凶手了。即使这辆车真的开进了村，也可能跟案件毫无关系啊。"

岩楯喝了口放了冰块的麦茶。

据出租车公司说，这辆车是在六本木一带揽客的时候接到了一名客人，将其载到了仙谷村。为了询问详情，两名刑警来到了位于赤羽桥的出租车公司营业所。

岩楯低头看了眼手表，环视了一圈狭窄的接待室。房间里有一张黑色的皮沙发，以及一张铺着聚氯乙烯塑料板，看起来像是紫檀质的厚重桌子，这两样东西几乎占满了屋内所有的空间。窗户旁摆着博多人偶，青瓷花瓶中插着的向日葵无精打采地耷拉着脑袋，这些向日葵迫切需要修剪，然而这个公司里似乎并没有人在乎这件事。真是个充满着不协调感，令人不舒服的空间啊。岩楯想起先前在电话里与一名似乎是公司上级的人物交谈时，也感到了一种异样。

在一旁喝着麦茶的牛久不时偷偷观察着岩楯，他数次将杯子放到嘴边，终于像找准了时机似的，深吸一口气，开了口。

"赤堀老师给出了一个出人意料的假说，对此，主任您怎么看？"

岩楯知道牛久在车上时就一直思考着该不该问这个问题，毕竟自己和这位昆虫学者交情匪浅。每当身材健硕的牛久在沙发上挪动身子，皮革便会发出呻吟般的声音。

"原本被埋在其他地方的尸体被动物挖出，搬到了道路护栏下方的现场。由于被塑料袋密封，腐烂速度减缓，导致法医得出了死亡时间为十天的结论。这是赤堀老师的假说。"

"确实出乎意料啊。"

"她给出的依据是土壤中的昆虫数量很少,但真的是这么一回事吗?"

"什么意思?"

"不,那个,赤堀老师一开始不是推断出尸体死亡经过时间为二十天以上吗?这个假说让人感觉好像就是为了支撑她的论点而存在的。"

搭档牛久斟酌着话语,一边观察着上司的脸色,一边提出了自己的疑问。

"疯癫的昆虫学者为了支撑自己的观点,胡乱提出了这个假说。你是这个意思吗?"

"我可没说到那个份儿上……"牛久含糊其词,目光游离。

"你的意见跟伏见管理官那群人一样,你的疑问合情合理,无须介怀。如果无法给出令所有人信服的依据,赤堀的说法也只不过是天方夜谭。不过……"

岩楯停下来,喝了一口麦茶。

"尸体的搜索毫无进展。照理说,现在差不多该找到死者的身体或是爬满蛆虫的脑袋了,不是吗?连警犬都出动了。"

牛久的脑海中似乎立刻浮现出了尸体的画面,全身僵硬得说不出话来。

"警方已经连续数日动用警力和警犬进行搜索,却连尸体的影子都没找着。暂且不论赤堀的说法是对是错,警方也是时候考虑搜错地方的可能性了,他们实在是太过局限于村道附近了。"

话虽如此,也不是说只要把搜索范围扩大了就行,事情没这么简单,需要找到能够在某种程度上缩小搜索范围的切实证据。岩楯认为赤堀应该能做到这点,虽然调查组一副把她的话当耳边风的架势,但很有可能现如今她才是领先了所有人一步的人。

话说回来，这公司的人来得还真是有些慢啊。就在岩楯再次看向手表时，屋内响起了粗暴的敲门声，一名红脸的中年男子小跑着进了房间，他就是先前与岩楯通了电话的管理层人员。

"哎呀，真是让两位久等了，非常抱歉。司机刚才正在工作中。"

管理人员身后跟着一名身穿深蓝色马甲，黑发中混着几缕白发的男人。岩楯和牛久站起身，双膝撞在矮桌上，向司机点头致意，并与其交换了名片。

"在工作时间把您叫过来，实在是非常抱歉。虽然有些突然，不过我们想请教关于您在六月十九日接送的一名客人的事。"

岩楯在坐下时再次撞到膝盖，管理人员和司机在对面坐下时跟岩楯一样撞到了膝盖，并发出了咒骂声，接待室中浮夸的家具似乎也不太受员工们的喜爱。

搓揉着膝盖的司机看上去年近六十，他像个病后恢复情况不佳的病人一样，面无血色，双眼充血而混浊，眼珠子不安地转动着。他身上散发着一股子烟草味，浓重得甚至连桌对面的岩楯都能闻到。

这时，一位看起来像是办公室职员的年轻女性进了房间，为大家倒上了新的麦茶。

"接到您的电话，我真是吓了一跳。最近一段时间，新闻不是每天都在播吗？仙谷村的碎尸杀人案。没想到竟然接到了跟案件调查有关的电话。"

位居管理层的中年男子像是觉得自己成了调查中的重要角色似的，眼镜后的双眼闪闪放光，看上去兴奋无比。

"真是太残忍了，居然把受害者分尸后丢在山里，除变态之外没别的词可以形容了。有什么问题请尽管问吧，我们公司的车辆全都通过GPS无线电进行管理，马上就能查出一辆车在什么时候经过了什么路段。"

"感谢您的配合。那么……"

岩楯想赶紧进入正题，男人却滔滔不绝地继续说了下去。他皱着眉头，说杀人动机一定是变态的性欲，便开始巨细无遗地讲解起了从电视节目上学到的知识，看样子，坊间似乎认为这是一起快乐杀人案。当中年男子抱怨起上电视的前警察们说话总抓不到重点时，岩楯委婉地打断了他。

"他们就是因为抓不到重点，才会被提拔成时事评论员的。嗯，那么，说回正题。六月十九日下午一点四十分，这个牌号的出租车经过了八王子高速路口。"

岩楯将牛久事前准备好的监控录像画面的复印件递给司机。

"据说这是您的车。"

"嗯，是啊。这就是我在开的车。"

司机用尖锐的声音答道，似乎有些紧张。

"我还记得那时载的乘客。我开出租车二十多年，还是第一次开到西多摩那个叫仙谷村还是什么的地方去。"

"顺带一问，请问您的车上有行车记录仪吗？"

岩楯话音刚落，坐在司机身旁的管理人员便露出夸张的微笑，挠了挠头。

"那一段时间正好是我们刚开始给车辆安装行车记录仪的时候，所以并不是每辆车上都有。最近一段时间里，霸王车事件跟抢劫事件频发，我们也想尽快完成安装，但毕竟还是太花'这个'了。"

男人用大拇指和食指比了一个圆[1]。这个男人似乎是无论遇上什

---

[1] 在日本，这个手势表示"钱"。

么事,都得开口说两句话,否则就会浑身难受的性格。这一切都清清楚楚地写在了他的脸上。岩楯向他投去礼节性的微笑,无视了他的话。

"那么司机先生,请告诉我当时发生的事。"

司机喝了口麦茶,深吸一口气。

"那天我主要以六本木到麻布、新桥一带为中心揽客,那位乘客是在东京中城前的四岔路口上车的。"

"稍后我们会把详细的行驶路线表复印一份给您。"管理层的男人迅速地插了话。

"请告诉我那名乘客的详细信息。"

"好的。嗯……那是一位很高的男性客人,大概和刑警先生你一样高吧。他一头长发,垂下来大概能到背部中间。"

"那非常显眼啊。"

"是啊。他把长发用缎带扎成一束,戴着一副很大的墨镜。身上穿着纯黑的衬衫,下身穿的是膝盖部位开着口的牛仔裤。我当时还以为他是明星,所以记得很清楚。"

"年龄呢?"

"这个啊……大概有四十岁了吧。头发里夹杂着不少白发。尽管他刻意打扮得很年轻,但看起来并不像是三十多岁的人。"

搭档牛久将司机的话分条记下,井然有序地归纳了起来。

"他当时带着什么随身物品吗?他有没有拿手提包、背包,或者购物袋之类的东西?"

"嗯,他只提着一个波士顿包。尺寸还挺大的。"

"大?"岩楯和牛久不由得对这个字眼有了反应,"有多大?"

"有旅行包那么大。我对名牌不太熟悉,看不出是什么牌子的,但看起来非常高档。那是个咖啡色的皮包,大小啊,差不多是……"

司机展开双臂,估算着提包的尺寸。过了一会儿,他说了句"大概这么大",抬起了头。他用手比画出的提包的长度超过六十厘米,高度则在四十厘米以上。

这个尺寸能装进被肢解的人类尸体吗……这个想法在脑海中一闪而过,但这是不可能的吧。牛久似乎也在想着同样的事,一脸不安地看向岩楯。

"是个相当大的波士顿包啊。"

"可不是嘛。我原本以为他要把包放后面,还把后备厢打开了,但那位客人却说这个包不能放在温度高的地方。"

"温度高的地方?"

"对。他非常在意温度,让我把空调开得再低一些。他就这么抱着包坐到了后座上。他还说里面装着重要的东西,让我开车的时候小心点,别晃得太厉害。在途中,他也时不时地打开提包,观察里面的情况,我想应该是装着些相当重要的东西吧。"

"重要的东西……"听见这几个字,岩楯又有了反应。

不想放在温度高的地方?把空调温度调低一些?开车时不要晃得太厉害?这几乎只可能意味着一件事。岩楯喝了口麦茶,让自己冷静下来。无论如何,都不可能会有蠢货抱着碎尸,搭出租车前往弃尸地点,这点岩楯是明白的。然而他的目的地是仙谷村,乘车时间也和赤堀得出的二十天以上的死亡时间相吻合,很难想象这一切只是巧合。这个男人到底在仙谷村做了什么?

岩楯摸着下巴上没刮干净的胡楂,慎重地提问道:"我说一句题外话,您当时闻到了什么奇怪的臭味吗?"

"刑警先生,果然是我想的那样吗?"

司机的脸立刻变得僵硬,轻轻发出好几声"啧"。

"那个男人就是杀人凶手,对吧?他把被分尸的可怜人装进包里,带到了村子里,对吧?"

"不,我只是顺便问问而已。"

"不要骗我了,哪有人会顺便问出这种问题?我可是每天都开着同一辆车啊。告诉我真相吧,刑警先生,那个男人就是凶手,对吧?"

见司机探出身子,管理层的男人插了话。

"真是的,从警方打电话过来的时候我就有种不好的预感,实在是太不吉利了!得把车子开去驱一下邪才行啊。"

男人刻意发出一声长叹,眉头深锁地摇着头。司机愤怒地红着脸,发出好几声"啧"。

"那个没人性的畜生,我打一开始就觉得他不对劲了,当时确实有种让人作呕的臭味。"

"等等,让人作呕的臭味?您确定闻到了吗?"

"嗯,他上车的瞬间,我就闻到了一种又甜又馊、难以形容的臭味。我原本以为是汗味或者体臭,现在想想并不是那么一回事。"

"那是一种怎样的味道?"

"这个啊……"

司机低头看向手边,断断续续地说出了自己的想法。

"馊了的盒饭,对,我记得就是那种味道。前不久,我把盒饭放在后备厢忘了拿出来,饭馊掉了。嗯,跟那个味道很接近——就是那个味道!到最后我实在受不了,还把窗子给打开了。"

岩楯察觉到牛久想起了发现遗体时的事,吞了好几口口水。岩楯盯着表情过度扭曲的司机看,他看起来不像是为了帮警察的忙而故意夸大事实,而且,他的话语中有些部分,岩楯是能感同身受的。

岩楯的经验告诉他,在体液接触到空气、尸体刚开始腐烂的时候，确实会发出一种奇妙的甜腻气味。见证解剖时最让人痛苦的不是腐臭，而是这类会让人联想到食物的臭味。那个味道只有"不快"二字可以形容，要是在密闭的空间里闻到了一定会令人难以忍受。难不成凶手真的是搭出租车搬运的尸体？

司机和管理人员不约而同地抚摸着胸口，互相感叹着遇上杀人犯，替人搬运尸体的倒霉事。岩楯打断了一口咬定包中装的就是尸体的两人。

"冷静点，冷静点，还不能确定那位乘客就是凶手呢。您跟那位男子说话了吗？"

"那是自然，他告诉我目的地之后我还确认了好几次。西多摩的仙谷村，就算上高速，从这里开过去也得花上一个半小时左右。赤羽桥的营业所是不允许司机送客到其他县的，仙谷村姑且算是东京，但毕竟距离那么远，要是遇上坐霸王车的就麻烦了。我事先告诉了他车费会超过两万日元。"

"他一上车就指定了目的地啊，还说了什么其他的吗？"

司机凝视着沏着麦茶的杯子，接着又立刻看向窗边。他东张西望，绞尽脑汁地回忆着。在一阵短暂的沉思之后，他将目光移回岩楯身上。

"还有就是……我说了'您要去的这地方可真远啊'之类的话，好像还问了他是不是住在村里。不过那男人的回答都很含混不清，所以我就心想，哦，这个客人不喜欢跟司机唠嗑。这种类型的客人还挺多的。"

"那之后就一句话都没说吗？"

"不，他之后还问了我好几次'还要多久能到'。我感觉他好像是跟谁约好了要见面。"

"约在村子里见面？"

"我想是的。他在途中打了好几次电话，在电话里还说会在三点前到之类的。"

岩楯看向牛久，只见他不解地歪着脑袋。这一状况确实令人一头雾水，无法断定这名乘客与事件有关，但要说毫无关系吧，又让人觉得有些不太对。对村民们的取证已经进入尾声，但还没有任何一个人提到有熟人来访。说到底，这个男人身穿黑衬衫，戴着墨镜，而且还一头长发，身材修长，外表是非常引人注目的。如果真的是跟弃尸有关联的人，很难想象他会穿得如此显眼。那么那种疑似腐臭的臭味究竟是……

"您大概是在几点抵达村子的？"

岩楯一边思索着，一边继续提问道。管理层的男人听闻，立刻哗啦啦地翻阅起了文件夹中的文件，开口说道："关于这个，嗯……啊，在这里。收到车费的时间是下午两点四十二分，收据也打印出来了。"

司机看向文件夹，点了点头。

"在车开到仙谷街道的时候，天色开始变暗，突然下起了雨。我问那个男人该把车停在哪里，那个男人似乎也不太清楚。我想他大概是第一次到仙谷村来，之后又打电话问了路。不过那雨可真大啊。"

"听说那天的那场集中暴雨，降雨量超过了每小时一百毫米呢。"

"就是说啊，那种状况下我根本没办法把车开上狭窄的私人道路。雷声很大，好像落雷的地点就在附近似的。路边的水沟也冒着水，能见度差得一米开外什么都看不见。总之，我跟他说要是车子陷进沟里就麻烦了，于是他便指向前方，说在那里停车就行。"

司机干咳一声，用麦茶润了润喉咙。

"那是一棵超过十米高的杉树，男人说那里离他的目的地很近。

接着他还说，要让我载他回去，说是一小时左右就会回来，让我在树下等他。不过我说我不想把车停在树下。"

"没人会自愿去招雷劈吧。"

"没错。不过，那个男人胡乱地说什么这棵树没问题，他说这棵树是村里唯一一棵自古以来从没被雷劈过的树。"

自古以来？岩楯看向牛久，搭档立刻点了点头。

"那棵树确实没遭过雷劈。虽然不清楚是什么理由，但所有人都知道这件事，以至于一直以来大家都说'打雷的时候躲到孤杉下就行'。"

这么一来，就说明男人联系的人是个知道这件事的村民。

司机继续说了下去："话虽如此，我还是会害怕，于是便把车停在了稍微靠旁边的位置。那个男人就这么冒着滂沱大雨，小心翼翼地抱着行李下车了。"

"他往哪个方向走了？"

"非常抱歉，那之后我立刻就开始写每日汇报了，没有仔细看。"

"所以你就在那里等了一个小时吗？"

"是这样，没错。但时间到了，那个男人还是没有回来。我当时没留神，忘了跟他要电话号码，所以也没办法联系上他。于是我在等了两小时左右后，就决定把车开回来了。这也是我一时的自私作祟啊。"

司机用力眨了眨眼睛，告诉两人他说完了。

果然很难想象那个男人就是加害者。看着笔记本上的字迹越发向右下倾斜的牛久，岩楯如此想道。难不成，他是受害者……

搭乘出租车的男人完全吻合神宫医生推断出的被害人的身体特征——年龄在三十五到四十五岁之间，身材既不胖也不瘦，身高在一米八左右，十分高大。但让岩楯在意的是，散发恶臭的提包中究竟装着些什么。而且，如果男人是被害人的话，那么将其杀害并弃尸的人就很有可能是村里人，毕竟男人在车上频繁地联络了一位村民。

岩楯的脑海中立刻浮现出了中丸聪的那张麻子脸。碎尸的手指被切断，掌纹被剥除得一干二净。假如受害者是他在服刑时认识的人，那么自然，那个人的指纹早已被记录在案，警方立刻就能通过指纹查出身份。中丸大概是觉得如此一来，警方迟早会查到受害者跟自己的关系。这是非常合乎逻辑的思考。

岩楯喝了口因冰块融化而变淡的麦茶，从另一个角度开始了提问。

"在司机先生您看来，上车的乘客给您一种怎样的印象？比如说，结了婚没有，或者是从事什么工作之类的，什么都可以说，没关系。"

"这我不太清楚啊，我真的只跟他聊了关于目的地的事而已。"

"但是他在车里打了好几通电话，不是吗？"

"我当时正听着收音机，没注意听他在电话里说了什么。不过似乎是出了什么问题的样子。"

岩楯用眼神催促司机继续说下去。司机拨了拨睡乱的头发，继续说道："没时间了，快点，拜托了。这一类的话他重复了好几次，虽然不知道他到底是在着急什么。"

司机打算伸手拿起沾着水滴的茶杯，却突然停下动作，看向岩楯。

"对了，他说话有口音，我现在想起来了。我当时听着，觉得他不像是东京人，特别是在讲电话的时候。"

"请您细说。"岩楯微微探出身子。

"我想想啊……鼻音很重，语尾声调上扬，大概是这样的口音吧。说不定他是东北出生的人，我有个同事也是东北人，讲话时声音很低，没有抑扬顿挫，总是让人听不太懂，还经常会在无意中说出方言来。"

岩楯又想到了中丸……他是福岛郡山人。看样子，种种迹象都表明案件跟中丸有关，但岩楯觉得现在还不宜轻易断言，他希望能有更多指向中丸的证据出现。

错过了外苑高速路口,在青山一带绕了一圈的牛久一脸歉意地把车开过了收费站。

"非常抱歉,我搞错车道了。东京的警察可真厉害啊,竟然能把这么复杂的道路掌握得一清二楚。说起来,这里人可真多啊。"

"你自己也是东京的警察吧。"

岩楯看着调查档案,如此说道。牛久像个从农村来东京参加修学旅行[1]的学生一样,两眼放光地看着林立的高楼大厦,啧啧称奇。此外他还会说些像"有多少扇窗户,背后就有多少种人生"之类的令人背脊发凉的话。

"对了,我听说昨天有人去警视厅自首了。"

"嗯,确实有个大叔声称自己把尸体肢解后丢在仙谷村了。"

牛久睁大双眼看向岩楯,短暂地移开视线后,又往岩楯的方向看了一眼。

"究竟是怎么一回事?"

"每次只要发生什么大事,就一定会有脑子不清楚的人在看了电视节目或者报纸后跑到局里自首,坦白一些自己根本没犯下的罪行。此外还会有占卜师或者灵媒一类的人,报警说神秘的力量告诉了他们凶手的所在地。真是的,每次都是那么几个人。"

岩楯用鼻子哼了一声,合上档案,放到后座。

"不提这个了。听说你今天也是一大早就去训练了?"

"与其说是训练,不如说是我每天的习惯。休息一天,就得花三

---

[1] 修学旅行:指日本的学校为学生组织的以教育和学习等为目的的集体旅行。

天才能找回感觉。在这种情况下，要是有人需要我们的救援，整个队伍的生存率就会下降。为了在无论多严酷的状况下都能成功救出遇难者，我觉得必须尽我所能，做一切能做的事。"

"自寻危险的男人啊……"

岩楯看向麻利地变更车道的牛久。

"你在救援活动中遇到过危险吗？"

"说实话，我还没参与过情况非常危急的救援。非要说的话，值得一提的也就是有一次在跟富山县警山岳警备队一起进行雪山集训时，由于天气太冷，整整两天时间没闭过眼，导致隔天昏迷、尿血的事了吧。"

"昏迷跟尿血可都是很严重的事啊。"

"不，都怪我软弱得不像话，真是把脸都丢光了。还有就是……我特别不擅长对付苍蝇跟血……"

牛久像终于打算坦白了似的放低了声音。

"你之所以没去见证解剖，也是因为这个吗？"

"真的非常抱歉，我心态实在调整不过来，那天突发高烧病倒了。"

牛久凝视着前方的丰田普锐斯，吐露了自己的心声，看上去十分难受。接着他显出一副欲言又止的样子，在犹豫之后选择了闭嘴。然而过了一会儿，他还是一脸凝重地继续说了下去。

"三年前，我曾经前往三头山进行了一场救援。那时是十月末，天气非常冷，我做好了最坏的打算。在搜索了三天后，我在离登山路线非常远的一处悬崖下面找到了遇难者。"

搭档将车开上中央高速，吞了口口水。

"那两人遇难前似乎是在攀岩，那座山上到处都是岩盘，一直以来都不时有人偷跑进禁区里，似乎是岩钉脱落导致他们掉下了悬崖。

其中一个人已经失去了意识，生命垂危，在救援的过程中就过世了。另一人两腿开放性骨折，动弹不得。特别是脚脖子附近伤势非常严重，骨头露在外面，到处都是血。我心想必须马上进行止血和固定，但就在我走上前去的时候，突然听到了响彻山间的低沉嗡嗡声。我不知道声音是从哪里发出来的，但那是一种超音波一样的声音，让人很不舒服。"

"低沉的嗡嗡声？"

"是的……是苍蝇。"

牛久的唇峰微微颤抖。

"苍蝇密密麻麻地聚集在他的伤口上，拍打着翅膀，我一眼看过去，还以为他穿了黑色的鞋子。遇难者像说梦话似的重复着'救救我'三个字，哭着说他不想截肢。每当他看到自己的断腿，都会发出惨叫，整个人像发狂了一样。"

虽然牛久的双眼直勾勾地看着前方，但他像想起了当时的情景似的，浑身发抖，冷汗直流。

"不……不管我怎么赶那些苍蝇，它们都不跑。它们心无旁骛地喝着血，在我把它们抓起来扔向别处前，它们甚至都感觉不到有人靠近。它们贪婪的样子让我毛骨悚然，遇难者的哭声也让我害怕不已，我顿时浑身僵硬、动弹不得。我当时心想，自己是不是不适合这份工作，在救援现场，最困难的事就是保持神志清醒，我几度觉得再这么下去，自己的脑子就要变得不正常了。"

牛久发出没出息的声音，接着立刻连吐好几口气，像是想要重新鼓起劲似的。

"我背着人高马大、体重接近八十公斤的遇难者移动到了直升机可以降落的地点。一路上遇难者也是一个劲儿地喊痛，哭个不停。苍蝇紧紧地跟了上来，在我回过神来的时候发现自己的脚上全是蛆。'加油，一定没事的。'我一直这么给他鼓劲，但其实我是在给自己鼓劲，我根本没空理会背上那个身负重伤的男人。怎么说呢，不管在哪方面，我都是个软弱的人啊……"

"一个人如果能认识到自身的弱点，他就不会是个软弱的人。"

听岩楯这么说，牛久的嘴角浮现出了直率的笑容。

这个男人由内而外地散发着一种大度，尽管岩楯时常觉得自己和牛久的心理年龄相差甚远，但他清楚这是内心充满猜忌的自己的问题。牛久能够带给他人安全感，光是这点就弥足珍贵。

牛久瞥了一眼坐在副驾驶座的岩楯，用比平常更果断的声音说道："我目睹过苍蝇和蛆虫的可怕本能，所以我并非无法理解赤堀老师说的'昆虫的声音'是怎么一回事。"

"但是，还没有足够的依据表明她值得信任，对吗？"

"说实话，是这样，没错，我没办法就这么简单地彻底相信她。另外，请您一定要相信我说的这句话，我不是间谍。"

"我知道。"岩楯立刻回答道。

牛久露出一脸意外的表情。

"您听到风言风语了吗？有传闻说我是被派来监视赤堀老师和岩楯主任，并将两位的行动一一上报的间谍。这是毫无根据的诽谤。"

岩楯不由得笑出了声。

"这算哪门子的间谍行动啊？就算你真的是在监视我和那位老师，并把我们的行踪汇报给上头，这么做又有谁能获得好处？"

"不过，既然有谣言，就说明也许有人虎视眈眈地等着两位犯错，想趁机取而代之啊。"

"没有人会觊觎赤堀的位置，因为她是日本唯一的一位法医昆虫学者。虽然局里也有人觉得她碍眼，想把她赶走，但不管什么手段对她都没用，她的拥护者非常之多。虽然没有明说，但一科科长其实也是支持赤堀的。要说我的话，也许是在什么时候惹人怨恨了吧。"

牛久强忍着笑意，憋得满脸涨红，他像是心头的一块大石落了地，说着"没有产生误会，我就放心了"，接着他吐了口气，释然地抬起头。该怎么说呢？他可真是个表情丰富的男人啊。

"对了，我忘记向您汇报了。关于跟中丸一起服刑的抢劫伤人致死案件的共犯，他们的去向已经全部查到了。"

"共犯一共有两个吧？"

"是的。"牛久用力点了点头，"其中一人因为恐吓和人身伤害在四年前被逮捕，现在正在服刑中。"

"再犯啊……"

"是的。另外一个人在两年前死了。"

"死了？"

岩楯看向握着方向盘的牛久。

"这是发生在郡山市内的事，似乎是一起杀人自杀事件——凶手在捅死父母和祖母后，自己上吊自杀了。"

这下子指纹记录在案的，跟中丸关系最近的两人就被排除了。岩楯瘫在座位上，双手抱胸。中丸表面上生性遛遢、目无法纪，被全村村民所厌恶，但事实只是如此吗？岩楯不得而知，自己也有可能是单纯受到村民对其印象的影响才怀疑他的。总之，岩楯完全看不透这个男人。

"那起杀人自杀事件有什么可疑的地方吗？"

"没有啊。有多名证人目击到了中丸的共犯追着逃出门外的母亲，将其刺杀的过程。"

"是吗？！"

岩楯看着来往的车流说道。

打从案发起，岩楯就觉得这起案子有些异常。这种异常感现在不仅没消除，反倒越发强烈。首先，为什么那个搭出租车的人要去村里？他出于某些原因必须跟某人见面，为此不惜从六本木搭出租车直奔仙谷村。还有，男人携带的提包中究竟装了些什么？他对温度和空调十分介意，还要求司机开车时要谨慎小心，说明包里装了非常重要的东西，而且还是会散发出强烈腐臭的东西。

岩楯一直在思考包里究竟装着什么东西，但却毫无头绪。根本想不到那个男人为什么要把散发腐臭的东西装进包里随身携带，而且还在众目睽睽之下大摇大摆地坐上了出租车，他理应尽量避人耳目才对。

岩楯思来想去，忽然回过神来。不，有可能是司机硬是把那味道形容成腐臭味了，或者，该不会是馊掉的盒饭还放在后备厢里吧……

岩楯感到一阵恶寒。竟然开始考虑起这种可能性了，自己还真的是对案情满头雾水，被逼上绝路了——得先冷静下来。岩楯用双手搓揉着脸颊，从后座上拿起资料，打算再次将案件的时间线过一遍。

Chapter 3
雨声乃真相之声

1

真怀念那段找到个知了壳都能开心好久的旧日时光。岩楯看向道路两旁的树林，树干上布满了多到数不过来的知了壳，一个个都做出仰望苍穹的姿势，那景象让人看了浑身起鸡皮疙瘩。不过，经过这几天的历练，岩楯现在连响彻山间的蝉鸣都能充耳不闻了，过不了多久，一定也能变得对这幅景象视若无睹吧，自己的身体切切实实地开始适应大山了。

"赤堀老师，我看了您大学的主页。"

一如往常地背着登山用具的牛久，用蝉鸣声都难以匹敌的洪亮声音说道。

"那个特设网页可真厉害啊，简直就是老师您的照片墙，而且数量很多，放了整整两页。"

走在前面的赤堀转过脑袋，显得有些难为情。她的打扮还是跟往常一样：头上戴着一顶斗笠，跟地藏[1]似的，据说是村民给的；脚上则穿着岩楯见过许多次的胶底布袜；手上举着一个捕虫网。

"没想到还是被你发现了呀。"

"什么没想到，不是你把网页地址用邮件发给我们的吗？纠缠不

---

1 地藏：指日本人摆放在路边供奉的小型地藏菩萨像。

休地发个没完,非要我们看不可。"岩楯立刻回嘴道。

牛久听后憨厚地微笑了起来。

"不过,我觉得能在学科介绍里被那样大力宣传,实在是非常厉害啊。里头还写到了您跟警视厅合作的事,感觉反响应该很不错吧。"

赤堀笑了起来。

"上面还写着什么'能让女性大放异彩的工作',真是多管闲事。不过大学也是绞尽脑汁地在招揽学生啊,我们专业只有四个学生,随时都面临着被废除的风险。哎,也真是拼了命了。"

"那句宣传语——'虫女的时代来了!'也是赤堀老师想出来的吗?很有冲击力啊!"

"哎呀,那句宣传语完全不行啦。太普通了,给人印象不够深刻,而且还模糊了重点。"赤堀一边走着,一边不满地嘟起嘴,"我原本是打算让他们用'蛆女'或'腐女'的,结果立刻就被驳回了。"

"蛆女,我能理解,但腐女又是什么鬼?"

"研究腐烂的女人嘛。"

岩楯无语地摇了摇头。

"搞宣传的人太死板了,真拿他们没办法。不过不管怎样,总之,先让大家慢慢开始了解法医昆虫学就行。至今为止,我们几乎没做过什么宣传。"

赤堀敏捷地捉住飞过面前的蜻蜓,目不转睛地观察了一会儿后将其放生了。

介绍法医昆虫学的网页如何暂且不提,问题在于赤堀的那些照片。在荒山野岭中抓着虫子的照片,站在讲台上讲课的照片,穿着白大褂进行某个实验的照片……都是些司空见惯的场景,但每张照片里赤堀都直勾勾地看着镜头,脸上还挂着灿烂到让人毛骨悚然的笑容,摄影师难道都没意见吗？

就在这时，身后传来车辆的声音，三人一齐转过了头。登山口往前的路段理应都被封锁了，但却有人开车沿着蜿蜒的村道上山。岩楯透过杉树间的缝隙观察着车辆，过了一会儿，一辆四日市警察局的警车就出现在了拐弯处。副驾驶座上坐着一个身穿深蓝色工作服，长着一张瓜子脸的女人。

"哎呀，伏见管理官大驾光临了。"岩楯自顾自地嘀咕道。

警车吃力地沿着陡峭的坡道往上爬，在接近三人后放慢了车速。警车在道路前方不远处停了下来，伏见从副驾驶座下了车。

"发生什么事了吗？"

岩楯敬了一个礼后往警车的方向走去。伏见的脸上难得一见地露出了冷笑，她将棕色的头发绑成一束，戴着一副红框眼镜。在城市里的时候没什么感觉，但到了大山里，她那一脸的浓妆就显得格外醒目。

"我是过来跟村里的青年团打声招呼的。接下来的三天时间里，他们还会帮助搜索，所以我打算在他们离开前露个面。"

"真是辛苦您了。"

伏见迅速地上下打量了一番追上前来的赤堀，眉头微微一皱，咬了咬嘴唇。岩楯非常能理解她的心情。

"岩楯警部补[1]，您今天是要参与搜索，对吧？"

"对，不过是法医昆虫学方面的搜索。在得出那个现场查证的结果后，我们打算试着追踪尸体的下落。"

"现场查证的结果，您指的该不会是土壤中虫子很少那件事吧？"

"正是如此。"

---

1 警部补：日本的警察等级之一，位居警部之下、巡查部长之上。

"等一下。光凭那种结论,你们究竟打算用什么办法进行搜索?"

她似乎真的吓了一跳,加重了语尾的语气,口吻简直像是在盘问犯人。伏见绕过警车,走到岩楯面前,她的身高算是平均水准吧。因为同时处理着多个案件,频繁来往于各个案发现场之间,眼窝下方的青黑色眼圈十分明显。管理官快速地瞥了赤堀一眼,看起来十分焦躁地叹了口气。

"总之,现在最重要的就是要尽全力找出遗体的剩余部分。这点在会议上也提到了,这是调查总部的当务之急。"

"是啊,想必死者也希望我们能早日找到他的遗体吧。"

"凶手是从路边把遗体丢弃的,从现场情况看来,这个推断是不会错的。那么,凶手应该也是沿路将其余尸块丢弃的,这样想才合乎情理吧?您这么一位经验丰富的警官,难道会想不通这一点吗?"

"从现场情况看来,的确如此。"岩楯点头表示同意。

"搜索已经进展到了这个地步,只要尽可能地投入人力对悬崖斜面进行搜索,找到尸体只是时间的问题罢了。关于这点,一科科长也持同样的看法,请您务必遵循总部的方针。现在不应该把个人行动放在首位。"

伏见直勾勾地看着岩楯,毫不客气地说道。就在这时,赤堀突然从岩楯身后探出脑袋,不合时宜地笑着插了话。

"不,不,我认为光是沿路进行搜索是不够的。"

她这么说着,从背包侧面的口袋中取出一张叠着的纸。赤堀甩了甩将其展开,只见那是一张西多摩地区的地图。地图中心是一个红叉,此外还画着好几个圆圈,不过岩楯并不知道那代表着什么。

"这个红叉是尸体被发现的位置,圆圈则代表距离该处一公里的地点。在前几日的查证中,我得出了土壤生物的数量异常稀少这一结论，这意味着尸体是在最近才被移到那里的，这点应该不会有错。"

"那充其量只不过是个假说，是你个人的观点。"伏见冷漠地回应道。

赤堀轻盈地站起身，依旧笑容满面。

"我找到了能证明这一假说的证据哦。在现场附近发现了动物的粪便，分析结果表明那是狸猫的粪便。啊，当然，关于这点，我已经咨询过专家的意见了，不必担心。"

"你等等，你该不会想以这个为依据，说是狸猫把尸体搬运到现场的吧？"

伏见预见到赤堀的观点，用一脸难以置信的表情看向岩楯，征求他的同意。

"无稽之谈。这样一座大山里，难道不是到处都是动物的排泄物吗？"

"是这样，没错，但狸猫有些特殊。"

赤堀将拳头放在嘴边，干咳了几声。

"互为配偶的一对狸猫会在固定地点排泄，这被称为'冢'，在狸猫的地盘上会有十处左右这样的地点，狸猫的活动范围约为离巢半径一公里之内的地方。道路护栏下方发现了大量各类果实和鱼骨之类的东西，一开始进行现场查证时也提到了这点。附近明明一棵桑树都没有，周围却掉落着大量的桑葚，实在是太诡异了。这就说明那里是狸猫储存食物的地方。狸猫是杂食动物，那里是它们的生活据点。"

"也就是说，尸体被埋在了狸猫地盘上的某处，然后它们把尸体挖出并搬到了那里？"岩楯插嘴道。

赤堀说着"就是这样"，竖起了大拇指。

伏见用手背粗暴地推了推眼镜，浑身发抖，好像已经达到了忍耐的极限。她似乎再也无法保持平静，开始啃起了无名指的指甲。这似乎是她下意识的动作，在意识到有人正看着她时，她忽然回过神来，立刻停止了动作。

"假说,假说,全是假说。在我听来,你说的一切都只不过是猜测而已。仅仅因为土壤中虫子数量少,就直接得出尸体是不久前才被移到现场的结论。仅仅因为发现了排泄物和果实,就固执己见地宣称一定是狸猫把尸体挖出并搬运过去的。所有根据都来自昆虫或动物,你根本就是先得出结论,然后再强行找了个理由而已吧?"

"你说得没错。我所有的一切都是建立在昆虫和自然之上的,它们的声音就是一切,真相永远藏在大自然之中。"

"这与其说是科学,不如说是宗教吧。"

伏见不快地说道。

"你根本就是在利用警方宣传法医昆虫学,总之,我算是清楚地明白了。你在自己专业领域的研究还不够深入,是没办法在调查中占有一席之地的。"

"法医昆虫学不是宗教,是科学。这点我还是得纠正你一下。"

伏见抑制住强烈得几乎要喷涌而出的感情,贴近赤堀,与她四目相对。管理官对昆虫学者的印象已经差到了极点,一丝妥协和让步的可能性都没有了。

赤堀的假说总是这么异想天开,让听者陷入混乱,很难被常人所理解。在她加入调查前,就算案件中出现过将昆虫作为决定性证据的情况,那也几乎都是从尸体上附着的虫子判断出凶手身份这种直接的证据。但赤堀所做的,是从生物的生态和行动中推理出真相,昆虫是作为间接证据存在的。这当然是需要庞大的知识量和数据才能做出的推理,但岩楯也并不是无法理解伏见这种认为赤堀的说法牵强而主观的意见。

赤堀对伏见的威胁毫不在意,她微笑着,露出清澈而坚强的眼神，对上了伏见的双眼。自然，她似乎也丝毫没有打算要让步。牛久从刚才开始就显出一副不知所措的样子，在岩楯身后晃来晃去。现如今双方的调查都毫无进展，即便发生了意见的碰撞，也没有任何一方能说服另一方吧。两人一个面无表情，一个毫无畏惧地微笑着，形成鲜明对比。岩楯插入了两者之间。

"总之，今天我们会按原计划进行搜查。"

"言下之意是，您不打算改变主意了。"

"嗯。毕竟警视厅都续签了跟法医昆虫学有关的合同，而且要是不充分发挥作用，我觉得上头也没办法判断法医昆虫学到底是好是坏啊。"

伏见正眼都没给岩楯一个，表明了自己无法接受的态度，她只留下短短一句"我明白了"后便转身离开了。愤怒像蚕茧般将她全身上下包裹得严严实实，她显出一副已经懒得搭理三人的样子，利落地坐上了警车。

岩楯目送警车渐行渐远，再度在炎热的山路上走了起来。

2

"说起来,你真是被敌人团团包围了啊。"

岩楯一边擦汗,一边说道。

"如果只是表面上如此的话,那就没关系啊。你不觉得他们反倒像是围在我身边的保镖吗？反正也没被禁止参与调查,实际上也没什么损失。"

赤堀说得轻巧,但岩楯知道她这次已经是非常谨慎周到了。提交的资料是以往的两倍多,为了尽可能地让人信服,她很努力地将自己的论据用数值表现了出来。尽管她已经将所有相关统计数据一并提交了上去,但这对于打一开始就持否定观点的人来说并没有什么意义。结果还是像之前几次一样,得拿结果说话。

岩楯看向一旁的赤堀。尽管从外表上看不出她在焦虑,但从刚才开始她就显得异常老实。

"虽然我觉得不太可能,但你该不会是因为给牛久跟我添了麻烦而在烦恼吧？还想着自己是不是对结论操之过急,搞错了调查方向什么的。"

岩楯对看上去有些郁闷的赤堀这么一说,她立刻对岩楯投以像是在瞪人似的炽热目光。

"别太小看我了。要是没有十足的把握,我根本就不会来这里。"

"那就好。今天就麻烦你务必把我们带到真正的现场去喽。"

岩楯这么说着,抬了抬下巴。赤堀也跟着抬起下巴,噘起嘴,一副天不怕地不怕的样子。如果她没有多想的话,那就再好不过了。

"对了,能告诉我这是要去哪里吗?我说,这么大一座山,你到底要在哪个范围内进行搜索啊?"

仍旧瞪着岩楯的赤堀反复深呼吸,似乎重新振作起了精神。

"我觉得我们首先得用狸猫的眼光来看待问题。为什么它们要特意穿过不时有车辆经过的道路,越过护栏,将陡峭的悬崖斜面作为食物储存处呢?"

"这些对狸猫来说是小事一桩吧。"

"从身体能力上看来,的确勉强说得通。但道路的右侧是一片坡度很陡的杉木造林地,那块土地经过翻整、间伐[1],所有的杂草跟杂木都被修剪殆尽,俨然已经成了一块人造林地,在那种地方几乎没办法找到食物。这么想来,动物们理应选择水源丰富的混交林作为生活据点,也只有那儿才有桑葚跟鱼。"

赤堀指向远方的山谷。

"我猜测了一下狸猫的生活圈,在刚才的地图上做了标记,多半是在河的西边。我想狸猫们的地盘应该在牛久先生每天训练时走的登山路线的那一边。"

"可是,小动物过得了河吗?水流相当湍急啊。"

听牛久这么说,赤堀一路小跑着,眯起眼朝树影间若隐若现的河谷看去,没一会儿她就转过了身。

"这一带的山林在经过间伐后,砍下来的植物都是直接放着不管

---

[1] 间伐:为加速林木生长或为防止病虫害等,有选择地砍伐部分树木。

的吧。"

"是的。从前会把这些杂木加工成一次性筷子或者燃料,但现在相较于花在这上面的时间,赚的钱实在是太少了,所以……"

搭档牛久说到一半忽然停了下来,像意识到了什么似的频频点头。

"原来如此,我理解了。您这么一说,我才想起间伐时砍下的杂木都被架在河上了,就像独木桥一样。"

"完全正确。"赤堀说着,轻轻拍了拍手。

"动物们是通过枯木过的河,被留在山里的树木会吸引来各类昆虫和其他生物,最后还会归于土壤,为森林提供养分。牛久先生,仙谷村真是个好地方啊,在从事林业的同时也保护着大山,人与自然和谐共存。"

牛久像自己被夸奖了似的,脸上一下子绽开笑容,双颊泛红。

"就是这么一回事了,岩楯刑警,搜索范围定在登山路线周边。"

"你还真是选了个被总部完全排除的范围啊。反正我今天的任务就是陪老师调查,逻辑上说得通的话,那就没问题吧。"

"好,那么既然已经决定了,就别再磨蹭,立刻出发吧。"

赤堀慷慨激昂地走了起来,但牛久似乎又开始隐约地有些不安了。

"那个,赤堀老师,搜索的时候有什么目标吗?虽说是登山路线,但附近都是尚未开发的原始森林,到处乱走是非常危险的,游客失足跌落的事件也时有发生。"

"首先得找到冢,这就跟定向越野一样,只要找到了一处,下一处十有八九会出现在半径一百米内。重复这个过程,狸猫的活动路线就会变得清晰起来。此外还要留心雨水。"

"雨水?今天的降水概率是零啊。"

"零也没关系。总之,就算只是听见了一丁点的雨声,也要记得告诉我。答案会随之水落石出。"

一如既往地莫名其妙,不过,赤堀似乎已经将前路看得一清二楚了。

那之后,三人走上了路面铺得十分平整的登山路线。山路的路面是结实的混凝土,走着有些枯燥乏味,但这对于带着轻松心情前来游玩的观光客来说应该是相当值得高兴的事吧。道路还跟停车场直接相连,只要沿着路走,就能安全抵达瀑布或洞穴等热门景点,十分方便。但是,还无法确定凶手是否真的走了这条路。岩楯踩着坚固的地面,环视四周。登山口的停车场里设有监控摄像头,目前还未从录像中发现可疑人物或车辆。

"这条登山路线是一条路到头的吗?"

岩楯一边用工作服的袖子擦拭额头的汗,一边问道。走在前方不远处的牛久回过头,放慢了步调。

"地图上标记的登山路线是只有一条。不过,有的登山客会通过其他的途径走到这里。"

"穿过森林吗?"

"是的。从碎尸发现地附近的那条村道往前走一段,过桥后有一处避难所,有些登山客就会把车停在那里,然后进入森林。那里离登山路线只有四十米左右的距离,没什么危险。但会这么做的人就是那种蔑视山林的人,在我看来都是潜在的遇难者。"

牛久闷闷不乐地如此断言道。要是知道了这条路线,凶手也许就不会冒险把车停在停车场了。而且凶手还是扛着碎尸进的山,应该没办法走太远,弃尸地点很有可能正好位于赤堀所说的动物行动范围内。

在牛久的指示之下,三人踏进了登山路线旁的森林。只不过离开道路走了这么一会儿,附近就已经全是杉树林中看不见的阔叶树了。这些树巨大得跟神社里的神木一样,枝叶繁茂,遮天蔽日。明明是白天，四周却十分昏暗，给人一种阴森的感觉。

不过，真没想到草木在人迹罕至的地方是如此自由地肆意生长着。岩楯环视四周，感受着植被的压迫，抬头往上看，各类植物重叠交错，只有几缕阳光透过缝隙照射进来。正因如此，树木们出于对阳光的渴望，一个劲儿地向上生长。登山路线理应就在附近，但岩楯早已分不清前后左右，俨然有种自己成了遇难者的感觉。来到这里后，他总算明白牛久先前一直强调的"危险"的含义了。

岩楯确认着地图和GPS，慎重地前进着。这时，从刚才开始就一直若有所思的搭档牛久开口了。

"如果凶手是为了弃尸而进山的话，那自然应该选在晚上进山。虽然登山路线沿途设有路灯，但凶手应该是没办法翻过栅栏进入森林的。毕竟能见度只有区区几厘米，前方便是伸手不见五指的黑暗，换作是我，都会因害怕而不敢进入啊。"

"即便是现在这个时间，我也觉得森林很可怕。"岩楯也同意牛久的意见。

"如果尸体是被丢弃在这一侧的话，那凶手应该没有太过深入林中，顶多也就走到了离路线几十米距离的地方吧。"

这个观点岩楯也基本同意。

"不过，那个强壮的巫女不是进去了吗？中丸也是。真是让人难以置信啊。"

"千鹤姐都在路线两旁采集植物，并没有进入森林里，而且每次去都有村公所的人同行，这是以振兴村子为目标的商品开发的一环。中丸的感官有些异于常人……啊，赤堀老师！那边有悬崖，请不要一个人过去！很危险！"

牛久突然的高声叫喊让停在树枝上休憩的鸟儿们瞬间四散飞去。

赤堀半弯着腰,像野生动物一样蛇行在林间,用类似粉笔的东西在树干上标记着箭头。接着她猛地直起身,笑着看向二人,嘴角仿佛要开到耳根了。

"找到第一处冢了!起步非常顺利啊。"

牛久手忙脚乱地在昆虫学者给的地图上将发现地做上标记,那之后,三人顺利地找到了第二、第三处冢,地图上逐渐浮现出了狸猫的行动路线。路线从据牛久称十分危险的悬崖边开始一路向南延伸,戛然而止于一棵树皮脱落的参天大树,那是一棵叶片边缘呈锯齿状的蒙古栎。

岩楯搜索了四周后再次返回蒙古栎,取出矿泉水补充水分。杂木林通风极差,热气和湿气停滞在空气之中。

"到此为止了吗……"被酷热折磨的岩楯开口道。

这时,前往蒙古栎前方进行搜索的赤堀快步走了回来。

"再往前就是熊出没的地区了,狸猫多半不会进入。树上有熊留下的爪痕。"

"喂,喂,有没有搞错啊?这森林里有熊吗?"

面对迅速环视四周的岩楯,牛久露出微笑,沉着冷静得令人火大。

"仙谷村也已经发布了熊出没的警报,四月末有人在游客中心附近目击到了成年的亚洲黑熊哦。"

"你倒是早说啊,我这什么武器都没带来啊。"

"我包里常备有强力驱熊喷壶和登山小刀,还是能争取到一些逃跑时间的。而且,熊几乎不会接近能听见不止一个人发出声音的地方,所以应该没什么问题。"

"我说,岩楯刑警,别管什么熊不熊的了,还得去调查另一边呢。"

赤堀像是在催促似的快步从身后走来,这关乎生死,怎么可能说不管就不管呢？岩楯深深后悔没有带村里加入了猎友会的老人一起来进行搜索。他紧跟在体形娇小的昆虫学者身后，过度地警戒着四周，行进于闷热的森林中。

三人回到第一处冢的位置，接着沿着悬崖，往相反方向进行搜索。然而北面一处冢都找不到，三人只得原路返回出发地。据赤堀说，冢通常是等距分布的，很少有某一处冢离其他冢距离特别远的情况。

"有没有可能是这里就只有这么几处冢？"

"不可能，数量太少了。我没有看漏，嗯，没有。但却找不到冢。为什么？"

赤堀嘀咕着，双手抱胸，来回踱步。岩楯早已全身是汗，深蓝色的工作服紧贴在皮肤上。就在岩楯将水倒在头上，打算重新集中精神的时候，身边响起了牛久洪亮的声音。岩楯手一抖，矿泉水瓶落在了地上。

"赤堀老师，不能去那边！"

牛久猛地抓住赤堀的背包，大喊道。赤堀站在悬崖边，身体前倾，差点掉了下去。

"啊，好危险！我还以为前面有地面呢。"

牛久将赤堀从崖边拉了回来，威严地叉腿而立，居高临下地看着一屁股坐在地上的赤堀，他用毛巾擦了擦留着平头的脑袋上渗出的汗。

"悬崖边野葛丛生，像屋檐一样向外延伸，因此在这里连登山老手都很容易失足跌落悬崖。在放眼望去全是植物的地方，人的视觉很容易被麻痹，无法判断高度差。总之，我会走在靠悬崖的一边，您一定要走在靠里的位置。明白了吗？"

"知道了。谢谢你，牛久先生……"

赤堀这么说着，似乎对悬崖下方很是在意，她目不转睛地看着杂木丛中的一点,像是在侧耳倾听似的屏住了呼吸。岩楯也谨慎地接近悬崖边,将目光投向她所看的方向。那里跟现在三人所处的地方大相径庭,到处都是高耸的大树,是一片生机盎然的森林。

岩楯打算离开崖边返回原地时,耳朵捕捉到了一丝不协调的声音,他回过了头。

"你们有没有听到滴水的声音?"

岩楯将全身神经尽可能地集中在耳朵上,他似乎听见远处传来了一种雨滴打在叶片上的声音。赤堀也保持着原来的姿势,一动不动地看向前方,试图判断方位。然而再怎么努力,嘈杂的蝉鸣还是将所有声音都盖了过去。

"可现在没有下雨啊,天气好得很,我没听到什么水声啊。"

与两人一同竖起耳朵的牛久如此说道。这时,一动不动的赤堀说了声"好",伸手指向前方。

"我们下去吧。"

"不,你等等,这悬崖至少有五米高啊。这雨声我听得也不是非常真切,很可能只是错觉。"

"嗯。但是,就算结果可能是徒劳无功,也有必要下去看一看。再说了,我们这里不是有个厉害的帮手嘛。怎么样,牛久先生,能行吗?"

牛久望向悬崖下方,进行着某种估算。接着他一言不发地缓缓放下背包,从包中取出两捆绳子,选了两棵看上去十分牢固的麻栎,迅速地将绳子固定在树干上。在确认过用攀岩扣环衔接起的支点强度足够后,他再次将目光投向悬崖下方,将类似安全带的东西递给了两人。

"用下降器下去吧。我会在一旁进行辅助,没问题的。"

"怎么可能没问题?这悬崖几乎是个直角啊。"

"只要装备方法是对的,就几乎不需要任何操作。即便是遇难者,只要没有受伤,也都是自己下的悬崖。连超过六十岁的老奶奶都能做到。"

这混蛋,若无其事地说着这种让人拒绝不了的话。

岩楯还是难以下定决心。他咒骂着,用双手抹了抹脸。一般的案件调查中绝不可能会如此频繁地遇上需要赌上性命的状况,在山野中搜索还不算什么,没想到居然还得搞攀岩……岩楯突然有了种想要哀叹自己处境的想法,但在大山中搜索遗体,想必就是这么一回事吧。不,自从赤堀出现后,即便是在城市里,岩楯也觉得自己时刻处于大自然的危险之中。

牛久为昆虫学者安装好安全带,将看起来像是下降器的细长器具安装在大型攀岩扣环上。用于固定身体的绳子的绑法复杂无比,不过有这么个山岳救助队的专家在,大概没什么问题吧。赤堀和牛久打头阵,先行下降。天不怕地不怕的赤堀像是在悬崖上小跑,双腿频繁地踩着崖壁,一眨眼工夫就降到了下面。

"你是野猴吗……"

就在岩楯这么嘀咕着的时候,牛久已经登上悬崖回来了。他立刻着手为岩楯安装安全带,说明只有短得令人不安的"放开把手就能停下"一句。接着牛久便伸出双手,示意岩楯下降。

首先,要把自己的全部体重都寄托于看上去不甚牢固的绳子,这点让岩楯十分恐惧;其次,要背朝外地从悬崖上跳下去,这也是非常需要勇气的。不过,一旦跨过这两道坎,接下来就如搭档所说的,几乎不需要什么操作了。岩楯一步步踩着垂直的崖壁,没花太久时间便抵达了下方。在岩楯解开安全带,用袖子擦着汗水时,他听见"喂"的一声,抬起了头。赤堀站在前方不远处的树丛中,朝这边挥着手。

"找到冢了,果然没听错啊。"

牛久拿着地图小跑起来，通过GPS确认地点，立刻做下记号。两人已经成了一对十分合拍的搭档了。岩楯在喝完水后拨开杂草，跟上两人。

"冢似乎一直往北延伸呢，走向正好跟登山路线一样。倒下的树干在这里也成了狸猫们的通行道路哦。"

赤堀指向一棵搭在悬崖上的枯树，树上堆满了枯叶和树枝，形成了一条十分明显的兽道。

"有路可以让狸猫往返于悬崖两边，这点我明白了。但假如凶手真的把尸体埋在了这附近，那他到底是怎么下来的？如果是从悬崖上把尸体扔下来的话，那也太费功夫了吧。"

"如果凶手没有攀岩技巧的话，那很可能是通过楼梯下来的。"

"喂，你给我等等。牛久，有楼梯的话，你倒是早说啊。早知如此，我就不必干这种像SAT[1]一样的事情了。"

岩楯揉着太阳穴，不满地吐着苦水。然而牛久却摇了摇头。

"从这里一直往北走有一间废弃的木屋风格的咖啡厅，就在登山路线边上。外乡人跑到这里盖咖啡店，这我倒是没意见，但他们最后因为生意惨淡而连夜潜逃了。村公所也没办法随意将咖啡厅拆除，于是，十多年来，那间咖啡厅就这么被遗弃在那里。因为有倒塌的危险，所以四周设有绳子，禁止入内。话虽如此，但那里确实有通往悬崖下方的楼梯。不过那些木质的楼梯已经腐朽，随时都可能会倒塌。"

凶手如果不惜以身犯险也要将尸体埋在悬崖下面，那一定代表他有把握不会被人发现吧。不，也有可能是凶手根本不知道楼梯已经腐

---

1 SAT：指特殊急袭部队（Special Assault Team），是隶属日本警察厅的特种警察部队，其主要任务是对劫持人质、恐怖袭击及火力强大的犯罪等进行迅速地压制。

朽了。

就在岩楯环视四周并陷入深思的时候,耳边再度传来雨滴拍打在叶片上的声音,他条件反射性地抬起了头。天上晴空万里,一片乌云都没有,不像是在下雨的样子。然而就在前面不远处,枝叶分明在摇晃个不停,像是被雨打了似的。

这时,检查着冢的赤堀猛地站起身。

"岩楯刑警果然没有听错!我们快走吧!"

话音未落,赤堀便飞奔出去,岩楯和牛久追了上去。她从刚才开始就很纠结于雨声,但这天气看起来并不像会局部降雨的样子。当岩楯穿行于野生麻栎之间时,他清楚地听见附近传来了水珠打在叶片上的滴答声,于是他稍微放缓了脚步。

"是哪里涌出水了吗?"

"不,这一带应该是没有水源的。"

就在两人追赶着昆虫学者的时候,雨声越来越大,最后变成了暴雨一样的巨响。

"到底是怎么回事?这根本就是大雨的声音啊!到底是从哪里传来的?"岩楯警戒地观察着四周。

这时,跑在前面的赤堀转过头大喊道:"你们俩,把头包住,快点!"

"啊?为什么?"

"不想受罪的话就快点!"

"莫名其妙……"

就在岩楯一边跑一边将毛巾从脖子上拿下来的时候,一滴雨突然落在头上,岩楯抬起了头。雨势突然变大,雨滴吧嗒吧嗒地接连落了下来。下一秒,身后的牛久突然发出惨叫般的声音。岩楯吓了一跳,回过头,只见他跺着脚,大声喊叫着。看着牛久,岩楯大惊失色。

是蛆！而且还是圆滚滚、胖乎乎的蛆！牛久全身上下都是白色的蛆虫，他挥舞着毛巾，挣扎着想把蛆虫赶跑。岩楯看了一眼不断落在自己头发和肩膀上的蛆虫，用力发出"啧"的一声。

"为什么天上会掉蛆啊？！"

他想用毛巾包住头部，但为时已晚，岩楯已经能清楚感受到蛆虫在毛发间蠕动。蛆一只接一只地从衣领侵入岩楯的衣服里，背脊传来的恶心的触感令岩楯汗毛直竖。

"这是什么鬼？！老师！这地方到底是怎么回事？！"岩楯发出了几乎可以说是尖叫的声音。

赤堀用斗笠保护着自己，轻快地向前走去，那样子着实令人火大。她匍匐在堆满落叶的地面上，寻找着什么。她就这么趴着说道："这些蛆处于三龄后捕食期，也就是徘徊期。"

赤堀迅速地采集了掉落下来的蛆虫。

"这些虫子为了变成蛹，离开了食物，开始了大规模的移动，它们会去寻找没有天敌的安全地点。但是，这片土地的湿度异常大，根本没有干燥的地方。结果，这些虫子就只好往树上爬，刚爬到树梢就落回地上，就这么不断重复着。这在这种潮湿型的森林中是常有的事。"

"常有的事？我听都没听说过啊！这蛆有好几千只啊！你为什么不早说啊！"

"为了避免先入为主的观念。如果只说是雨声的话，岩楯刑警只要集中注意力就能很快发现。往往只有那些毫不知情的人，才能找到这种地方哦。抱歉啦！我之后会找个机会补偿你们的。"

这个混蛋，把人当成煤矿里的金丝雀[1]啊。岩楯在下个不停的蛆

---

[1] 金丝雀对瓦斯气体十分敏感，一旦感受到了瓦斯，金丝雀就会躁动不安、尖叫甚至死亡。因此，早期的矿工们会在矿井中养一只金丝雀，作为示警工具。

雨中把所有能想到的粗话都骂了一通。牛久把毛巾甩得跟螺旋桨一样，拼尽全力地试图阻止蛆虫的侵入。

就在这时，赤堀站起身，猛地回过头。她露出了岩楯从没见过的严峻表情，手指向前方。

"岩楯刑警！果然就在这里，你看那边！"

只见堆积的枯叶间，一个白色的塑料袋若隐若现。岩楯立刻飞奔出去，他对落在脸上和身上的蛆虫不管不顾，单膝着地，跪在塑料袋所在的地方。他戴上工作手套，慎重地将塑料袋提起，苍蝇一齐飞了起来，嗡嗡叫个不停。岩楯发出"啧"的一声，用手驱赶着苍蝇，再次看向塑料袋中。

无数的蛆虫和红黑色的块状物……尽管几乎只剩下白骨，岩楯还是勉强辨别出了那是人类左手掌的残骸。

腐臭顿时扑鼻而来，岩楯勉强忍住翻涌而上的反胃感觉，站起了身。蛆虫从天而降，苍蝇乱舞，地上则是被切断的人类的手掌……简直是世界末日一般的光景。前方不远处的一块地土壤泛黑、地势凹陷，这是在一个地方挖了坑后又将土埋上时会留下的痕迹。

岩楯头也不回地说道："牛久，找到遗体了，联系总部。"

"太……太难以置信了。居然真的找到了，居然真的……"

"牛久！"

岩楯朝沐浴在蛆雨中、精神恍惚的牛久大喝一声，他才终于回过神，嘴里说："我……我明白了！"他急忙转身离开，回到悬崖下方，从背包中取出了无线对讲机。

3

隔天起,针对登山路线附近杂木林的搜索就开始了。几乎完全白骨化的手掌立即被送到了神宫医生那里,检验两次发现的尸块是否属于同一名受害者,很快,结果显示就是同一具尸体,没错了。赤堀的假说分毫不差,狸猫将尸块搬运到第一发现现场这点已经是毋庸置疑的了。如此一来,就需要再次探讨推定出的死亡日期究竟正确与否。目前,鉴定科正在搜索余下的豕,这下子,要找出剩余的尸体就真的只是时间问题了。

"我必须向赤堀老师道歉,直到发现遗体的前一秒,我都还认为一切只是在白费功夫。"

牛久转动着方向盘,发出无比懊恼的声音。

"昆虫和狸猫的排泄物——有谁能相信,光凭这两点就能循线追踪,找出弃尸现场?有谁能相信在那样广阔的山林中,居然有人能精确地定位出尸体的具体地点?"

牛久抑扬顿挫地说着,像个舞台剧演员似的。他用一只手抹了把自己的国字脸。

"我惊呆了,我从没想过自己的眼界竟然是如此狭隘。我明明从小到大都生活在被自然包围的村庄中,但却从未直视过大自然的本质,甚至还一口咬定赤堀老师的推测是错的,真是太不应该了。"

"哎，你冷静点，像她那样做得到这种事的才是怪人。正常情况下，就算是出动所有人力进行地毯式搜索，想要找到遗体都得看运气。蛆和苍蝇是一群栖息在土壤中，平时根本看不到的昆虫。没有人会认真地将它们和狸猫组合在一起进行思考，试图得出一个结论。她是唯一一个例外。"

"这就是法医昆虫学啊！真的太令人震惊了！"

"沐浴在那样大量的蛆雨中，这是普通人即便想体验也体验不了的事。跟那位老师一起行动，简直就像在地狱里观光一样。"

其他的调查员们也跟佩服不已的牛久一样，丝毫掩盖不住自己的震惊之情。他们原先还嘲笑赤堀，以为她是个没用的学者，却没想到只有她是从一开始就没有受到干扰，着眼于事情本质的人。虽说他们的态度不会有太过明显的改变，但从今往后，他们应该都会开始密切关注赤堀所说的话了吧。

"不过话说回来，关键的头部和躯干还是没找到啊。但凶手是在那里挖洞并掩埋了尸体，这点应该是不会有错的。"

"毕竟据说那个洞的大小是足够放入全部身体部位的。不过，洞本身并不深，所以可能其他部分也是被动物给拖走了吧。赤堀也说了，通过落下的蛆虫数量判断，遗体应该就是被埋在那里的，这次一定会在附近发现剩余尸体的。"

最近明明是梅雨季节，今天却晴空万里，平行于山脊的细长云朵仿佛是书法的笔画，白色的墨迹在空中散开。今天警方将再次对村民进行问话，并将监控录像的排查日期范围扩大到六月中旬。再次检查，这大概是因为上头将赤堀所推测出的死亡日期也加入了考虑范围吧。雅阁在村落内频繁地与其他调查车辆擦肩而过，每当这种时候，岩楯总会微微举起手，以示慰劳。

岩楯将车窗打开一条小缝，潮湿的风拍打着他的脸颊，吹进车里。他看见蜿蜒村道的前方远处立着一棵树，那是村落东边的标志物——孤杉。孤杉枝繁叶茂，状似一把闭合的雨伞，树干笔直，直冲云霄。

"之前那辆出租车停过的地方就是那里吗？"

见岩楯抬起下巴，牛久点了点头。

"听说以前的采购商都是把那棵杉树当成路标进的村。道路的尽头就是村里规模最大的贮木场，到现在还是车来车往的。"

"中丸家也是那个方向。"

牛久用意味深长的眼神瞥了一眼副驾驶座，立刻回答了一声"是的"。

"孤杉下不会被雷劈这个自古以来的说法，也被写在了村子的主页和宣传册上，并不是只有村民才知道的信息。"

尽管牛久显出一副想说这次的案件跟村民没关系的样子，但岩楯没办法就这么如他所愿，排除村民们的嫌疑。如果只是道听途说、一知半解的信息，电话那头的神秘人是不会特意将这件事告知那个男人的。

这说明在六本木搭上出租车的男人，确实是一边与电话中的人进行着联络，一边朝村子东边前进的。如果下了高速后就这么沿路开下去，一定会进入村落的西边，所以乘客让司机把车开到孤杉这里来，一定是受了电话另一头神秘人的指示。不过，那个外表看起来像明星的男人，究竟跟岩楯怀疑的中丸是否有联系？不，说到底，搭出租车的男人到底跟这次的案件是否有关系都尚不清楚。最近一段时间里，岩楯的脑海中总是不停地浮现出这个疑问。

在车辆行驶到被森林包围的村道的坡顶后，岩楯终于看清了孤杉的全貌。那是一棵高度非比寻常，少说也有二十米的参天大树，然而至今为止却从未被雷劈过，只能说太不可思议了。杉树旁停着一辆车，那是一辆银色的面包车，驾驶座上没有人。岩楯定睛一看，那辆车挂着八王子的车牌，牌号以"wa"开头。

"是辆租赁的车。"

听岩楯这么说，牛久也探出身子看了看面包车。

"八成是新闻媒体的车吧。我听村民说，因为从四日市站下车后就没有其他交通方式能进村了，所以有好几名记者一起租了车开到村里来。"

"村民们还真是无所不知啊。"

岩楯眼前浮现出记者们刚准备进行采访，就被村民们反过来质问的情景。经过车旁时，岩楯观察了一番面包车，发现里面一个人也没有。他姑且记下了车牌号，并细心留意了道路周围的情况。

贮木场周围盖着一排充当木材加工房的活动组合屋，形状酷似一扇巨大门扉的起重机将原木吊起，搬运到传动带上。工厂今天似乎正常运作着，链锯的尖锐噪声响彻山间，回声极大地增强了噪声，几乎要将耳膜撕裂。

岩楯上次来的时候还不清楚，不过附近住宅稀少的原因似乎就是这个。东边算是村里的工厂区，机器一旦发动，产生的噪声就会严重影响正常生活。岩楯突然意识到，中丸家很可能是几乎免费地租下了那栋房子。

牛久绕了个大弯，拐进贮木场边狭窄的小路，把车停在位于贮木场后方的中丸家前。好几条毛巾被铺在破旧不堪的水泥砖墙以及型号老旧的轻型汽车上晾干，立在院子里的晾衣竿上挂着大量洗好的衣物。

岩楯下车，走向充满生活气息的房子，但却在途中停下脚步，微微低下了身子。

"出什么事了吗？"

听见身后的牛久如此问道，岩楯竖起食指，示意他安静。随风飘扬的床单的缝隙间闪过了一个人影，那是个岩楯从没见过的男人。他在发现对方后立刻躲起来，并不是什么错误的选择。

岩楯用肢体语言示意牛久从屋子右侧绕到后面去，自己则谨慎缓慢地穿过大门，走进院子里。玄关前方铺着报纸，并排摆放的竹篓里放有大量的黄色梅子。岩楯透过床单的缝隙看向屋子的侧边，缓慢地走上前去。

屋子后方就是山，除非上山，否则就只有左右两个方向可走。岩楯静悄悄地踏着杂草，步步逼近。就在这时，屋子后方传来牛久含混不清的声音，岩楯猛地抬起了头。

与此同时，一名头戴黑色鸭舌帽，将帽檐压低的男人铆足了劲儿冲了出来，身后还跟着一个人。后者弯着腰，身子前倾，用手摁着驼色帽子跑了出来。两人毫不犹豫地往岩楯的方向径直冲来，岩楯惊得睁大了眼睛。

"等等！你们两个怎么回事？！我是警察！停下！"

话音未落，岩楯就受到了来自正面的全力冲撞。他抓着床单，摔了个跟头，倒在了地上。尽管晾衣竿倒下，岩楯全身上下被衣物包裹，但他还是伸出手抓住了可疑人物的脚腕。然而那也只持续了短暂的一瞬间，下一秒钟，可疑人物便挣脱了束缚，岩楯听见他们逐渐跑远的脚步声。

"他妈的！"

岩楯拨开纠缠不清的床单，站起身，大喊了一声："牛久！"在听见"我没事"的回答后，岩楯立刻跑上了道路。虽然察觉到中丸的父亲从家中探出了脑袋，但岩楯头也不回，死死盯着可疑人物的后背。看见两人拐进贮木场边上的小路，岩楯立马全速飞奔了起来。

"主任！"

身后传来牛久的声音，岩楯怒吼一声"把车开过来"，头也不回地继续向前跑去。他们究竟是什么人？光天化日之下偷溜进民宅，不顾警察的正面阻拦而企图逃跑的人，一定不会是什么正常人。

两名男子跑在岩楯前方三十米左右的地方，但头戴驼色帽子的男人的脚步渐渐慢了下来。他跑得很吃力，难道是个老人？跑在前头，头戴黑色鸭舌帽，身材纤细高挑的男人背着一个看上去很重的双肩包，拼了命地狂奔着。他时不时地用手摁住侧腹，一副十分痛苦的样子，看样子他的体力不太好。岩楯粗暴地扯开领带，解开衬衫的第一颗纽扣，用尽全力，一鼓作气地加速奔跑了起来。

两人冲进木材加工厂，横穿过宽阔的工厂用地，接着跑上了村道。他们也不分头行动、摆脱追兵，就这么保持着一前一后的样子不断奔跑着。这让岩楯心头燃起一股无名火。到底是在搞什么鬼？！岩楯气喘吁吁地吐掉带有血味的唾沫，试图进一步缩短距离。

就在这时，岩楯看见停在孤杉边上的银色面包车的报警灯闪了好几下。可疑人物用遥控器打开了车锁。那辆租赁车原来是他们的吗……

岩楯听见警笛声，回过了头。只见牛久开着雅阁拐过弯，不断加速。岩楯指向前方的面包车，示意牛久先过去，自己则拼尽全力地跑了起来。

岩楯心跳加速，连连咳嗽，呛得快要喘不过气。可疑人物坐上租赁车辆，迫不及待地发动了车子。但开了没多久，便与一辆从私人道路骑上村道的自行车打了个照面。面包车为了闪避，大幅度地转动方向盘，车辆发出刹车般的吱吱响声，冲进道路两旁的杂草中。跟在后面的牛久立刻停下雅阁，堵住面包车的去路。岩楯则径直朝翻倒在地的自行车跑去。

"你……你没事吧？"

揉着腰、抬起头来的人是那位纤细的美少年——俊太郎。

"是……是你啊……没、没受伤吧？"

岩楯的呼吸急促到了极点，甚至已经没办法好好说完一句话了。就在他弯下腰，双手撑膝，咳个不停的时候，头顶传来了从容不迫的声音。

"你要关心的应该是那边吧？"

岩楯透过滴着汗液的刘海儿缝隙向前看去，只见俊太郎已经站起了身，正拍打着粘在身上的泥土。岩楯说了句"你……你就在这等着"，就朝面包车跑去。他在确认过呆滞地握着方向盘的男人的状况后打开了车门，引擎油的刺鼻焦味扑面而来，两名男子看上去已经完全丧失了战意。

"下……下车。暑气逼人……烈日当头的，你们到底在干什么？"

牛久打开副驾驶座的门，将肩膀颤抖、气喘吁吁、脸色苍白的男人拉下了车。开车的男人看上去年纪在四十岁左右，坐在副驾驶座的则是一名看上去年过七旬的老人。岩楯看向之前观察车辆时以为没有人的后座，只见一位身材矮小的老婆婆端端正正地坐在后面。老婆婆将白发扎成一束，看上去很有气质。这时，岩楯的余光捕捉到了某样东西，他再次迅速地往老婆婆的方向看了一眼。

她的膝盖上放着一个装在用银线织成的罩子中的骨灰罐，她对面的座位上则放着一张用安全带固定住的年轻女人的遗照。

"等等，这伙人到底是怎么回事？"

岩楯看向一身慢跑打扮的两人，与牛久交换了眼神。接着，搭档露出一脸非常为难的表情，绕过车身小跑到岩楯身边。看他这副慌乱不已的样子,岩楯多少猜到这是怎么一回事了。

"难不成是死者的家属?"岩楯背对车辆,放低声音向搭档问道。

"对,那张遗照上的女人是二十一年前中丸犯下的那起案件中的受害者。我前几天才重新调查了一遍,看过照片,不会错的。"

岩楯回过头,看向惘然若失、站在原地一动不动的两名男子。两人像是失了神似的看向远方,先前逃跑时的激动之情消失得一干二净,仿佛不曾存在。

"又牵扯上麻烦的人物了啊……"岩楯嘀咕着让两人先回到面包车上。

这时,岩楯听到身后传来细微的声音,回过了头。

"我可以走了吗?"

T恤配牛仔裤打扮的俊太郎站在面前,岩楯仔细地将身材纤细的少年上下打量了一番,除了手肘破皮,似乎没有其他明显的外伤。

"我之后会让人派其他警察过去,麻烦你待在家里。伤势没大碍吧?"

"没事。"

"说起来,你没去上学吗?现在应该还没到暑假吧。"

"温书假。"

他还是一如既往地显出一副毫无朝气的样子,但想必这也是一种魅力吧。岩楯目送骑着自行车的俊太郎离开,拉开了面包车的推拉门。

两人将最后一排座位和中间一排座位调整成面对面的样子,岩楯坐在抱着骨灰的老婆婆边上,不愿摘下帽子的年迈父亲坐在岩楯对面,边上坐着短发中夹杂着几缕白发的儿子。牛久坐进驾驶座,开启空调,打开笔记本,一脸的紧张。当岩楯问起姓名和住址时,三人像泄了气似的,老实地一一回答了。

"那么,芝浦先生,首先能请你告诉我,你们在那里做什么吗?"

岩楯擦拭着流个不停的汗水，向青年问道。

颧骨突出、骨瘦如柴的芝浦低着头，直白地回答道："监视杀人犯。"

"原来如此，监视杀人犯。"岩楯重复道，"那伯父您呢？光天化日之下，不惜私闯民宅也要进行监视吗？这附近到处都是警察，即使冒着被抓住的风险也无所谓吗？"

"我们不监视他，谁去监视？反正就算跟警察说了，你们也不会采取任何行动吧。"

芝浦父亲操着一口很有特点的东北腔。

"不过，监视的原则是保持距离，不让目标察觉。两位可是直接在屋子边上进行监视啊，是打算近距离作战吗？"

两人闭着嘴，一言不发。岩楯终于不再流汗了，他在喘了口气后，换了个问题。

"顺便问一句，令郎有在六本木搭乘出租车来过这个村吗？在六月份的时候。"

芝浦父子短暂地对视了一会儿，摇了摇头。

"那么，你们认识一名年纪在四十岁左右的长发男子吗？说话有东北口音，打扮得花枝招展的，像个明星一样。"

他们依旧毫无反应。岩楯在提问后等待了片刻，但他们看起来并不像是在隐瞒着什么。岩楯不想将这次案件中频频出现有关东北腔的线索一事归于偶然。不过，他暂且收起了这个想法。

岩楯观察着两人，将手缓缓伸向放在芝浦父亲脚边的黑色背包。父子两人的身体明显地颤抖了起来，但他们紧咬着嘴唇，没有制止岩楯。

"麻烦让我检查一下里面的东西。"

这个背包还挺重的，岩楯拉开拉锁，首先映入眼帘的是鼓得像气球一样的塑料袋。这是什么？岩楯小心翼翼地将袋子取出，目不转睛地看向袋中——麻烦的东西又出现了。

"嗯,不好意思,请问这是什么?袋子里似乎装着大量的昆虫啊。"

坐在对面的两人飞速地对视了一眼。芝浦父亲干咳了一声,用沙哑的嗓音回答道:"是蚊子。"

"我看也是。有一千只左右吧?"

岩楯回过头,将袋子递给牛久,搭档就这么瞠目结舌地盯着袋子里的东西看了一会儿。袋中的花斑蚊四处飞舞,整个塑料袋简直就像一个嗡嗡作响的黑洞。接着,岩楯警戒地看向背包中,取出了三个两升的塑料瓶。三个瓶子全都装着混浊泛绿的水,水里密密麻麻的全是体长约五毫米的某种生物,不停地蠕动着。

"然后是水生物啊。我是觉得不太可能,但这里面装得满满的,该不会是跟头虫吧?"

老人频繁地摸着帽檐,这副焦虑的样子肯定了岩楯的猜想。此外,岩楯还看见背包深处放着一个沉甸甸的塑料袋。他战战兢兢地解开袋子,看向袋中。他一时间还以为里面装着蜘蛛,吓了一跳,但仔细一看,那其实是大量茸毛状的东西。

"这是?"

"植物的种子。"

"什么植物?"

"……加拿大一枝黄花。"

这究竟是怎么一回事?岩楯用手摁了摁眼角,偷看了一眼坐在自己身旁一言不发的芝浦母亲。

这家人应该是每次查出中丸家的新住址后,都会立刻前去进行彻头彻尾的骚扰吧——将院子弄得杂草丛生,放生蚊子,再找个水源把跟头虫倒进去,除此之外一定还做了很多令人难以想象的事。不过,他们的做法是不是有些太小家子气了？想要复仇的话，明明还有无数种办法……

就在岩楯这么想着的时候，坐在副驾驶座的牛久一脸凝重地将一沓纸递给了他。那是一沓用毛笔蘸着红墨水写下的字迹潦草的传单，上面写着"中丸聪是杀人犯！这栋房子里住着一个杀人魔！"尽管他们的做法让岩楯感到了一丝不对劲，但他还是为这个无法接受女儿死亡事实的家庭的下场而深深感到悲哀。

"芝浦先生，请不要再这么做了。"岩楯抑制住感情，如此说道。

话音刚落，芝浦父亲的情绪突然激动了起来，尖声回应道："凭什么要我住手？凭什么痛苦的总是受害者？他夺走了一个鲜活的生命，现在居然还有脸过这种悠闲自得的生活，这个世界错得实在是太离谱了！"

"我妹妹到底做错了什么？那群罪犯开车抢走了她的包。她的身体被包缠住，逃脱不了，被沿路拖行了三百二十米远！你懂吗？三百二十米啊！当时开车的就是中丸！他明知道我妹妹在车后被拖行，还故意把她甩在护栏上，撞在电线杆上，残忍地杀害了她！"

"你不可能明白的！看事情都只看表面，算什么警察？这算什么调查？你们跟村公所的办事员有什么两样？一群没心没肺的东西！事不关己，高高挂起！"

芝浦父亲亢奋无比，呛得直咳嗽，咳嗽还没停下，他就再次激动地开口了："抢劫致死是什么玩意儿？啊？这根本就是故意杀人！我女儿全身上下有二十一处骨折啊！伤势重得连五官都看不清了！她才活了十九年，就被那群家伙给杀了！"

这对父子的话匣子一打开便停不下来，两人轮番上阵，用几乎像是要杀人般的气势痛骂中丸和共犯，以及警察和相关司法人员。岩楯一言不发地听着两人的话。

　　事情已经过去二十多年，三人还是不愿安放骨灰。他们将自己囚禁在失去女儿和妹妹的痛苦之中，现在这已经成为他们活下去的动力。一想到他们为了做这种事情专程从郡山来到这里，岩楯就不由得感到一丝苦涩。即便在这种情况下，他们还特意租来车子，将隐蔽工作做好，这点让岩楯感到更加悲伤。瘦骨嶙峋的儿子想必是放弃了自己的青春和人生，时刻准备着，只为等待敌人出狱那一天的到来。虽然不知道这种事他们打算做多久，但这是一种将憎恶作为食粮的非常危险的生活方式。

　　两人喘着粗气，涨红了脸，直勾勾地瞪着岩楯。岩楯没有对他们说任何安慰或同情的话语，而是重复了先前说过的话——这个家庭必须与女儿的死做出诀别。

　　"芝浦先生，请不要再这么做了。"

　　岩楯说完，身旁传来了从刚才起一直毫无反应的芝浦母亲咻咻的笑声，她怜爱地抚摸着骨灰罐，温柔地说道："还剩两个人。还剩两个人……你等着，就快了。"

　　还剩两个人？芝浦母亲的声音回荡在岩楯的脑海中，他不由得咬紧了牙关。她的精神显然已经崩溃了，这对父子的内心多半也跟她一样，已经回天乏术了。

　　"您女儿遇难的那起事件中的三名罪犯，其中一人在两年前死了，他先杀了家人，接着自杀了。"

　　岩楯凝视着芝浦父亲充血的双眼。

　　"那又如何？"

　　"你们也对他做了一样的事情。"

　　"谁知道呢？他想死是他自己的自由。要是实在难以忍受自己深重的罪孽，那就只能用自杀来逃避了。你知道吗？传单什么的一点用都没有，暴力也无济于事。我们清楚得很，做事要讲究方法的——把人逼上绝路的方法。中丸还不够，他还得受更多的苦。"

岩楯给牛久使了个眼色，示意他向局里请求支援。将那名罪犯逼入杀人后自杀的绝境的，恐怕就是芝浦一家，不能放任他们不管。

"说起来，刑警先生，这个村子里似乎发生了杀人事件啊。凶手抓到了吗？"

正在开车门的牛久停下了动作，岩楯只回答了一句"仍在调查中"。

与此同时，芝浦用鼻子哼了一声，咬牙切齿地说道："中丸这个畜生，还真是不管到什么地方，问题都会接踵而至。他一点都没有反省。杀人的一定就是中丸，我们可是看到他背着装有尸体的袋子去弃尸了。"

"你说什么？"

岩楯立刻看向芝浦，锐利的视线几乎要将他射穿。身后的牛久也倒吸了一口凉气。

"什么时候？"

"六月十九日。在接近半夜十二点的时候，中丸背着一个大袋子，像圣诞老人一样走在房子的后面，那个袋子又黑又脏，还很大，他浑身是泥。那天村里下了风暴似的大雨，所以我记得很清楚。那时我还好奇他在干什么呢，直到后来看了新闻才明白是怎么一回事。他背着的一定就是尸体，他又开始杀人了，这次一定得让他下地狱。"

岩楯的视线一刻也没离开过怒目圆睁、滔滔不绝的男人。他是出于对中丸的怨恨而想要陷害他吗，还是说他真的看到了些什么？岩楯试图分辨刚才一番话的真假，但对方实在处于一种过于疯狂的状态，导致岩楯无从判断。

但是，六月十九日这一天，不仅吻合赤堀推理出的死亡时间，同时也是神秘男子从六本木搭出租车来到仙谷村的日子。媒体掌握的情报大多是警方泄露出去的，所以死亡时间几乎都指向七月初，这个男人所说的话却触及了不为人知的核心情报。

"除此之外，你还看到了什么吗？"

岩楯继续提问，芝浦却歪着嘴角微笑了起来。那笑容是如此地毛骨悚然，让人不禁浑身发抖。

"没有了。我们也得工作，维系生活，不可能每天不眠不休地监视他。但我是知道的，那里面装的一定就是尸体，那家伙又杀人了。不过，现在还不能将他交到警察手上。"

男人将脑袋前倾，双眼发出奇异的光芒，视线久久没有从岩楯身上移开。

4

搭乘着四日市警察局的警车离开的三人，脸上几乎没有什么表情。芝浦父亲虽然往岩楯的方向看了好几眼，但那眼神告诉岩楯，直到最后他都认为自己做的事是正确的，并对此毫无悔意。面对复仇之火熊熊燃烧了二十多年的这对父子，岩楯甚至不知道能否找到一个办法来告诉他们这一切都是错的。

岩楯带着苦闷的心情坐上雅阁，接着牛久也立刻回到驾驶座上，深吸了好几口气。看到死者家属成了那副样子，震惊之情全写在了他的脸上。然而，他必须接受现实。他似乎为此感到十分苦恼。

"我非常理解他们的心情。无辜的女儿被人用那种令人难以接受的方式杀死，加害者却还活得好好的。罪犯只要坐满刑期，一切都会被清零，人生也能重新开始。"

"你是真的这么觉得吗？"

岩楯翻阅着调查资料，低声说道。牛久再次深吸一口气，痛苦地摇了摇头。

"不。只要见过中丸的父母，就能明白加害者一方的亲属有多么痛苦。他们辗转流离，不停地搬家。虽然我认为他们这么做的一部分原因是死者家属的骚扰，但简单说来，他们无时无刻不生活在恐惧之中。每天都提心吊胆，担心儿子的过去会被人知道，因此没办法与邻居和睦相处,也没办法亲近他人。他们为了尽可能地保持低调而操碎了心,身心俱疲地活着。那样的生活,真的能称为'活着'吗?"

牛久吸着鼻涕,感慨不已,用手使劲擦了擦眼角渗出的泪水。

"怎么说呢,我好气啊,真的好气……没有一个人是幸福的。即便罪犯被制裁了,也没有人能再回到过去的生活。死者家属痛苦到几近疯狂,根本看不到自己走的这条路的尽头。"

"所谓杀人,就是这么一回事吧。"

岩楯合上了档案夹。

他的脑海中接连浮现出自己经手的案件中死者遗属以及加害者家属的面容。他们的共同点是每个人都怀抱着过于深沉的苦恼,无处排解如波涛般汹涌的情感,拼了命地生活着。为了不被这种情感所感染,受其左右,岩楯总是习惯退后一步,从客观的角度看待问题。机械、冷淡、无情……岩楯已经数不清自己多少次被人这么说过了。

岩楯看向从口袋中取出手帕擦拭着泪水和鼻涕的牛久。

"你真是个有同情心的警察啊。但也正因为如此,你必须学会保护自己。最好别再依赖村子了,要在心理上与村子拉开距离。"

岩楯斩钉截铁地说道。就在这时,胸前口袋里的手机发出像孩童哭闹似的振动声。岩楯看向屏幕,上面闪烁着科长的名字。

"怎么回事,今天是个不吉之日吗?这又是怎么了……"

岩楯按下通话键,将手机放在耳边。一片嘈杂声中传来了科长毫无抑扬顿挫的低沉声音。在听到下一句话的时候,他不由自主地提高了音量。

"您说什么?"

岩楯歪着头将手机夹在脖子上,抽出笔记本,在上面记下令人难以辨识的潦草文字。上司在简单明了地传达完要点后,说了一句"就是这样"，便挂断了电话。岩楯保持着将手机夹在脖子上的姿势，将自己记下的笔记看了好几遍。

"发生什么事了吗？"

牛久察觉到事态严重，将整个身子都转向了岩楯。他像个刚哭完的孩子似的，眼皮和鼻头微微泛红。岩楯将电话收回口袋，说道："在国分寺找到了碎尸。"

"啊？"

搭档发出一声怪叫。岩楯从车门储物槽中抽出地图，粗暴地将纸张翻得哗啦啦作响，翻到了国分寺的页面。他的手指在地图上滑动，精准地停在刚才从电话中听到的那个公园上，那是一座挺大的公园，正好位于国分寺和府中的交界处。

"地点是洼西公园，是一座有着两个池塘的绿地公园。据说在公园的垃圾箱里发现了右腿，被切割成了大腿、小腿、脚掌三段。"

"请……请等一下。这跟在村里发现的遗体有关系吗？"

"还不清楚，DNA鉴定的结果最快也得到后天早上才能出来。不过，血型跟受害者一样，都是A+。虽然已经完全腐烂了，但似乎是男性的腿部。尸块已经被送到神宫医生那里了。"

"尸体不是被埋在了那个地方吗？那个天上掉下来大量蛆虫，被挖了一个洞的地方……"

牛久连珠炮般地说着，被口水呛得直咳嗽。

"如果社会上最近不流行碎尸的话，那恐怕新发现的尸块跟在村里发现的尸块就是属于同一个人的。变态也没这么闲，不可能这么快就出现模仿犯吧。"

岩楯发出"啧"的一声。不过，真是越想越让人摸不着头脑。如果凶手将尸体埋在山里是为了消灭证据，那又为什么要把其他部位丢弃在引人耳目的闹市区？如果是打算将碎尸分别遗弃到各个地方，那就没必要刻意费时费心地将尸体埋在山里。岩楯将地图插回车门储物槽中，对惊愕不已的牛久说道："你用手机查一下洼西公园的垃圾收集日。"

"明白了。"牛久这么说完，手忙脚乱地拿出手机，滑动着手指进行搜索，不一会儿他就抬起了头，"公园的垃圾每天都会有人收拾。公园内所有的垃圾都会在傍晚前被收集起来，隔天由垃圾车运走。不过，今天正好是节假日，所以垃圾没有被运走，只是被集中到了公园里的垃圾管理处。垃圾管理处是间活动组合屋一样的屋子。"

"尸体不是在那里被发现的。发现地是池塘边上的一个公共垃圾箱。"

如此一来，尸体就是在昨天傍晚到今天被发现的这段时间内被丢在那里的。于是，问题出在了凶手对尸体的处理方式上。

"赤堀推断出的死亡时间是六月的第三周。今天是七月二十日，这就意味着凶手把切割下来的右腿留在身边长达一个月之久。"

"太难以置信了……头脑有问题吧。不，其实我从一开始就觉得凶手是个疯子。"

"碎尸虽然看上去非常像是变态的行径，但几乎所有的碎尸案中，凶手将尸体分成小块后再扔掉，都是为了不引人注意。而且，碎尸案的受害人多数是女性。不过，光看手法的话，这次的案件似乎跟以往的并不太一样。将尸体保存一个月之久，然后只把被分成三份的右腿扔在公园的垃圾箱里。正如你所说，这不管怎么想都是精神异常者干的事。"

话虽如此，但这改变不了这次案件疑点重重的事实。在山里挖坑掩埋尸体，这算是一种正经的弃尸方法，然而这和今天发现的尸块的遗弃方式实在是有着天壤之别。

"虽然我觉得不太可能,但该不会正如神宫医生所说,尸体手腕动脉附近的伤痕意味着凶手的精神异常吧……"

尽管岩楯将重点全都放在了梳理不清的情报上,但他隐约觉得这些情报跟刚才发生的事是有所关联的。牛久皱着眉头,双手抱胸。

"管理官也说了,只要把尸体切开,血管自然就会断裂。我无法理解凶手为什么要刻意切开血管,而且那伤口是死后才留下的。"

"死后的血是不会凝固的流动血,这点只要见证过解剖就能明白。即使心脏停止跳动了,切开动脉的时候还是会出不少血。"

"难道说,凶手是为了在受害者死后将尸体放血吗?为什么要这么做?"牛久提高了音量。

"不清楚。不过,头脑有问题的人,总是能想到些一般人想不到的事情。"

话虽如此,但岩楯还是觉得将凶手断定为精神异常者有些冒险。然而岩楯无论如何都无法想象一个正常人会把尸体的血管挑出来。他试图深入思考,但最后还是焦躁地摇了摇头。

"DNA 结果出来之前什么都做不了。总之,先把车开到中丸家吧,刚才没能跟他们说上话。"

那之后两人前往了中丸家。岩楯首先就将庭院弄得乱七八糟一事,向从玄关走出来的中丸母亲道了歉。衣物已经重新洗好,干净地挂在晾衣竿上,被踢飞的花盆也被放回原先的位置。岩楯看见屋檐前正在晾晒的梅子,委婉地向中丸母亲提出了一句忠告。

"在外头放过的东西,还是别吃比较好,说不定沾上了什么不太好的东西。"

中丸母亲目不转睛地盯着岩楯,仿佛在说"这个刑警说的话可真奇怪"。

岩楯的视线游走于狭小的私人土地的各个角落。土地上四处生着野葛、加拿大一枝黄花，以及禾本科的某种不知名的杂草，这些都是死者遗属芝浦一家干的好事吧。尽管芝浦一家给人感觉不像是会在食物里下毒的人，但人在气头上时什么事都有可能做得出来。

虽然今天中丸家的蚊香点得看起来像是起了一场小火灾，但渴求鲜血的蚊子还是完全不把那当一回事，群聚于此。岩楯皱起眉头，用手驱赶蚊子，刚才他还以为芝浦一家干的只是些不痛不痒的小恶作剧，但事实证明完全不是这么一回事。这种慢慢腐蚀着人类精神的生活环境只能用"恶劣"两字形容。每当飞蚊的振翅声进入耳中，岩楯都会感到一股烦躁。在这种环境下恐怕是连觉都睡不好吧。而且不管再怎么努力地拍打，蚊子还是不见少，真是令人身心疲惫。

岩楯重整精神，告诉中丸母亲他想进屋里谈话。中丸母亲听后虽然一脸的不安，但还是痛快地将两人请进了屋。

"您儿子在工作吗？"

岩楯在表达感谢后，喝了一口端上来的麦茶，饶有兴趣地环视了狭小的客厅。客厅里只放了能满足最低生活需求的家具，每件都被收拾得十分干净整洁，感觉用起来十分称手，客厅整体看起来也很舒适。墙壁上高高地挂着两代祖先的照片，被裱在相框中的中丸家的列祖列宗们表情严肃地俯视着这个房间。这是栋引人怀旧、通风良好的房子。如果空气中没有飘荡着这呛人的蚊香味，那就真的是无可挑剔了。

"我儿子出门去做派遣的工作了。听说登山口附近的电线常被长长的树枝给绊住，我儿子就接下了定期修剪树枝的工作。"

"是这样啊。您丈夫呢？刚才好像还在家里啊。"

"我让他去镇上买东西了。那个，因为我不会开车，所以总是得托人帮我买东西……"

她显出一副不管谈到什么事都得进行辩解的样子，不时偷瞄两名刑警。她将一头灰发盘成发髻，密得连梳子都插不进去，苍白而娇小的脸上布满皱纹。尽管岩楯已经不想再折磨这位可怜的母亲，但有些事他还是不得不问。

　　"我们今天来是想了解一下您儿子的情况。"

　　"我之前不是说了吗？我们什么都不知道。"

　　中丸母亲跟之前一样，反应有些过激。

　　"杀……杀人分尸什么的，他是不可能做出这么可怕的事情的。是因为我儿子有前……前科，所以你们才怀疑他吗？"

　　"不是这样的。话虽如此，但您儿子的行动有时候显得十分可疑。这点您也是清楚的吧？"

　　"我……我儿子是情绪不稳定。他不擅长跟人说话，也没有朋友。之所以会在晚上出门，也是因为得去工地上夜班，昼夜颠倒了。不……不是故意挑在晚上出门的。"

　　年迈的母亲惊慌失措，显得有些激动，但她立刻又换上一副"糟了"的表情，身子弯得更低了。岩楯就这么看了她一会儿，她看上去不像是对这次的事件有所隐瞒的样子。她打心眼儿里无法彻底相信儿子，没办法袒护他到底。这恐怕是她深受折磨的最大原因，她一直无法摒弃心中的怀疑。

　　岩楯无意间吸入了弥漫在屋中的蚊香烟雾。他在咳了好一会儿后，将对话继续了下去。

　　"实话跟您说，我们刚才抓住了几个偷偷潜入您家后院的人。是姓芝浦的一家人。"

　　"哎？！"

　　中丸母亲发出这么一声惊叫后便全身僵硬，好一会儿都动弹不得，她半张开的嘴微微颤抖了起来，原本就已经泛白的脸色越发苍白，嘴唇也渐渐失去了血色。她的视线在岩楯和牛久身上来回游移，不知所措，身子不停地颤抖着。

"他……他们是怎么找到这里的？为什么？啊，我得赶快通知孩子他爸，得马上通知才行！这事要是被村里人知道了，我们就待不下去了……"

中丸母亲用力抓着旧T恤的下摆，将手撑在桌上打算起身。岩楯抬起双手制止了她。

"中丸女士，请您冷静一下。他们已经被带回局里问话了，我们会尽力说服他们不要再做这种事了。"

"怎么可能说服得了！对方并没有错啊，错的都是我们，这点是无法改变的，毕……毕竟是我儿子把芝浦家的女儿给杀了。就算一辈子遭人怨恨也没办法，我们能做的也只有默默承受他们的恨意了……"

她眼中泛泪，抽了张纸巾摁在眼角上。牛久再次被情感的旋涡吞噬，握着笔记录调查报告的手微微颤抖。中丸母亲这副样子着实可怜，令人目不忍视，但岩楯心里清楚，两家的这段孽缘已经无法被斩断了。芝浦一家正在理性崩溃的边缘，而中丸夫妇尽管知道这一点，却也只能默默忍受，他们之间是一种共存的关系。这下岩楯确信了：中丸夫妇对芝浦一家的一切骚扰都视若无睹，并忍受至今。

话说回来，父母都已经如此痛苦了，儿子目睹着这一切，却丝毫没有打算解决问题的样子，这点令岩楯十分恼火。给遗属的赔偿金是父母出的，父母的正常生活也因为他彻底地被毁了。都四十六岁的大老爷们儿了，还摆出一种我行我素的态度过日子，真是个可疑的男人啊。

岩楯就这么注视着中丸母亲，直到她冷静下来，轻声说了句"不好意思"之后，才再次提出了问题。

"您儿子昨天也在同一个地点工作吗？"

"对，听说雇主让他一直做到月底。"

"昨晚也一直待在家里吗？"

中丸母亲立刻回答了一句"对"，但在考虑片刻之后摇了摇头。

"昨天他开车出门了。不太清楚具体是去了哪里，我猜，大概是到镇上的弹珠店去玩了吧……"

"您儿子有没有突然间变得跟平时不一样，或者说出过什么奇怪的话呢？比如跟谁起了争执之类的。"

听岩楯这么一问，中丸母亲的脸上露出了难为情的笑容。

"我儿子一直都是个怪人，所以我看不太出来。不过，我觉得他应该没跟别人起争执。他就是个胆小的人，从小只要一遇上什么事就会立刻道歉，然后逃走。他也从来不发脾气。都长到这么大了，被爸爸骂了还会哭鼻子。不过他这个人就是不长记性，怎么教都没办法。"

"您刚才说他没有朋友，那平时也没有人到家里来吗？也没人打过电话吗？"

"没有啊。"

中丸母亲叹了口气说道，凝视着装有麦茶、表面结着水珠的玻璃杯。中丸似乎既没电脑也没手机，与外界的接触仅限于工作和打弹珠，村里唯一会向他搭话的只有巫女千鹤。

"我听说他让绵贯千鹤女士为他进行过治疗。"

话音刚落，中丸母亲的表情就稍微变得明朗了一些。

"千鹤真的帮了我们不少，她为我找了好多在家里就能做的简单零活儿，而且还帮我加工资。尽管我儿子总说她'自来熟、没礼貌'，但我觉得他心里其实是很开心的。千鹤每次过来把活儿交给我干的时候，就算没事，他也会来客厅露个脸。"

"是这样啊。顺便问一句，请问您认识住在这附近的一之濑一家吗？高中生儿子和父亲两个人住。"

"啊，我知道……"

中丸母亲的脸色瞬间沉了下来。她像在岩楯提问之前就打算开口一样，提高音量坦白道：

"我儿子之前偷了一之濑家的自行车，虽然马上就被发现，还了回去，一之濑先生还是气势汹汹地跑来家里，扬言要叫警察过来。总之我们就一个劲儿地道歉，还让儿子下跪赔礼，请求原谅。因为他之前也到一之濑家的田里偷了西瓜跟南瓜之类的作物，一之濑先生当时还警告他不准再犯，下次决不轻饶。"

所以那之后一之濑就对中丸产生了怀疑，上网搜索了他过去的经历。从他被多次警告还是一而再再而三地在水源中游泳就能看出，中丸对于规则的认知有着严重的缺陷。然而他干的坏事是否真的仅限于轻度违法行为呢？

"对了，不知道您是否记得六月十九号，就是晚上下了大雨，电闪雷鸣，道路被水淹没的那天。请问那天晚上，您儿子是否出过门呢？"

中丸母亲对这个问题反应十分激烈，她肩膀一震，目光游离，指尖紧张地颤抖着。接着她将双手抵在桌上，突然间低下了头。

"非……非常抱歉。孩子他爸已经使劲教训了他一顿，但他还是改不掉这个坏习惯。"

"坏习惯？发生了什么？"

"那……那个，他进山去采蘑菇了。"

"蘑菇？难道是红平菇吗？"

牛久突然插了话。

"红平菇？那是什么？"

"那是一种仙谷村打算推广成特产的罕见粉色蘑菇。这种蘑菇生长在倒下的阔叶树上,在森林中有一块栽培地。那些红平菇在六月底突然全部消失,当时还闹了好一阵子呢。"

"非常抱歉,我会好好管教他的,真……真的非常抱歉。"中丸母亲将额头抵在桌子上道歉。

"该不会去年的松茸也是他偷的吧?"

牛久的声音越发强硬了起来。看来中丸有着病态的偷窃癖,不过,中丸父母这种不够果决的态度也很有问题。如此说来,芝浦一家看到的大袋子中装的就是蘑菇了……两者完美地联系在了一起,但岩楯总觉得有些难以释怀。中丸所做的一切虽然可疑,但没有任何铁证能证明他是凶手,让人完全摸不清他的行为模式。

岩楯直勾勾地看着老婆婆的眼睛说道:"中丸女士,能让我们看看您儿子的房间吗?"

他原以为中丸母亲会强硬地拒绝,然而她似乎已经疲于为儿子处处操心了。过了一会儿,她将手搭在桌子和橱柜上缓缓站起身。"在这边。"她伸手指向花边窗帘。

岩楯和牛久跟在弓着背的矮小老婆婆身后,走在像是有人扔了个烟幕弹似的昏暗过道里。中丸母亲平时好像很喜欢腌渍梅子或者水果什么的,过道上并排摆着装在玻璃瓶中的各色腌渍食品。咯吱作响的过道的最深处,盥洗室的旁边似乎就是中丸的房间。

中丸母亲短暂地犹豫了一下,最终还是带着一脸僵硬的表情,一鼓作气地将儿子的房门拉开了。

岩楯本以为里面的环境连苍蝇见了都要望而生畏,但这间被整理得干净无比的六叠大的房间让两位刑警瞪大了双眼。被子叠得整整齐齐,靠着土黄色的泥墙放着,边上是一张小小的书桌。收纳柜中的杂志也按大小分类，摆放得井然有序。一切都显得过于整齐的这个房间，在某种意义上可以称得上是间牢房了，不知道这是不是他在十四年的服刑期间养成的习惯。

刚踏进这个铺着榻榻米的房间，地板就开始嘎吱作响。岩楯站在房间中央，环视四周。柱子上密密麻麻地贴满了香烟品牌的贴纸，这些贴纸的位置也齐得像是用尺子量过一样，除此之外，屋内就没有什么其他装饰了。

接着，岩楯打开放在书桌旁的一个小收纳盒，里面满满当当地塞着圆珠笔和铅笔之类的东西，中间用隔板分开，此外还有好几个封面上画着卡通人物的笔记本。岩楯随手翻了翻，发现上面一个字也没有，是全新的。下面的抽屉中则放着手工制作的木质容器，里面装满了被切成车辆形状的小橡皮擦。

岩楯看向门口，一脸不安的中丸母亲已经不见了踪影。岩楯指示牛久去观察她的情况，自己则继续调查起了里面放着一台小型电视机的壁龛。亚克力质的箱子里装的全都是跟色情或弹珠有关的DVD，收纳柜中的杂志也几乎都是这类东西。

岩楯打开壁橱，工地的三角锥、小酒馆的招牌、写有不同姓氏的门牌、自行车的铃铛……壁橱里整整齐齐地塞满了这些不知从哪里顺手牵羊回来的破烂儿。然而，在看到被塞在壁橱深处的那个东西时，岩楯的心顿时剧烈地跳了起来。

那是一个半透明的塑料袋，里面装着某种黑色物体。透过塑料袋，岩楯清楚地看见里面装着的是纠缠在一起的长头发。

岩楯伸手拿起袋子，小心翼翼地将其打开，战战兢兢地往里看去。片刻之后，他终于下定决心，将手伸进袋中，一把抓住袋中发硬的头发。

是假发——岩楯放下心来，松了口气。好几顶假发瘆人地缠绕在一起，纠成一团，仿佛是某种奇异的生物。这大概也是他偷来的战利品吧，只能说中丸这个人在偷东西时还真的是毫不挑剔。

这个屋子的主人究竟能否做出杀害他人、损毁尸体这样的事呢？岩楯无法判断他是否具备凶手的那份感性，能不能井井有条地实施这一连串带有猎奇感的犯罪行为。岩楯在连天花板附近的小壁橱都仔细检查过后，关上拉门，呆呆地站在六叠大的房间的角落——没有能让人感受到智慧的东西。调香师千鹤曾说过，中丸就像个六岁的儿童，从房间的情况看来，他过的确实是那样的生活。

岩楯用双手抹了抹脸，从中丸的私人空间中，岩楯只看出了他喜欢小偷小摸、手脚不干净这一点。但至于中丸是个怎样的男人，岩楯是越发搞不清楚了。

5

"这里就是赤堀老师的办公室吗?"

牛久站在破旧的房子前,两眼放光。

两人面前是一栋看起来快要被橡树枝叶所吞没,临时搭建起来的小屋。屋子四周立着好几根细竹,细竹的尖端上晾着洗过的胶底布袜、玻璃瓶,以及一些让人一头雾水的塑料制品。细竹被这些东西的重量压得弯下了腰,像弹簧似的不停弹跳着。

岩楯认为,在见到此情此景后,应该不只自己一个人会联想到装饰有大量风车,供奉着塔形墓碑的墓地。而且,他才一段时间没来,爬山虎就已经完全寄生在小屋的外壁上,形成了天然的迷彩,让屋子本身彻底融进了周围的草木之中。

"真亏你能看着这破房子还管它叫办公室啊。"岩楯半带佩服地说道。

身处池之上大学中最边远的地区,岩楯感觉夏日的阳光都变得强烈了几分。脖子被烤得火辣辣的,甚至有些隐隐作痛。

"现在回想起来,我第一次来这里时见到的那副样子才是最正常的啊,那时这里还只是个普通的小屋而已。"

"这气氛不是很棒吗?即便身处闹市,也能感受到大自然的气息。赤堀老师可真厉害。"

"我只能感受到废铜烂铁的气息。"

岩楯推开用生锈的合页固定住的木质大门，走进写有"法医昆虫学教室支部"的屋子。他本以为小屋里一定闷热无比，没想到迎面竟然吹来了凉爽的风。

"啊，长途跋涉到这里来，辛苦你们两个了。不好意思啊，我没能出席调查会议。"

身穿粉色T恤的赤堀挥着手朝门口走来。T恤的袖子撸到肩膀，并不算长的头发在相当高的位置被强行扎成一束，散乱的短发像烟花似的朝四面八方散开。

"屋里变凉快了，是我的错觉吗？"

岩楯走进堆满了各类物品的小屋，这里自然是没有空调的，不过天花板和墙壁上的两扇小窗被打开了。

"是绿色窗帘的效果哦。我原本打算种苦瓜的，后来想想干脆种爬山虎把整栋建筑包起来好像也不错。只要温度比外头低两摄氏度，人体就会觉得非常凉爽哦。"

"像是走进了咖啡厅一样啊。"

牛久夸张地发出称赞，饶有兴趣地环视着屋子。墙上一如既往，密密麻麻地贴满了便签和纸条，它们随风摆动，十分瘆人。

赤堀从工作台下抽出两把圆椅排在一起，伸手示意两人坐下。

"插在外面的细竹是怎么回事？"

"那是因为乌鸦实在太爱干坏事了，所以我在惩罚它们。乌鸦似乎很怕会上下摆动、弹来弹去的东西。它们刚才还特意飞来这里侦查情况，闹腾了好久。"

"你恐怕不光会吓到乌鸦啊。"

岩楯仔细观察起倒在茶杯中的麦茶，直到确定里面没有跑进虫子后才彻底放心地喝了一口。就在赤堀在桌对面的椅子上坐下时，笑容忽地从她的脸上消失了。

"DNA 结果终于出来了。在国分寺发现的人类右腿,是属于仙谷村的那名被害者的。"

"是啊。顺带一提,昨天傍晚,躯干的一部分终于在山里被发现了,是腹部以上的部位。发现地点离下着蛆雨的地方很近,唉,那样子真是惨不忍睹啊。"

"嗯。今天早上,发现现场的虫子也被送过来了。"

"毕竟警方发现有蛛丝马迹表明尸体被从赤堀老师找到的那个地点挖出,然后重新埋在了其他地方啊。凶手真是个让人无法理解的疯子!"

牛久毫不掩饰自己的愤怒,咬牙切齿地说道。

发现尸体的现场状况凄惨无比。虽说尸体被包在了塑料袋中,上面盖上了薄薄一层泥土,但因为尸体已经开始了由细菌导致的自溶,液化程度严重,别说检查了,就连要拿起来都不知道从何下手。此外,发现现场还是个蛆雨下个不停的高温潮湿的空间。调查员里有好几个晕了过去,剩下的一个接一个地吐个不停,那景象仿佛人间地狱。警察内部召开了紧急调查会议,并决定与管辖国分寺地区的小金井警察局展开联合调查。

"我看了现场的照片,感觉非常奇怪。"

赤堀双手抱胸,面露难色。

"切断肋骨,将躯体分成两段,到底是为什么?"

"嗯,确实,一般来说,分尸应该是从腰部附近切开啊。毕竟那里只有脊柱的一段骨骼。"

"如果是为了方便搬运而分尸,那应该会分得更小块一些吧?然而凶手也并没有这么做。从那种地方将躯体一分为二感觉没有什么意义啊……"

赤堀歪了歪脖子。牛久回想起了现场的情景，喉结上下滑动着。看过现场的岩楯也感到有些奇怪，不过，可以得出的结论是凶手的手法并不娴熟。有可能是因为凶手不善用斧，一时失手才把尸体从那个位置切开的。

"暂且不提尸体了，请老师把你得出的结果告诉我。我想在报告书出来之前了解清楚。"

"明白了。"

赤堀将桌上的双目显微镜推到一旁，开始将似乎是用那台显微镜拍下的照片摆放在工作台上。照片中有常见的蛆虫和虫蛹，还有其他各类昆虫，呈现出大杂烩的状态。

"这些是在国分寺的公园里发现的昆虫，因为种类太多，分拣的时候可费劲了。毕竟是在垃圾箱里发现的，可以说几乎所有栖息在不卫生场所的虫子都粘在了尸体上。"

赤堀用手指敲了敲其中几张照片，照片上是清晰得令人不敢直视的各类害虫。岩楯心想，至今为止，将各类物证采集并送过来的鉴定员们实在是了不起。

"你以前收到过这么多虫子吗？"

"没有。"赤堀露出微笑，"神宫医生也说他在解剖的时候把虫子一只不剩地全部采集了起来。听说他跟助手一起进行了好几个小时的外表检查，连被其他昆虫捕食过的昆虫的残骸都好好地给送过来了。一定是因为我夸奖了他的发型，让他开心了吧。"

"你可别一不小心在那位医生面前说出这番话啊。"岩楯立刻叮嘱道。

"不过这数量还真是惊人啊……全部加起来得有一百种以上吧。"

牛久对苍蝇的厌恶感已经彻底消失了，现在甚至已经发展到会两眼放光地向赤堀询问蛆虫龄数的地步了。

没想到鉴定科竟然送来了这么多平时像垃圾一样直接丢掉的昆虫，岩楯估计这是因为上面下了指示。自从赤堀在仙谷村精准地找出弃尸地点后，警察内部便开始形成一股"法医昆虫学不容小觑"的风气。

赤堀选了几张照片，倏地推到两人面前。

"先说蛆。蛆的龄数呈现出各不相同的状态，因为已经确定国分寺和仙谷村的碎尸属于同一人，所以这个就没什么调查的必要了，以最先采集的为准。"

赤堀这么说完，将占总数三分之一左右的蛆虫照片唰的一下子推到右手边。接着，她将目光投向放在小型冰柜旁边的一台大小与其相当的机器。

"顺便说一句，我放在那边那台恒温器里培养的蛆虫，已经长到跟一开始被做成固定标本的蛆虫同样的龄数了。然后我进行了调整，让人工饲养的时间长度与尸体被发现时的状况相吻合。需要考虑到村子的湿润环境，以及尸体被装在了塑料袋中、埋在土里这一点，还有发现尸体时的气候等因素。在此基础上再将黑水虻初龄幼虫的成长纳入考虑后，我列了个 ADH 公式。"

岩楯望着一本正经地记着笔记的牛久，他最近终于能够理解计算的意义了。

"我把详细的算式写在了报告书里，看那个应该会更好懂一些。由此推断出的尸体死亡时间是六月十九日下午五点到六点之间哦。"

"居……居然能算出如此精确的时间吗？！不仅能找出地点，连时间都能算出来！"牛久发出惊讶的声音。

"我觉得法医学里能将结果计算得这么精确的只有法医昆虫学，这个推断是不会错的。"

赤堀充满自信地露出微笑。

"六月十九日"这个日期确实在调查中不断出现。这是神秘男子从六本木搭出租车前往村里的日子，同时也是中丸在深夜被目击到背着大袋子四处徘徊的日子。赤堀推断的死亡时间至少可以说明讲话带着东北腔调的男人带上出租车的大件行李中装的并不是碎尸。不过岩楯确信那绝对是跟本次案件有关的其他东西。

"在国分寺采集的蛆虫被我一刀切地放弃了。除此之外，这些虫子——蜱螨和跳蚤也派不上用场。这些昆虫应该是啮齿目动物带过来的，可能是在老鼠靠近尸体时爬上尸体的。"

赤堀一边说明，一边将大部分照片都推到了右手边。如此一来，工作台上的照片就只剩下最边上的一列了。

"剩下的只有屈指可数的几种昆虫了啊。"

"不不不，重头戏现在才开始。神宫医生真是采集得太棒了，这些昆虫才是足以称为'当红小虫'的新面孔。"

赤堀转动着带有滑轮的椅子，从堆满书籍和文件的桌上拿起两个培养皿，将其中一个推到两人面前。培养皿中铺着一层棉花，上面放着一具长五六毫米的、圆滚滚的红棕色昆虫尸骸。尸骸看上去已经彻底干瘪，足部缺了一块，腹部被完全压扁。

"是椿象吗？"

"不是不是。这是一只雌性臭虫，没想到吧？"

"臭虫？我记得没错的话，那就是所谓的床虱吧？"

赤堀用力点了点头，拿出一张放大后的照片。这时，认真地记录着赤堀话语的牛久一脸兴奋地抬起了头。

"请等等。您说的床虱，就是那种在战时和战后大量出现过，后来在日本绝迹了的虫子，对吧？最近都没怎么听说这种虫子了，难道说，这次发现的臭虫相当特别吗？"

牛久的国字脸上呈现出一副"通过这条线索能直接找出凶手"的表情,赤堀却干脆地摇了摇头。

"很遗憾,这些臭虫并不特别。臭虫的数量在 2000 年之后再次剧增,这是一种非常麻烦的害虫。总之,这种虫子一旦开始繁殖,数量就会爆发性地增长。究其原因,是它们非常耐得住饥饿。有些臭虫甚至好几个月不吃不喝都能活下来,打起持久战根本拿它们毫无办法。"

"是这样啊……"牛久期望落空,显得有些失落。

"要是被这些虫子咬了,唾液腺中的物质就会进入体内,引起过敏反应,伤口处会出现内出血、肿胀等症状,反正就是随着时间的增加,皮肤会变得瘙痒难耐。而且,被咬的人就算慌慌张张地跑到皮肤科去,医生也十有八九会将原因判断为蜱螨,开个类固醇类的止痒药就算完了。"

"嗯,即使是医生,也不会想到病人竟然是被床虱咬了吧。"

"医生的判断失误也是臭虫数量增长的原因之一。而且,一般人是没办法自行驱除臭虫的。不是专业驱虫师的话,很难将臭虫赶尽杀绝,总之非常棘手。顺带一提,大吉昆虫咨询所也是拜臭虫所赐,才渐渐上了轨道。这些虫子正好赶在他的公司起步的时候出现了。"

"话说回来,如此棘手的床虱开始繁殖了,新闻媒体明明应该多报道一下才对啊。信息实在是太过匮乏了。"

岩楯感慨道,赤堀却张开嘴哈哈大笑了起来。

"在我们这一行,会传播疾病但本身没有毒的虫子都会被推迟处理啦。不说这个了,你们看这里。"赤堀用铅笔头指向放大的照片中臭虫的腹部,"第五环节和第六环节之间,能看到像非常严重的伤口一样的痕迹吧。"

"……伤口吗?嗯,有两处。不,好像有三处看起来像伤口一样的地方。"

"牛久先生，洞察力十分敏锐啊。这只虫子身上有三处伤口。臭虫是一种会进行'创伤性授精'的生物。换句话说，臭虫在交尾的时候，雄性会将钩形剪刀一样的尖锐器官刺入雌性体内，扑哧一下刺穿雌性的体壁。"

赤堀用铅笔模拟出穿刺的动作。

"雄性会将器官插入雌性的腹腔深处，但伤口很快就会愈合，消失不见。不过，不管这只臭虫多么努力地想要瞒天过海，终究还是逃不过我的法眼。三处伤口，意味着它出轨了两次。"

"别用这种恶心的说法来解释。"

岩楯眉头紧锁，身旁的牛久面露难色。

"总之，这只臭虫长成成虫需要五六周时间，如果环境合适的话还会更快，三处外伤就是它曾经在生长环境良好的室内待过的证据。它很可能曾经在尸体被肢解的地点或是弃尸者的身上待过。臭虫无法在室外繁殖，而且它们没有翅膀，也无法进行远距离移动。"

岩楯的脑海中浮现出中丸一家，屋里整天点着蚊香，全家都受到蚊虫的叮咬，身上留下了严重的咬痕。可以肯定，蚊虫的泛滥是受害者遗属芝浦一家干的好事，难不成这种昆虫也潜伏在了中丸家中吗……身旁的牛久似乎也在思考同样的事，直勾勾地凝视着干瘪的标本。与其直接正面质问中丸，也许应该先找为他治疗过蚊虫叮咬伤口的绵贯千鹤问话。

"此外还有一条大新闻。只要臭虫体内还残留着一丁点吸取的血液，就能从中提取出 DNA。"

"那还真厉害啊，这是直接证据啊！"

"正是如此。我想多半是能提取出来的，虽然不知道那到底是不是凶手的血液，但我认为有尝试的价值。"

这将会是一场空前绝后的尝试。牛久与岩楯对视，点了点头，在记下的内容下方画了好几条波浪线。

"行，床虱的事我明白了。然后呢，另外一个发现就是这个吗？"

岩楯看向另一个培养皿。这个培养皿底部也铺着棉花，上面放着形状圆滚、颜色泛黄、有条纹图案的某种东西。岩楯原本以为那是蜜蜂身体的一部分，直勾勾地盯着看了好一会儿，但越看越觉得似乎比蜜蜂小了一些，长度不足五毫米。赤堀打开培养皿的盖子，用尖端很细的镊子小心翼翼地将物体夹起。

"这也是神宫医生送来的微型物证中的一样，附着在了尸体的脚腕处。这是昆虫的腹部以及腿节的一部分，缺少了胸部以上的部分。"

"花纹很像蜜蜂啊。"牛久探出身子说道。

"可能是蜂的一种，但这只虫子多半不是食腐类的昆虫。这是被其他昆虫捕食后的残骸，它也许只是一只跟事件无关，恰好出现在了现场的昆虫。不过，有一点让我觉得非常奇怪。"

赤堀将昆虫的残骸放在眼前，仔细观察了好久，眼睛几乎成了斗鸡眼。接着，她将残骸轻轻地放回培养皿中。

"这昆虫明明不属于跟腐烂有关的任何一个类别，老师你却对它如此在意，理由是……"

"因为连我都看不出它属于哪个种类，甚至连它究竟是蜂还是苍蝇，或者是别的昆虫都看不出来。我觉得这一定是我没见过的昆虫。"

"这就厉害了，竟然连你看了都毫无头绪。"

"就是说啊。我打算先试着解剖一下，再找其他专家问问。还要对公园做调查，这种昆虫说不定就是在公园里繁殖的。"

就在岩楯侧耳倾听赤堀的假说时，牛久的手机响起了微弱的铃声。他在说了句"不好意思"后走出了小屋，没过一会儿就回来了。

他看了一眼笔记，满脸通红，急忙坐回椅子上。

"找……找到了！"

牛久咕嘟一声咽了口口水，看向岩楯。

"调查监控录像的那群人发现了非常厉害的东西！"

搭档再度咽了口口水，开始读起记录在笔记本上内容。

"一辆雷克萨斯在晚上九点之后通过了八王子的高速路口，之后在通往村子的道路旁的一家便利店的监控中被拍到了。接着在一小时后又被便利店的监控拍到了，一定是从山里回来了。时间也正好是六月十九日！"

"又是六月十九日啊。"

岩楯开始思考这个情报。

"不只这样。七月二十日早晨，一辆车牌号相同的雷克萨斯停在了国分寺洼西公园停车场里，正好是尸体右腿被发现的那天。更重要的是，车主就住在六本木一带！刚好是神秘男子搭乘出租车的地点！现在局里已经炸开了锅！"

牛久猛地抬起头，开始征求仍旧心存疑虑的上司的意见。

"一切都联系上了！这下子一定没跑了吧！"

"嗯，虽然总觉得太过顺利了，但这么多证据加在一起，肯定是不能坐视不管了。车主现在在什么地方？"

"好像还没找到。"

"好，总之先回村里一趟吧。床虱的事让人很是在意啊，老师你就想办法揭开谜之昆虫的真面目吧。"

岩楯将目光投向残缺的昆虫碎片。赤堀说了句"明白"，向岩楯敬了一礼。

6

人称"仙谷村巫女"的千鹤戴着宽檐的草帽,弯腰修剪着杂草形成的天然栅栏。不过她看起来并不像是在把杂草修剪成整齐的形状,而是时不时地站起身观察四周,把一枝独秀的狗尾草剪断。她的脸色认真得吓人。在发现走在私人道路上的两名刑警后,她盯着两人看了一会儿,然后抬起了手。

"她好像每天都很忙的样子啊。"

"是啊。是在修剪驱虫草吗?"

岩楯和牛久走上两旁生着及腰高杂草的小路。不管看多少次,岩楯都只觉得这是一片荒地。但实际上,植被都是精心设计过的,着实令人惊讶。千鹤将装有作物的竹篓抱在腋下,拨开海浪般的杂草,与两人会合。

"我在寻找调香时适合作为尾调的素材,但总觉得都不太合适,真是伤脑筋啊。"

"调香?用狗尾巴草调吗?难道是给动物用的?"

岩楯看着竹篓中的杂草问道。千鹤脸上慢慢绽开微笑,露出开着缝的门牙。与前几天来的时候不同,今天的她散发出了一股紧张感。

"在制作男性香水的时候,经常会加入树根或者禾本科植物的香味,最好选用给人感觉简单、直接,而且辨识度强的味道。相反,女香追求的则是复杂且有深度的香味，因为女性想要表现得与众不同的欲望更强。"

"树根的味道？我一直以来过的都是与香水无缘的生活，这方面还真是一点都不懂啊。"

"就算与香水无缘，但世间万物都有着自己的香味。你是姓岩楯吧？你一定非常适合用香根草系的香水，再加点丁香和雪松就更好了。因为我觉得你是个外表强硬、内心敏感的人，在初次见面的时候我就有这种感觉了。"

"我长这么大，还是头一次被人说敏感啊。"

岩楯想象着自己一边散发香水味，一边监视犯罪嫌疑人的画面，连自己都觉得有些恶心，不禁苦笑起来。三人走进秘密花园般的院子里。

"也就是说，您刚才是在杂草丛中冥想，思考如何设计男性香水吗？"

"不是男性，也不是女性，我追求的是彻底的中性。我现在正在从兰花里提炼精油。"

岩楯看向屋子旁边的集装箱，银色的蒸馏装置亮着指示灯，发出噪声。今天四周的确弥漫着浓度远超前几天的花香，浓烈得一不留神深呼吸一下就会被呛到。这味道对岩楯来说太过强烈，而且冷凝过的液体的味道绝对算不上好。

这时，千鹤突然再次走回院子里，停下脚步，露出一脸凝重的表情。

"没错，陶醉、幻想、暴虐。混浊血液的深处，隐藏着尖锐而寒冷的冰锥一般的美。无色透明、一尘不染、清澈见底的地下湖。然而，那却是将所有生物都拒之门外的毒……"

她在眉间挤出一道皱纹，开始飞快地低语着什么。

"将多余的东西彻底消除、抛弃。究竟什么东西才能成为通往那儿的门扉……"

千鹤将抱着的竹篓放在套廊上，手指像是在描绘着什么似的，在空气中比画出看不见的形状。她沉浸在自己的世界里，眼中似乎连前来访问的刑警都看不见，那光景格外瘆人。

"绵贯女士？"

岩楯从一旁向她搭话，但千鹤时而抱胸，时而摇头，不愿走出自己的世界。"这是常有的事。"岩楯看了眼耸着肩如此说道的牛久，干咳了几声，站到千鹤面前，强行对上她的目光。

"绵贯女士，百忙之中前来打扰十分抱歉，我们有些事想要请教您，不知道是否方便？"

岩楯说完，千鹤突然脸色大变，倒退了好几步，用瘦骨嶙峋的大手抚着胸口。

"啊，吓死我了。怎么了？发生什么了？"

"那个，嗯，我们想稍微占用您一些时间。"

"啊，嗯。行啊，当然可以。"

千鹤从院子角落里拿来两把用马赛克瓷砖装饰的椅子，放在两名刑警面前，接着她整理了一下红色长裙的下摆，脱下草帽，轻盈地坐在了套廊上。尽管她身材魁梧、骨骼健壮，但这一连串的动作中带着一份从容自在的优雅。

"该怎么说呢，有点像在写诗，又有点像在作曲。刚才那场景难以想象是在思考调香的事，遣词造句也相当抽象。"

岩楯一边坐下一边说道。千鹤有些难为情地摆了摆手。

"被你看到我奇怪的样子了。在我看来，香味跟语言是共通的。香水并不是靠着将不同的味道混合起来制成的，它需要被赋予一种形态。我用语言将不同的香味联系在一起，构建出一个立体并具有含义的世界。香味间的联系只要出现一处裂痕，香水就会变为恶臭。"

"这已经上升到了文学和艺术的领域了。"

"因为千鹤姐是巴黎女人啦。"

牛久突然得出了一个令人莫名其妙的结论,并一脸满意地点着头。千鹤再次摆了摆手,指向敞开的纸拉门后方的客厅。

"岩楯先生,你知道那是什么吗?"

岩楯朝着千鹤手指的方向看去,只见那儿有一个被涂成绿色的古色古香的柜子,上面放着一个小型保险箱。不,虽然看上去很像保险箱,但那是完全不同的东西。

"是气相色谱仪[1]吗?"

"回答正确。"

千鹤微微一笑。

"这种分析仪对警察来说应该是司空见惯的东西吧。"

"不过,制作香水有必要用到这么复杂的仪器吗?"

"嗯,有必要。现在已经不是十九世纪了,香水不可能像那时候一样作为一种艺术存在,百分之百使用纯天然素材。将作为香味基调的浓缩精华调和后,必须将其数值化,一步步转换为合成的化学物质。然后应市场原理主义者的要求,制成便宜的三流香水,砸重金进行宣传,将冒牌货推广到世界的每个角落。现在不管哪个行业都充斥着骗子,老实人根本无法生存下去。"

千鹤的眼神总是坚定无比,其中蕴含着的力量动人心魄,让人无法忽视她的存在。她一定是为了和过去的自己做出诀别才来到这个村子的,岩楯毫无根据地如此想着。尽管千鹤表现出的都是意志坚定的一面,但岩楯仍能窥见她内心深处的脆弱,两者间的矛盾时刻吸引着

---

[1] 气相色谱仪:指以气体作为流动相的色谱分析仪器。

岩楯的注意。

"好了,你们想问的是什么?不好意思啊,一不留神就开始自顾自地讲起香水了。"

"不,我觉得您的一番话很有意思。其实我是想问问中丸聪先生的事。"

千鹤用手指梳理着看上去很硬的短发,轻轻歪了歪头,催促岩楯继续。

"绵贯女士,您说您曾经为中丸先生治疗过虫咬的伤口,请问他本人可曾说过是被什么虫子给咬的?"

"因为他干着修剪枝叶的工作,经常要进山,所以他说可能是工作时被咬的。他好像并不知道具体是什么虫子。"

"我其实之前也见过中丸先生本人,看过他的伤口了,看上去似乎比蚊子叮咬的伤口来得严重啊。"

"嗯,因为大部分的伤口都不是蚊子造成的。"

千鹤点了点头,立刻答道。

"是蜱螨。被咬的地方肿得红通通的,有几处还发生了内出血,不管过了多少天都还是瘙痒难耐。"

岩楯脑海中响起警钟。这跟赤堀说过的被臭虫咬了的症状很像。

"伤口那么严重,他没去医院吗?我并不是在否定芳香疗法,只是觉得应该弄清楚病因比较好。"

"嗯,他当然去了。跟他一样症状的人在皮肤科接受诊断后,确定是蜱螨无误了,医生依照惯例给所有人都开了类固醇软膏。"

"一样症状的人?"

岩楯和牛久同时开了口。

"等等。难道说,村里还有其他人也出现同样的症状了吗?"

"是啊,人数还不少。比如砂原商店的老爷爷跟老婆婆,还有住在下面的河合家的儿子跟媳妇,还有和田家……"

千鹤接连不断地说出村民的名字,牛久将所有名字一一记下。光是她知道的就超过了十户人家。而且,皮肤科医生采取的行动也跟赤堀的推测完全一致。

"相对集中在村子的东边啊……"

牛久看了看村民的名字,自言自语道。

"这些症状是从什么时候开始出现的?"

"这个啊……"

千鹤说着便伸手将放在套廊角落的木箱拉了过来。里面放着病历卡一类的东西,按病人姓名分类,放在一个透明文件夹中。她从中抽出一张看了起来。

"第一个称自己全身瘙痒并且来找我的人是七月二日来的。"

那人一定在那之前就看过医生了,说明昆虫的繁殖在更早之前就已经开始了。

现在,赤堀正在调查发现尸体右腿的国分寺的公园附近是否有臭虫出没。她还说她会去找收垃圾的员工和公园负责人问话,但要是仙谷村村民集体出现被臭虫叮咬的症状,那么照理来说,这果然还是说明了村民们与这次的事件有所关联。

然而另一方面,警方也找到了行动完全吻合尸体遗弃路线的雷克萨斯。此外还有半夜背着大袋子四处徘徊的中丸,以及携带着恶臭扑鼻的行李、乘坐出租车来到村里的男人……案件中处处是疑点,但所有疑点都飘忽不定,看上去毫无关联,这令岩楯十分不解。

岩楯抱着胸陷入沉思。过了一会儿,他抬起头,看向被太阳晒得黝黑的千鹤。

"绵贯女士，您上次说在六月中旬进入登山路线的时候闻到了菊花的香味。我们打算等会儿过去搜索一番。"

"不是菊花，是菊科的花。"

"对，我记错了。请问您是哪一天去的呢？"

千鹤一脸诧异地盯着岩楯，接着她脱下粘满泥土的长靴走进了家中。她从放有气相色谱仪的柜子的抽屉中取出笔记本，哗啦啦地翻阅起来，看了好长一段时间。在背对着两名刑警，确认了好一会儿之后，千鹤合上笔记本，回过了头。

"因为没有做笔记，所以我不清楚准确的日期。"

"顺便问一句，那天傍晚有没有下雨呢？说是雨可能有点不准确，那天下了一场大到连道路都被淹没的集中暴雨。"

千鹤夸张地坐回套廊，轻轻叹了一口气，将目光转向岩楯。

"确实是那样，没错。虽然很快就停了，但听说降水量都破纪录了。"

岩楯偷偷瞥了一眼牛久。千鹤前往登山路线的日子，多半也是六月十九日。这么一来，她看见的河对岸村道上的车头灯，很可能就是那辆雷克萨斯。好几个人都在六月十九日这一天采取了某种特殊的行动。

这时，千鹤站起了身，用平静却强硬的语气说道："抱歉，差不多够了吧？我想一个人集中精神。要是不将杂念、常识、伦理之类的东西全部阻断，我是没办法创造自己的世界的。"

岩楯能看出就在千鹤说话的空档，她已经开始慢慢陷入了自己的世界。岩楯对打扰千鹤工作一事道了歉，离开了被香味所支配的屋子。

Chapter 4

大蜻蜓的复仇

1

　　这一带离成田机场很近，附近有很多提供送车服务的停车场。十字路口处设有无数的招牌，重叠交错，上面密密麻麻地写满了服务价格和服务内容，真是个杂乱无章的街区啊。

　　"就是那里。"

　　打着左转向灯的牛久用手指了指道路前方不远处一块特别大的招牌。一名身穿红色Polo衫制服的男人守在入口，嘴里不停地喊着"欢迎光临"，手上挥舞着方格旗。

　　岩楯通过低速行驶的雅阁的窗户看向停车场内部。停车场很狭窄，却有着相当可观的深度，无数车辆整齐地停靠在里面。每个车位边上都设有一根很高的杆子，顶端安装有监控摄像头，进行着全方位、无死角的拍摄。

　　牛久将发出恼人声音、告知驾驶员已抵达目的地的车内导航关闭，将雅阁停靠在外头贴满了宣传标语的办公室旁。岩楯下车，伸展了僵硬的背部。这时，身穿红色制服的高个男人一溜烟地跑了过来。他似乎被彻底地灌输了笑脸待客的理念，嘴角呈现出过度上扬的状态，显得有些不自然。

　　"欢迎来到Star Parking！请问您有预约吗？"

　　简直像到了游乐中心一样。不过，在岩楯出示了警官证后，男人便收起了笑容，显得格外躁动不安，目光游离不定。

"管理人在办公室里吧？"

这个看上去不超过二十岁的男人不知为何倒退了几步，点了点头。岩楯给牛久使了个眼色，打开了活动组合屋的门。

映入眼帘的是一个柜台，后面坐着一个男人。男人过于肥胖，让人判断不出年龄，不过岩楯推测他至少有四十岁了。

"我们是警视厅的人。请问您是这个停车场的经营者吗？"

岩楯直截了当地报上姓名，出示了警官证。胖男人推了推眼镜，凝视着岩楯的身份证明。他的目光在证件上的照片和岩楯之间来回移动，进行对比，显得异常小心翼翼。

"我就是经营者。那个，请问警察找我有什么事呢？"

"关于曾经停放在贵停车场的一辆雷克萨斯，我们有些问题想要问。"

话音刚落，男人肥胖的身体就明显地颤抖了一下。

"我总有种非常不好的预感啊。如果只是小事，警方应该不会派警部补这么大的官过来吧？而且你还是隶属警视厅的。"

"警部补经常会被派到各种地方。情况有些复杂，可以到那边去谈吗？"

不经男人同意，两名刑警便坐到了窗边的椅子上。经营者抱着笔记本电脑追上前去，坐在两人对面。接着，牛久看准时机，将一张事先准备好的纸放在桌上，推向男人。

"我就开门见山地问了，我们认为六月十三日到二十一日这九天时间里，还有七月十九日到二十四日之间，这辆雷克萨斯应该是停在了贵停车场的。"

纸上写着车牌号和准确的车型，以及车主的姓名。经营者打开笔记本电脑，输入数据，盯着屏幕看，整张脸几乎贴了上去。

"确实，这辆车在这两个时间段内都停在了我们停车场里。黑色的雷克萨斯双门车，没有错。"

"我们上午跟车主谈过了。他前段时间好像出差去了美国，所以连续两次将车停在了贵停车场。停车场里二十四小时有监控，各类服务也非常完善，他对你们的停车场非常满意。我听说他好像还请你们在他回国时将车送到机场。"

"嗯，确实是这样……"男人用小方巾擦了擦额头的汗，可以看出他对两人满怀戒心。

"我们之所以到这里来，是因为这辆雷克萨斯在一个不该出现的地方被监控摄像头拍了下来。车主待在美国期间，这辆车不知怎么地出现在了好几个不同的地方。"

经营者瞪大双眼，眼镜滑落到了滚圆的鼻尖，胸口的汗正以肉眼可见的速度慢慢浸湿红色Polo衫。

岩楯仔细观察着哑口无言、惊慌失措的经营者，直到满意为止。他从文件夹中取出几张纸，上面印着不甚清晰的画面。那分别是在八王子高速路口，以及仙谷街道旁的便利店拍到的监控画面。特别是高速路口拍到的那张，十分清晰，可以清楚地看出车牌号。

经营者用微微颤抖的手指拿起打印文件，一张张仔细地看着。片刻过后，男人抬起两腮宽大的脸，向岩楯投来求救一样的眼神。

"太……太难以置信了。客人寄放在停车场里的车竟然被人开走了，这该如何是好啊？我得马上去检查监控录像，搞清楚事态。"

岩楯制止了将手撑在桌上，打算起身的男人。

"我粗略一看，停车场里设有非常多的监控摄像头啊，而且看上去似乎都不是摆设。"

"您说得没错。我们的第一停车场和第二停车场可容纳一万辆车。

要是客人的车有什么三长两短就不妙了。"

"但结果还是出事了。"

岩楯毫不留情的话语令男人哑口无言。

"我猜这应该不是第一次了。我认为外来入侵者偷车的可能性非常之小,钥匙都被妥善地保管在办公室里,如果偷车人真的把车开走了,那意味着他还非常规矩地把车还了回来。"

"……您这话的意思是?"男人明知故问地对岩楯说道。

"是内鬼干的。我想麻烦您调查一下在这期间出勤的员工。"

经营者的一张大脸眼看着变得惨白起来,脸上渗出黏腻的汗水。男人目不转睛地盯着雷克萨斯模糊的照片,突然挪动了身子,将椅子弄得嘎吱作响,呼吸急促了起来。

"不是,请……请等一下。你说这是仙谷街道的便利店,然后这张是八王子的高速路口?"

男人迅速将纸张抓到眼前,指向画面角落的招牌。

"您在开玩笑吧?!这难道是那个吗?那个碎……碎尸案!"

"您真是明察秋毫。"

"这还用说吗?每天新闻里播的都是这个!警方出动了大量警力进行搜索,甚至还在东京都内进行了盘查!"

男人粗暴地擦掉流到额头的汗水,用几乎要把椅子撞飞的气势站起了身。

"我们停车场居然跟这样的大案有所关联,实在是难以置信!为什么会是我们啊?这不可能!"

男人摇晃着肥大的身子走到外面,高声喊来全体员工。他一圈圈地转动着手腕,口中发出怒吼,催促员工们赶紧跑过来,男人的脸红得令岩楯有些担心他的身体撑不撑得住。

真是个可怜的经营者，岩楯注视着这个被焦虑和愤怒所支配的男人。员工居然开着客人的车到处乱跑，他恐怕做梦都没想到吧。而且还被怀疑与杀人案有关，企业信誉必将一落千丈，生意怕是要做不下去了。

男人带着一脸紧张的员工们回到了办公室，汗水使他的眼镜蒙上了一层薄雾。

"现在有八个人在这里。我们停车场从早上四点就开始营业了，所以早班的三个人已经回去了。总之，我先把排班表拿过来吧。"

就在表示出积极配合态度的经营者拿着排班表回来的时候，其中一名身穿红色Polo衫的员工战战兢兢地走上前来。他低着头，摘掉帽子，摆动着一头褪了色的金发，深深地鞠了一躬，是那个一开始接待过两人的高个男人。

"那……那个，非常抱歉，是我干的。我看警察来了，就想应该是跟客人的车有关的事，没错吧？就是车被擅自开走的那件事。"

经营者听见这话，拖着肥大的身子飞快地走到金发男子面前，将手中的小方巾摔在他头上。

"喂！原来是你啊！啊？道歉有什么用啊？到底为什么要干这种事，你想把公司搞垮吗？"

"非……非常抱歉。我是抱着想要放松的心态，稍微开了一会儿……"

"放……放……放松？！"

经营者一时语塞，呼吸急促得快要喘不过气来。他瞪大双眼，双颊变得更红了。

"请您冷静一下。看样子其他几位员工跟这事没关系，可以让他们返回工作岗位了。不好意思啊，百忙之中打扰各位了。"

经营者的怒气无处发泄，怒骂着认真工作的员工们，将他们赶走。经营者让金发男子坐在椅子上，抓着他的头往下摁。

"敝司的蠢货犯下了大错，实在是非常抱歉。我们一定会拜访车主，当面向他致歉。"

"请不要跟我道歉，车主说目前没有打算起诉。而且，问题的关键不在这里。"

自称增永的男人有着一副端正却略显轻浮的五官。他长着一张瓜子脸，眉毛上挑，两耳上打着好几个耳洞。就在岩楯盯着他看的时候，增永的脸色越发苍白，唇尖微微颤抖，简直像个恶作剧被发现的小孩一样。他多半直到现在才意识到事态的严重性，恐惧使他整个人缩成一团。不过，这个男人真的杀得了人吗？更别说要把尸体切成小块，埋进深山，之后还要换上笑脸待客。岩楯不认为他是这样的一个疯子。

岩楯花了许多时间观察男人，对其施加无声的压力。接着，他将打印文件推向前方。

"这拍到的是你，没错吧？日期就写在上面。"

增永垂着眉梢，仔细地看着照片，老实地点了点头。

"那么，先说六月十九日，按时间顺序把这天发生的事告诉我。"

男人用手抓挠着褪色的头发，神色中流露出对经营者的恐惧，用嘶哑的声音开口道："我是前一天借用的车。晚上最后一趟送车是在十一点半，那之后我处理完工作就开车回去了。"

"显然，那时候跟你一起工作的同事们也是共犯，对吧？"

岩楯用笃定的语气说道。增永用细微得几乎听不见的声音回了声"是"。经营者立刻怒气冲冲地追问是谁，接着在笔记本上记下共犯的名字，喘着粗气颤抖着。岩楯催促金发男子继续说下去。

"我在监控摄像头上动了点手脚，把车辆出入的画面给删了。接下来的那两天是休息日，所以我就……怎么说呢，借用了那辆雷克萨斯……"

增永一脸的恐惧，不时舔着干燥的嘴唇。

"你们三个员工狼狈为奸，每天都开着客人的车出去玩。当然，这已经不是你们第一次这么做了吧。"

"……非常抱歉。大家压力都很大，觉得就算偷偷开走，只要还回来就不会被发现。而且我们公司根本就是黑心企业……"

"啊？你说什么？！黑心企业是什么意思？！这一带就数我们公司给的工资最高了好吗！也不看看自己干的什么好事，凭什么还装出一副受害者的样子啊！"

经营者再度发怒，将毛巾摔在增永的脑袋上。岩楯快要忍受不了他鼻音浓重的声音了，虽然能明白他的心情，但要是他总这么插话，调查就进展不下去了。

"社长先生，非常抱歉，能请您先离开吗？具体情况我们事后会告诉您的。"

听岩楯这么说，经营者欲言又止，默默起身离开了。他满怀怨气地瞪着身旁的男人，回到了柜台后面。

"好了，我们继续。六月十八日晚上，你开着客人的雷克萨斯回家了。然后呢？"

"然后，隔天我睡到了中午，下午出门了。"

"去了哪里？"岩楯立刻问道。

增永犹豫不决、吞吞吐吐地开了口。

"那个，我去搭讪女孩子了……"

坐在岩楯身旁的牛久眉头紧锁，将增永的话记录了下来。

"原来如此。毕竟有一万辆车子任君挑选啊，用来搭讪再合适不过了。"

岩楯露出与现场氛围格格不入的亲切微笑，看向增永。

"然后，你跟搭讪的对象开车兜风，一路开到了西多摩，距离还挺远的啊。你为什么要到那里去？"

"一时心血来潮吧。我们聊到了能量景点的事，那女孩子就说在电视上看到仙谷村有个能量景点，所以我们就去了。她非常热衷于这种事情，手上戴着水晶手镯，还随身携带着很多开运饰品。她说，晚上到村里去看瀑布，运气就会变好。我心想，反正明天是休息日，而且都走到了这一步，去远一点的地方反而更好。"

"为何这么说？"

"不是……就是……你想啊，时间越晚，就越容易把女孩子带进情人旅馆啊。"

增永窃笑起来，但在听见牛久轻微的一声"啧"之后，又立刻收起了笑脸。

"那么，你们在那里得到了怎样的能量呢？"

话音未落，男人就睁大双眼，用力地摇了摇头。

"哪有什么能量啊！我们遇见幽灵了！那个东西再怎么看也不像是活人啊！说不定是妖怪！浑身是血，悬浮在路面上！四周还飘着鬼火。跟我一起的女孩子吓得哭了起来，闹腾个不停！"

增永将手撑在桌上，探出身子。

"当时我只好全力加速，想逃出山道。可是，导航上显示的明明是条畅通无阻的道路，开到一半却成了死路！路上设有禁止通行的路障，前方是一条伸手不见五指的老隧道。乱蓬蓬的杂草从隧道顶垂下来……啊，真的太恐怖了！"

男人越说越激动，抱着手臂上下摩擦。

"那种地方我肯定是不敢进去的。可是，道路非常狭窄，车子没办法掉头，真是糟糕透了！简直就像陷阱一样啊！"

看样子那条路的状况确实正如牛久听说的那样，最后增永只好一路倒车，把车开下了蜿蜒的山道。

"我之后上网查了查，才知道那里原来是出了名的灵异地点！要是早知道这回事，我是死都不会过去的！"

岩楯将西多摩的详细地图递给增永，像个孩子一样异常兴奋的他便在地图上标出了幽灵出没的地方。那里相比最初发现遗体的急转弯处还要再往前一点。牛久看了眼地图，对岩楯耳语道："那个位置就在那条连接村道和登山路线的近道附近。"

话说回来，这个男人似乎过着一种不谙世故的生活，岩楯有些无语地看着闹腾的男人，他从没想过警察为什么要如此执着于他偷客户的车去兜风这件事。尽管令人难以置信，但他似乎并不知道这件震惊日本的碎尸案，他就像个孩子一样诉说着自己遇见幽灵的经历，一刻也没有意识到自己曾经背上了谋杀罪的嫌疑，今后恐怕也永远不会察觉这件事。

这个男人与案件无关，岩楯心中如此断定。虽然他考虑过增永作为共犯协助弃尸的可能性，但除非他是个演技卓越、满口谎言的骗子，否则他看上去跟这件事是毫无瓜葛的。岩楯没想到自己跑到成田机场这么偏远的地方来，换来的却只有增永的一派胡言……

"我再问你一次，全身是血、悬浮在路面上的妖怪是真的存在吗？还有鬼火什么的。"

"是真的！"

增永铆足了劲儿，立刻回答道。但在看到毫不掩饰不悦之情的岩楯后，他马上更正了自己的说法。

"不是，啊，那个是……我可能说得有点夸张了，但看上去确实是那样子的。毕竟周围那么黑,我当时也很紧张。"

增永傻笑起来,先前的罪恶感已经彻底消失了。岩楯现在真希望经营者能跑过来,狠狠往他的脑袋上敲一下。岩楯丝毫没有掩饰自己的烦躁,这个男人却像没注意到他的脸色似的,依旧嬉皮笑脸。

"浑身是血这点是真的。那人穿着白色系的衣服,上面沾满了血一样的东西。他像圣诞老人一样背着一个大袋子,里面还渗出了黑色的东西。"

"像圣诞老人一样背着大袋子?"

"是啊。他背着一个看上去就像是装着尸体的袋子,飘飘忽忽地消失在了森林里。"

"你等等。那是什么时候的事?"

男人用手撑着下巴,陷入了思考。"肯定超过十一点了。"他如此答道。被害者遗属芝浦目击到的也是泛黑的肮脏大袋子,也就是说,芝浦当时并没有说谎,增永看见的浑身是血的幽灵似乎就是中丸。

"看清楚脸了吗?"岩楯连忙问道。增永却摇了摇头,说当时太害怕了,没看清。岩楯看向牛久,牛久一脸凝重地放低了声音说道:"幽灵目击地点的附近就是之前提到过的珍稀蘑菇的栽培地。如果说幽灵就是中丸,那他当时的确有可能是去偷蘑菇的。但血渍就……"

袋子里装的,究竟是碎尸还是全村人合力栽培的蘑菇呢?

几天前,中丸被以盗窃蘑菇的名义带回警察局,现在正由多位调查员进行审讯。尽管调查员们绞尽脑汁想找出中丸的话语和态度中显露出的破绽,但中丸只是一个劲儿地就偷窃蘑菇一事进行道歉。明明有这么多与他相关的可疑真相浮出水面,从中丸本人身上却什么都查不出来,岩楯不明白这到底是怎么一回事。认为中丸只是单纯举止可疑的调查员占半数左右,但岩楯并不觉得中丸与本案无关,他一定与案件有着某种联系。

"那你又为什么要到国分寺的公园去？而且似乎还开着同一位客人的雷克萨斯。"

岩楯向增永问道，后者摆出一副似乎认为自己已经得到原谅的表情。

"我搭讪的女孩的家刚好在那附近，所以我就把车停在公园了。那个女孩很可爱，平时在当读者模特[1]……"

增永这么说着，突然闭上了嘴，一副好像想起了些什么的样子，又露出了窃笑。

"她在公园也哭了，真是拿她没办法。说什么仙谷村的幽灵跟到这里来了，很担心自己是被幽灵缠上了。"

"怎么回事？"

"她只是看到了一个流浪的老头儿，把他错认成了幽灵而已。她吓得要死，说那人跟在村里看到的怪物长得一模一样，她就是这么一个直率可爱的女孩子。我说，刑警先生，我做的事虽然不对，但多亏那辆雷克萨斯，我才得以和她相遇。我决定把我们的邂逅看作命运的安排，恋爱是没有规矩可循的啊。说起来，刑警先生，出什么事了吗？前天我去吉祥寺那边玩的时候，路上的警察那叫一个多啊。"

岩楯无视露出爽朗笑容的男人，叫来了经营者，将增永干的事一五一十地告知了他。开着客人的车每天猎艳，跟读者模特进情人旅馆，就在岩楯正要说到增永把这一切称命运的时候，经营者沙哑地大喊了起来，重重地给了增永一巴掌。牛久仿佛在说着"还不够"似的，就这么一动不动地看着两人。

---

[1] 读者模特：与专属模特不同，不隶属哪个经纪公司或杂志的未进入演艺圈的模特，读者模特因其易于模仿的亲民风格在日本形成了独特的时尚潮流。

2

"那么，我现在开始发表结果，可以吗？"

身穿醒目黄色连衣裤的辻冈大吉站在十一户村民面前，高举着双手。他的身材还是一如既往的丰满，但不知是不是因为最近酷暑难耐，他看上去瘦了一些。

赤堀大学时代的这位学弟不知是不是在社会中摸爬滚打久了，感觉整个人多了一份威严。他经历过很长一段时间里一件工作都没有的时期，也经历过遭受同行打压、受人排斥的时期。不过他顽强拼搏，坚持不懈，总算撑了过来。现在他独特的驱虫方法已经开始慢慢得到认可，这比什么都让他开心。他外表看起来非常无害，实际上却出人意料地怀抱着雄心壮志。赤堀非常中意他这一点。

赤堀从文件夹中抽出名单交给大吉。这时，一位头戴花朵图案帽子的老婆婆发出了沙哑的声音。

"我问你，你这驱除害虫的本事是在美国学的吗？"

身材矮小的老婆婆饶有兴趣地看着大吉轮廓深邃的脸。

"角谷婆婆，我不是美国人哦。我是巴西人啦，看脸就知道了吧？"

"巴西？是移民吗？"

"大概吧。毕竟我日语说得这么好呢。"

聚集在角谷家的村子东边的居民们，似乎又要开始兴致勃勃地闲聊起来了。大吉拍了两次手，打断了他们的谈话。

"我母亲是乌兹别克斯坦人，我是混血儿，是日本人。不是美国人，也不是巴西人哦。"

"乌兹别克斯坦在哪里啊？"

"中亚。顺带一提，那是个就算走海路，也得途径两个国家才能抵达的内陆国家哦，等下请人家自己看看地图吧。那么，这次我真的要发表栖息调查的结果了。"

大吉高声说道，让村民的目光集中到自己身上。他看向笔记念道："首先是第一户，也就是我们现在所在的角谷家。下一个是隔壁的河合家，对面的和田家，市级道路边的砂原家……"

每当自己的名字被念到，村民就会发出抱怨。

"为什么我家里会有床虱啊？平时明明收拾得很干净的。"

"就是啊，怪不得我痒得睡不着。"

"不过，只要到千鹤那边去敷了药，就能马上止痒啊。哎，医生开的药一点效果都没有，真是没用。还说是什么蜱螨，真是庸医，不像话。"

村民们纷纷开始感叹自己倒霉，又把话题扯远了。大吉再次提高音量，宣布了剩余的名单。

"南家，最后是中丸家。共计六户。我会为各位的房子进行彻底的驱虫，请大家配合。"

"你说驱虫，是要用滴滴涕[1]吗？"

角谷家的老婆婆发出不安的声音。

"每次一吸到那个粉，脑袋跟喉咙就痛得受不了。战后那会儿，

1　滴滴涕：即DDT，一种效果显著的杀虫剂。但由于其对环境的污染过于严重，目前很多国家和地区已经禁止使用。

虱子跟床虱都特别多,家里驱了好几次虫。"

"啊,我不会用DDT的。就算我想用,现在DDT在日本也已经被明令禁止使用了。我会用安全而切实有效的方法进行驱虫,请大家放心。只要在放了一晚的粘虫板上发现了床虱,哪怕只有一只,也必须进行驱虫。因为床虱会藏在太阳晒不到的地方,在大家熟睡的时候出来活动。"

"还有一点!即使是今天没被叫到的家庭,如果感觉到了什么不对劲的地方,也请大家马上通知我们哦!床虱是绝对没办法自行驱除的,需要专家的技术才行!"

赤堀向打算离开的村民们叮嘱道。

"好了,开始吧。一共六户,两天就能做完了。"

"是啊。凉子学姐,谢谢你把我介绍给仙谷村。如果能跟村公所的人搞好关系,也许还能进一步拓展业务啊。说起来,岩楯刑警呢?好久没见到他了,我本来还想跟他打个招呼呢。"

"他好像在国分寺那边看监控录像哦。听说几乎所有调查员都被调到那边去了,从便利店到公寓楼一一排查过去,寻找可疑人物。"

大吉听完后,皱着眉摇了摇头。

"我绝对干不了那种活儿啊,必须一直坐着,还得集中注意力,我真的做不到。话说回来,这次的事件还真是严重啊,新闻里每天都在播碎尸案的事,路上警察之所以异常多,也是因为这件事吧?凉子学姐,你现在还在这里搞什么床虱驱除,没问题吗?"

"嗯。因为我有点事想请你帮忙。"

就在赤堀从写有"大吉昆虫咨询所"这一公司名的面包车中取出工具时,她感觉到肩膀被轻拍了一下,回过头。

"那个,我家没问题吧?我是一之濑家的。"

一个身材高挑的男人骑在看上去十分昂贵的公路自行车上,一路跟在赤堀身后。他大概就是有着翡翠色眸子的少年——俊太郎的父亲吧。虽然跟儿子完全是两个路线的，但他也长着一副会让人不禁看得入迷的端正五官。

赤堀看了一眼名单，露出微笑。

"一之濑家没问题。"

"啊，太好了。"他松了口气，"我儿子是很严重的过敏体质，我可不希望再徒增麻烦了。"

"我听说您儿子在绵贯女士那里接受芳香疗法的治疗。"

话音刚落，一之濑脸上礼貌性的笑容立刻消失得无影无踪。

"你是在哪里听说这件事的？"

"嗯，是听谁说的来着？我忘记是谁告诉我的了。"

不小心说漏嘴的赤堀笑着搪塞了过去。

"真是的，在这个村子里什么事都瞒不住。整天都在讨论别人家的闲事跟无聊的传闻，我真的烦得受不了了。"

一之濑满腹怒气地说着，甚至还发出"啧"的一声。赤堀毫无顾虑地看着他，暂且认定他不是个坏人。

"不过我是真的很感谢绵贯女士，我儿子的症状现在稳定得像是变了个人一样。在这之前，我花了大量金钱、大把时间为他治疗，都毫无效果。"

"一定是因为她的疗法很适合您的儿子。每个过敏体质的人情况都各不相同，能找到合适的治疗法是非常幸运的。"

"要是能早点遇见她就好了。"

一之濑语气冷漠地说完，马上改变了话题。

"对了，为什么村里会突然闹床虱啊？"

"这个啊……不进行详细调查的话，我也无法确定，但这种昆虫是不会自然出现的。最近纽约的联合国大楼也遭到了床虱的大肆入侵，原因不明。不过，我觉得应该是游客带过去的，或者是战争结束回国的军队人员传播开的，源头多半是在国外。"

"国外啊……"

"这种昆虫的虫卵黏性强，能附着在各种地方。比如旅行包里，或者鞋子的缝隙里。它们就躲在这种地方，被带往世界各地。然后，只要一落到室内，就会孵化。"

一之濑将手肘靠在自行车的把手上陷入深思，用细长而锐利的眼睛看向赤堀。

"我顺便问一句，中丸家发现床虱了吗？"

"嗯，数量还不少。"

"有没有可能那户人家就是传播的源头？"

看着将声音压得非常低的一之濑，赤堀歪了歪脑袋，他像是非常不愿意提到中丸一家，语速飞快地接着说了下去。

"只要去过一次，你就会明白那里的环境有多恶劣，根本不知道里面藏着什么乱七八糟的虫子，到处都是蚊子。床虱只出现在村子的东边，源头一定就是中丸家。"

中丸因为过去犯了罪，受到了受害者遗属的骚扰，赤堀听岩楯说过这件事。虽然在看到具体情况前无法断言，但一之濑对中丸家的怀疑也许是对的。

赤堀露出模棱两可的微笑。

"蚊子跟臭虫的栖息环境是完全不同的，所以中丸家跟这次的虫害可能是没有关系的。当然，我接下来还是会去调查的。"

一之濑自始至终都是一副不悦的表情。"再见。"他看了赤堀一眼后离开了。那态度仿佛是在叮嘱赤堀一定要好好调查。他跟俊太郎一样，在自己的周围筑起了一道高墙。赤堀感觉，即便是他在村里唯一信得过的千鹤，一旦情况有变，也会立马变成他攻击的目标。

赤堀目送一之濑拐过私人道路的转角处，就与专心致志地做着准备工作的大吉会合了。

"那么，要用什么对付它们呢？"

"在这里繁殖的床虱，用拟除虫菊酯类的杀虫剂效果很差。我刚才测试了一下，它们的抗性好像特别强。"

"是超级床虱啊。"

大吉一边将吸尘器搬进屋内，一边点了点头。

"先用高温蒸汽处理，之后在床虱的通行路线上喷药。藏着的床虱在被赶出来的瞬间，就会接触到药物，乖乖受死。最后还得在榻榻米下面铺上一层药粉，防止床虱繁殖。"

"循序渐进地设下陷阱，切实有效地削减数量，最后将其彻底铲除。这跟其他那些只懂得在屋子里四处喷药的驱虫专家可真是天壤之别啊，你一直都这么厉害。"

"大量喷洒杀虫剂的效果只是一时的，害虫马上就会再次繁殖。"

大吉将防尘口罩递给赤堀，两人用塑料罩套住运动鞋。外表变得像河童[1]一般的两人先将屋内每个角落用吸尘器打扫了一遍，将吸到的臭虫包在纸袋中，将纸袋放进塑料袋中密封。之后两人往窗帘杆上方、空调的后面，以及榻榻米的缝隙里喷洒了高温蒸汽，接着再次用吸尘器进行清扫，如此重复了好几次。

屋内闷热得让人喘不过气，两人浑身大汗，头昏脑涨。赤堀摘下

---

[1] 河童：日本神话传说中的生物，有鸟的喙、青蛙的四肢、猴子的身体及乌龟的壳，多生活在水边。

口罩想喘口气,却马上吸进了药剂和灰尘,咳个不停,只好再次迅速地用口罩捂住嘴。仙谷村的湿度一如既往地高,一丝风都没有,可以说是最差的工作环境了。

"当心,不要中暑了。"

看到赤堀不时停下手中的动作擦汗,大吉用含混不清的声音提醒道。干这行的专家都清楚夏天工作时最危险的是什么。赤堀暂时走到屋外,在补充完水分,洗过脸后又回到屋内,继续工作。

"所以,你刚才说希望我帮忙的事是什么?"

大吉将毛巾缠在头上,看向赤堀。

"我希望你帮我做个诱虫陷阱,主要成分是甲基丁香酚,我需要一块浸泡在甲基丁香酚里的纤维板。"

"甲基丁香酚?香料的成分里的那个吗?"

"没错。"赤堀点了点头。

"你让我做那个是要干什么啊?那种陷阱能引诱到的只有雄性的果蝇类昆虫而已,而且还是东方果实蝇一类的果蝇。"

"嗯,这样就行了。"

"虽然我觉得你应该也清楚,但我得说,在日本,东方果实蝇早在 2000 年年初就基本灭绝了,那可是对南国水果造成了毁灭性打击的大害虫啊。"

"我当然知道了。国家可是花了好几十年才消灭了这种害虫。"

"直到今天,这方面的检疫都非常严格,不过,在冲绳和小笠原一带,树上经常会挂着这样的纤维板呢。警示大家要时刻注意果蝇。"大吉解释着,途中被蒸汽给呛了好几次。

赤堀麻利地工作着,继续说道:"如果我告诉你,这种在日本被彻底消灭的物种,出现在了东京的市中心呢?而且还附着在了碎尸上。"

"啊？附着在了尸体上？"

大吉发出一声怪叫。

"不过，并不是像东方果实蝇或者地中海实蝇这种会对日本的农业造成毁灭性打击的可怕物种。粘在尸体上的只有腹部和腿节的一部分，我觉得应该是另外一种果蝇。"

"根据是什么？"

"解剖的时候，我在直肠分泌腺里发现了姜酮。"

大吉皱起眉头，歪了歪脑袋。

"姜酮？我记得好像是姜的成分之一吧。"

"没错没错。我想不到有哪种果蝇是体内含有这种费洛蒙的。说到底，我根本就没听说过有哪种果蝇闻起来会有生姜的味道。"

"真的是闻所未闻啊。嗯，香草基的酮味道确实跟丁香酮挺像的……"

大吉这么说着，突然停下了动作。

"不，等等。难道说……这该不会是某种可怕害虫的突变体吧？凉子学姐，你咨询过防疫局吗？"

"我打过电话了，他们说国内目前还没有人上报过任何相关的虫害。多米尼加最近在闹地中海实蝇，水果的进口被禁止了。至于姜酮，他们说毫无头绪。"

"让人毫无头绪的东西却粘在了尸体上……"

大吉再次动起手，低声嘀咕道。

赤堀直观地认为，这只附着在尸体上的果蝇是本案中至关重要的证据。昆虫为了生成费洛蒙，会在体内储藏各种物质，只要能判断出果蝇体内的姜酮由何而来，就能找到新的突破口，也许就能找到破案的线索。虽然赤堀向其他昆虫学者和植物学家征求了意见，不过目前为止得到的答案都只能算是推测。

"总之,不可能是因为吃了姜,所以分泌腺里就留下了姜,事情没这么单纯。一定有某种原因促成了这一变化,这点是不会错的。"

"所以才需要诱虫陷阱吗?"

"嗯。栖息在日本的果蝇少说也有一百七十种。我想在国分寺的公园和村里各处设下陷阱,看看生姜果蝇是不是真的存在。"

"如果是这样的话,就交给我吧。"

大吉用力点了点头。那之后,两人便专注于臭虫的驱除,结束完一户人家的工作后,两人吃了午饭,前往了下一户人家。

每户人家的房子都是农村特有的大房子,但所幸臭虫还没有入侵到屋子的各个角落,大多数都集中在人们活动时间较久的客厅和卧室。而且,虫灾的程度仍处于初期,这是不幸中的万幸。要是就这么放任不管,用不了多久,臭虫一定会成为仙谷村全村的大问题。

之后,两人结束了第二户的驱虫工作,大汗淋漓地拜访了今天的最后一户人家。

中丸家靠山,光线昏暗,加上支离破碎的水泥砖墙和被放置在屋顶上的无数老旧瓦片,放眼望去尽是令人心情消沉的光景。西斜的夕阳将四周染成暗红色,令人感到凄凉无比。尽管院子里的杂草被收割得一干二净,放在角落里晒干,但在赤堀跨进大门的瞬间,不知从何而来的蚊子还是扑了上来——它们反应真快啊。

赤堀倒退几步,撞在大吉身上,啪地拍死停在手上的蚊子。

"白纹伊蚊。这里的大多数蚊子恐怕都是这个品种。"

"我说,怎么会有这么多啊?!难以置信!就连沼泽里都没有这么多吧!"

大吉从别在腰间的工具包中取出杀虫剂,一边咒骂着一边朝四周喷洒。然而"敌人"却接连不断地出现,通过难以预测的动作切实地吸取着两人的血液。大吉发出"啧"的一声，收起杀虫剂，拉住跳舞似的拍打着蚊子的赤堀。

"这么下去没完没了。总之，先把屋里搞定吧。之后再给这群家伙点颜色瞧瞧。"

驱虫工作者的斗志熊熊燃烧了起来。听见外头的骚动而从玄关走出来的中丸夫妇，一个劲儿地向两人鞠躬，对蚊子泛滥一事表示歉意。大吉笑盈盈地向诚惶诚恐的中丸夫妇问了声好，迅速将道具带进屋内。

"啊，家具请维持原样。坐垫跟无腿靠椅也放在原处就行。要是动了的话，虫子也会跟着一起动的。"

大吉这么对正准备收拾屋子的中丸夫妇说道。两人再次深深地低下了头，他们无时无刻不在察言观色，总是一副慌张失措的样子，令人觉得可怜。赤堀祈祷两人的儿子跟这次的案件没有牵连，但同时，她也明白许多蛛丝马迹都将矛头指向了他。

大吉麻利地进行着准备工作。他一边设置蒸汽机一边开了口。

"中丸先生，请问屋里点着的这个蚊香，是天然的吗？"

屋内烟霭弥漫，使房间里的一切都显得十分昏暗。

"对，是天然的。镇上药局的人推荐给我们的，说如果每天都要点的话，那最好还是用成分不刺激的蚊香。"

"确实是这样，没错。我明白了。"

大吉微笑着，继续进行手头的工作。赤堀一走近大吉身边，学弟就对其投去了锐利的目光。

"这里的臭虫之所以对拟除虫菊酯类的杀虫剂抗性很强，原因就是蚊香，这种蚊香的成分是除虫菊中的除虫菊酯。点得这么凶，虫子马上就会进化出抗性。现在这些蚊香已经既治不了床虱，也治不了蚊子，只是单纯地产生烟雾了。"

"也就是说，在村中肆虐的超级床虱的源头就是这里吗……"

"似乎是这样的。"

如果臭虫真的是从这里迅速传播到村中各处的话，那就说明有人把臭虫带进了自己家里。

"中丸先生，请问你们最近到哪里去旅游了吗？不管是国内还是国外。"

赤堀回过头问道。

"不，我们哪儿都没去啊。"

"那你们收到过其他县寄来的包裹吗？比如快递之类的。"

"也没有啊。"

"除了村里人，有其他人前来拜访过吗？"

夫妇两人面面相觑，摇了摇头，似乎也没有外人前来拜访过。

大吉调查的臭虫出没及驱除情况表明，最近一年内，关东地区没有发生过任何一起臭虫虫害。所有虫害都集中在大阪，然而中丸家与大阪之间似乎并没有什么交点。

赤堀一边思索着，一边把吸尘器吸上来的垃圾分别进行密封。虽说受害者遗属一直在骚扰着他们，但臭虫并不是那么容易拿到手的东西。而且考虑到虫龄，臭虫应该是在六月中旬到下旬才出现的，是最近发生的事。这个时间段恰好与推断的死亡时间重合，赤堀不觉得这只是单纯的巧合。

两人一言不发地工作着，为了将害虫驱除殆尽，甚至还一根根地仔细检查了电线。这栋房子十分整洁，工作时不需要费太大的劲去移动什么东西。两人频繁地补充着水分，一刻不停歇地工作着，终于打扫到最后一个房间了。

弓着背的中丸父亲走向过道深处，朝拉门里说道："聪，驱虫的人来了。只剩下你的房间了。"

声音沙哑的父亲话音未落，拉门便哗啦一声被拉开了。屋里走出一个穿着领口松垮的T恤和短裤的中年男人。

这就是中丸聪啊……赤堀露出笑容，向他点头致意。他矮胖粗壮的体型跟大吉十分相近，但整个人毫无锐气。他下巴前倾，弓着背，挠着满是蚊虫咬痕的手，脸上也有好几处伤口被抓破的痕迹。

看见他这副模样，就不难理解千鹤为什么会想要为他治疗了。尽管他给人的感觉有些瘆人，却也让人没办法视若无睹，对他不管不顾，这是出于对他年老体衰的父母的同情。

"这么大的房间，应该不到一小时就能做完。事不宜迟，我们马上开始。"

大吉不等中丸回应，便毫不客气地走进房间，迅速拿出小型手电筒，照向六叠大的房间的各个角落。中丸家的害虫数量相比于其他人家要多得多，这也是理所当然的。四周环绕着大量蚊子，屋子里还栖息着臭虫，这真是再糟糕不过的生活环境了……

中丸焦躁不安地在过道上来回走动，不时看向屋内。若是一不小心跟赤堀对上眼，就会连忙将脑袋缩回，他就这么一直重复着这些动作。终于，在掀开榻榻米并洒完药后，赤堀和大吉用力地握了握手。

"辛苦了！今天的运动量几乎是我一整年的量了。哎呀，真是让人神清气爽！"

"顶多就一礼拜的量吧，明天也还有活儿要干呢。"

大吉摘下口罩，舒展身子，将脑袋上的毛巾取下，擦了擦自己硕大的脸。就在两人抱着全套工具走向玄关时，中丸聪像是有些难为情似的，说了句"谢谢"，朝两人鞠了一躬。赤堀在他身上既看不出足以犯下杀人碎尸案的异常性，同时也看不透他的内心，无法断定他是做不出那种事的人。赤堀总算明白岩楯为什么会一反常态地用词暧昧，称中丸是个难以捉摸，却又让人觉得十分可疑的男人了。

大吉将一张写有驱虫位置、今后的注意事项，以及费用清单的纸递给中丸父亲。费用比预估价格要低得多。

"中丸先生，我们会把您儿子房间里的枕头和客厅的坐垫带走进行焚烧。虫卵被产在深处，没办法彻底驱除了。另外，今后点蚊香只需要用平常一半以下的量就行。毕竟也不是说您点得越多，虫子就会死得越多。我会想办法让屋子附近的蚊子数量在夏天结束前减少到原先的十分之一，请您放心。"

大吉在向目瞪口呆的中丸夫妻道别后走到屋外，简单地调查了一下这块地皮和屋后的山，最后站在了被放任不管的一个非常小的水塘前。水塘中的水呈抹茶色，十分混浊，数量惊人的跟头虫在其中蠢蠢欲动。

"这里是蚊灾的源头，得让土地所有人把这个池子给掩埋起来才行。这里看上去平时根本就没有人打理，而且周围没有护栏，不仅危险，说不定还会成为传播登革热的媒介。"

大吉将颗粒状的药剂缓缓倒入水中。

"保幼激素[1]吗？"

听赤堀这么问道，学弟点了点头，乱糟糟的蘑菇头随风摆动。

"我要把它们扼杀在水中，抑制它们的生长，让它们绝对没办法'羽化成虫'。"

"我怎么觉得大吉你今天特别有英雄气概呀，是因为交到女朋友了吗？"

大吉露出看上去十分结实的牙齿笑了起来。赤堀朝他竖起了大拇指。

---

1 保幼激素：一种能引起昆虫各期的反常现象，可用于防治虫害的激素。喷洒在幼虫上，可使幼虫增加蜕皮次数；喷洒在成虫上，会导致不孕现象；喷洒在卵上，能阻止其发育。

3

监控录像的调查已经进行了两天。店铺也好，公寓楼也罢，一处不漏。现在看的这个已经是第三十部录像了。

抵御着吃过午饭后袭来的睡意，岩楯再次将目光投向屏幕。西国分寺站附近的便利店对外设有两个监控摄像头。其中一个对着店前的道路，画面是岩楯迄今为止看过的录像中最清晰的，甚至连过往行人的长相都能看得一清二楚。

就在岩楯全神贯注地看着屏幕，不时记着笔记时，他听见这间堆满杂物的办公室的门被打开了。一瓶茶饮料被轻轻地放在了岩楯借用的钢桌上。

"这是店长给的。"

岩楯看向旁边，发现牛久的精神比刚才好多了。他似乎是去洗了把脸，重振了精神。

牛久将手指掰得咔咔作响，"好了。"他这么说着，坐在了岩楯的旁边。

"这家店的店长人真好啊。"

岩楯拧开瓶盖，喝了一口冰凉的茶水。

"是啊。不像上上家店的店长，在我们调查录像的时候一直站在旁边催我们，还板着一张脸。把嫌弃表现得那么明显，真让人受伤啊。"

"因为国分寺一带现在到处都是警察啊。一会儿要看录像，一会儿要复印文件，络绎不绝，他们想必也烦了吧。"

"而且还有不少警车在附近巡逻。不过话说回来，明明已经出动了这么多警力实行人海战术，为什么还是一点线索都没有呢？"

牛久摸着自己的平头，露出焦虑的表情。他一脸凝重地拧开了瓶身上写有"桃子汽水"的粉色饮料瓶的瓶盖，一点一点地喝了起来。岩楯看着这实在是不协调的景象，下意识地开了口。

"蔷薇科的水果。桃子或梅子……"

牛久听见这话，呛了一口，咳了好一会儿。他迅速转过了头看向岩楯，露出一脸难以置信的表情。

"为什么现在要说这个？！我昨天不是拜托过您吗，让您暂时不要提起这件事了！我好不容易都快忘记了！"

"都怪你喝这个汽水，我才想起来的。神宫医生最新的司法解剖报告书指出，被害者最后吃的食物是'桃子或梅子一类的蔷薇科水果'。尸检的照片你也看了吧？"

"是您强迫我看的！"

"从被切成两半的躯干中拿出消化器官，把所剩无几的胃里的东西倒在托盘上，然后进行近距离拍摄。尸体都烂成那样了，居然还能判断出死前吃过什么，真叫人佩服啊。当今的科学真是了不起。"

"啊啊，不行了，我又想吐了……"

牛久揉着肠胃，皱起眉头。上司将自己一点都不想听的内容又详细地复述了一遍，牛久哀叹着自己的不幸，露出怨恨无比的表情。

"而且胰脏也消失得一干二净。"

"法医也说了，那是动物导致的。现在尸体已经腐烂到肝脏都液化了，考虑到尸体上有那么多昆虫和动物留下的严重伤口，我觉得这个解释十分合理。"

"是啊。但是,让我觉得奇怪的是,尸体中一点胰脏的痕迹都没有留下。就算是已经腐烂脱落,或者是被昆虫蚕食,也至少应该留下一些残骸,不是吗?"

读报告书的时候,岩楯立刻想到了中丸家屋檐下的情景,大量正在晒干的黄色梅子,中丸母亲正在腌渍梅子和各种水果。被害者在死前吃了某种水果,几乎还没怎么消化就被分尸了。无论岩楯怎么努力思考,脑海中浮现出的却总是中丸身边的事物。

此外,消失不见的胰脏也是个问题。岩楯一边看着监控录像,一边思考了起来。虽然法医简单地将之归为动物的破坏,但岩楯想到凶手切开尸体手腕动脉的异常举动,他认为这两者也许有所关联,可这种直觉有些难以解释。赤堀发现的果蝇也十分令人在意,在水果上聚集的害虫,足以让人联想到被害者在临死前吃下的食物。

就在岩楯目不转睛地看着屏幕时,牛久重新打起精神,开了口。

"不过,在知道主任您把调查地点转移到西国分寺的时候,我真是吓了一跳啊。您一定是有什么想法吧?一科科长也默许了这个决定。其他人今天都还在国分寺站和公园附近进行地毯式搜查呢。"

"那正是我过来这里的原因,另一边有他们调查就足够了。再说了,要去公园的话,从西国分寺站下车也完全可以走过去。"

岩楯话音刚落,牛久诧异的表情便映在了屏幕上。

"可是,我觉得凶手是开车作案的啊,毕竟还得搬运腐烂得十分严重的尸体。被切下的右腿也不算小,凶手有办法徒步搬运吗?"

"我也想一口咬定凶手没办法这么做,但杀人案往往是不合常理的,这次的案子更是如此。你想想,在公园停车场停过的车已经完全被排除嫌疑了。至今为止,警方应该已经排查了相当数量的车,包括停在附近的收费停车场里的和停在路边的，八王子高速路口的记录也排查了。可最后查出来的只有一辆雷克萨斯、一个态度轻浮的年轻小鬼，还有一出幽灵闹剧。"

牛久眉头紧锁，沉默了片刻，一边思考，一边慎重地开了口。

"岩楯主任，您认为凶手是使用了公共交通工具，将遗体搬运到国分寺的吗？"

"我认为眼下一切可能性都存在。本来碎尸是不应该被找到的，却因为被狸猫挖出，导致事情早早败露。弃尸国分寺，这一定是凶手在慌乱中做出的举动。我不否定你说的凶手是精神异常者的可能性，凶手毫无疑问是个疯子。但我认为这次的弃尸，凶手的目的并不是取乐，而是干扰警方的调查。"

然而凶手的做法实在是草率。现场完全感受不到报告书里扑面而来的那种异常性，但他总觉得有种不知从何而来的不对劲。

"还有就是地点。凶手把地点选在国分寺的洼西公园一定有他的理由，他并不是随便选了个地方，而是刻意想让尸体在那里被人发现。"

岩楯将打印着黑白图像的纸扯到面前，咚咚地用手指敲了敲。纸上印着一个被公园附近公寓楼的监控摄像头拍到的人，时间是七月二十日早上七点多，他当时正在斜穿马路，似乎是在朝公园的北侧入口前进。他身穿一件白色短袖帽衫和一条黑色运动长裤，尽管看起来是一副晨跑的样子，但他就像刻意将脸遮住似的，用兜帽严严实实地包住了脑袋。此外，他背着的大型黑色运动背包也显得与周遭环境十分格格不入。

"主任昨天发现的那个男人，确实感觉很不对劲啊。"

"从步行方向可以看出他是从西国分寺的方向走过去的。从他过马路这点可以判断他多半是穿过了住宅区。"

岩楯指向打开的地图。那是一片密密麻麻地盖满了独栋房屋的古老住宅区，因而没有任何监控摄像头，此人被监控拍到的画面也仅此一处。而且还有一点让人感觉很奇怪，他进了公园后就再也没有出来过。

"不知怎么，这让我想到了搭出租车去仙谷村的那个男人。虽然年龄看不太出来，但一样都是瘦高身材，而且我觉得那个袋子应该装得下一条腿。不过，最为奇怪的果然是徒步前往这一点啊。"

"总之，将这个家伙也纳入搜查范围，继续查下去。找到了以后再考虑接下来的事。"

牛久直到最后都是一副仍旧抱有疑问的表情，但他还是遵循上司的指示，低声回答了一句"是"。

两人滴水不漏地检查着七月十九日下午到右腿被发现的七月二十日间的录像。这里似乎是从车站下车的人们的必经之路，每当电车到站都有大量人流通过。从学生到上班族，其中很多人都习惯性地在店前停下脚步。有些人受到便利店的吸引进入店内，有些人则是一味看着前方，快步行进。岩楯将分割成了四部分的录像暂停，一个人一个人地检查过去，看完后记录下时间，再往前播放，就这么不断重复着。牛久将手肘撑在办公桌上，身子前倾，聚精会神地看着另一台显示器。

赤堀联系了岩楯，说几乎可以确定臭虫的源头就是中丸家，这给中丸更添了几分可疑，但现在要找的又是个全新的涉案人物。直至今日，案件仍旧笼罩在一团迷雾之中，毫无脉络可言，只有查明的事实浮于表面。调查总部也还未摸清事件的本质，至今仍在静观其变，将循规蹈矩的调查方针贯彻到底。不过，岩楯还是决定将所有带有疑点的门扉一扇一扇地撬开，即便最后得出的结果跟案件八竿子打不着也无所谓。

岩楯深吸一口气，压抑住内心的烦躁，将注意力集中在清晰的彩色监控录像画面上。他迅速地辨别着行人的容貌，同时观察其中是否有人举止异常。就在他打算按下键盘继续播放时，一个从画面左侧走来的男人吸引了他的目光。

体形消瘦，身材高挑，与周围的人群格格不入。岩楯将左上部分的画面放大至全屏，将脸贴近屏幕凝视了起来。男人披着一件浅灰色帽衫，戴着一个头戴式耳机，将一个黑色运动背包像双肩包一样背在背上。下身穿着看不太清楚，但总体颜色偏黑。

岩楯连忙将录像的播放速度减慢，在没有其他人遮挡住男人时按下了暂停键。接着他将拍到男人的画面放大到最大，盯着兜帽下若隐若现的男人侧脸看了好一会儿。他拿起桌上的打印件，在两者间反复对比，直到满意为止。

不会错的，服装和背包的商标完全一致，是同一个人。但这究竟是怎么一回事？

"为什么这家伙会在这里……"

岩楯凝视着兜帽男嘀咕道。牛久听闻，停下了手头的动作，看向岩楯面前的屏幕。他仔细端详画面中被放大的男人，突然脸色大变，从椅子上跳了起来。

"这不是一之濑家的儿子吗？！"

牛久的声音越发激动，目光在岩楯手上拿的打印件和画面间来回游移。

"跟出现在公园附近的是同一个人！服装也完全一样！"

"是啊。这个孩子，上的是哪里的高中来着？"

"府中北高中，是一所私立的一贯制学校。我听村里的女孩子们说过。"

牛久手忙脚乱地抓过地图，用粗壮的手指指向学校所在地。学校位于府中市和国分寺市的边界——东八道路的斜对面。距离最近的车站是北府中站，但离弃尸的公园也并不远。岩楯不由得陷入了深思。

"一之濑俊太郎在碎尸被发现的当天早上去了国分寺的公园。他背着一个足够装下尸体的大型背包，刻意选择与平日上学时不同的车站下车，而且还遮着脸走在一条小路上。"

岩楯看向视线久久没能从屏幕上移开的牛久。

"这个孩子杀得了人吗？"

搭档一脸凝重地陷入思考，最后摇了摇头，回答了一句"难以想象"。

"确实很难想象他会做出把尸体一分为二，切下手指，撕掉掌纹这样的事。但是，小孩子的犯罪有时也会朝着出乎意料的方向发展，他们有令人难以置信的残忍和固执，很多情况下都会发展到无可挽回的地步。"

犯案过程中处处可见的稚嫩手法，如果将其认为是青春期躁动不安的一种体现，便能说得通。可是……岩楯目不转睛地盯着画面中端正的侧脸。他想起了尽量避免与村民接触、无精打采、不知道脑子里在想些什么的俊太郎，明明有着那样的美貌，却总是散发出一种难以遮掩的自卑感，真是个不可思议的少年。

"我记得俊太郎的母亲好像是跟外头的男人好上了，又逃回国了，对吧？"

"是的。"

牛久眉头紧锁地缓缓说道，眼睛仍旧盯着画面。

"虽然我觉得不太可能，但被分尸的死者该不会是夺走了他母亲的那个男人吧……而且，杀人的是父亲，俊太郎则负责弃尸？"

岩楯思考着搭档提出的假说，立刻摇了摇头。

"那位父亲为了身患哮喘、体弱多病的孩子,抛弃了自己的工作和人生,来到乡下过上了自给自足的生活。尽管是个惹人讨厌的男人,但他的决心非同小可,他绝不会做出对儿子不利的事。"

不过,他倒是有可能为了掩盖儿子犯下的罪行而进行善后工作。

"总之,必须得跟俊太郎见上一面,趁现在还没有其他情报出现。"

岩楯拜托店长将画面打印出来,将录像录在了DVD中。那之后,两人返回收费停车场,将车开往俊太郎就读的高中。

穿行于国分寺的住宅区时,好几台警车悄无声息地赶超了岩楯两人的车。道路上随处可见身穿制服的警察,途中还跟好几名认识的调查员擦肩而过。所有人看上去都是一副调查毫无进展的样子,似乎已经不打算再掩饰内心的不悦之情了。每当听到不知何处传来的警笛声时,岩楯总是莫名有种被催促的感觉。

车子穿过住宅区后,周遭环境完全变了个样。岩楯察觉到气氛的改变,环视四周。放眼望去是幽静的文教区,随处可见代表大学和高中的路标,其中绿意盎然的一处地区似乎就是府中北高中,只有这个角落吹拂着清爽的风,寒蝉的鸣叫声响彻四周,给人一丝凉意。学校的结构十分紧凑,三栋三层高的教学楼被两条相互交叉的道路连接在一起,墙面上贴着几何图案的瓷砖。整个校区看上去很新,由于是初高中一贯制的学校,规模堪比大学。

"这学校看起来学费并不便宜啊。"

岩楯如实地说出了看到学校后的感想。

"一之濑家的收入来源真是谜团重重啊。我之前一直觉得跟案件没关系,就没有追究,但仔细一想,他到底是靠什么赚钱的?"

"有可能是投资或者炒股,也有可能是在原先收入高的时候存了钱。"

"如果是这样的话,他们花钱也花得太随心所欲了吧。高级跑车、高级自行车、高级相机，还有进口的农具。在我看来简直像个挥霍着压岁钱的小孩子一样。"

牛久将雅阁停在国道旁，岩楯眯起眼睛看向前方几十米处的校门。好几名少女聚集在门柱前，不时看向校内，发出嬉闹的声音，大概是在等朋友吧。岩楯看见穿着各个学校制服的女高中生们沿着被夕阳染红的道路朝自己的方向走来。

就在岩楯将遮阳板放下遮挡刺眼的夕阳时，被设计成行星形状的钟楼发出了四声响声。又过了一会儿，身穿制服的学生们便稀稀落落地从校园中走了出来，看样子这似乎是所男校，岩楯终于明白了几名少女在等待的原来是心仪的男生。

走出校门的学生数量逐渐增多，聚成令两名刑警眼花缭乱的人潮，乱糟糟地移动着。就在岩楯觉得差不多该下车的时候，他发现了一名比其他人高出一头的少年。

"把车开到前面去。"

岩楯这么说完后便下了车，拨开由学生组成的人墙向前走去。他找到了有着一头浅色头发、戴着头戴式耳机的少年，岩楯缓缓地从身后抓住了他的肩膀。少年回过头，看到是岩楯，愣了一愣，显出一副"到底怎么回事"的表情，开始东张西望起来。天气如此炎热，他洁白的脸颊上却连一滴汗都没有，绿色的瞳孔直勾勾地看向岩楯。

"我有些事想问你。"

岩楯刚跑了几步就浑身大汗了，就在他用手背擦了擦淌到两鬓的汗水时，俊太郎气定神闲地取下耳机，解开蓝色衬衫的第一颗纽扣，松了松深蓝色的领带。岩楯看着俊太郎泰然自若的样子，胸中燃起一股无名火。他身后跟着好几名少女，十分嫌弃地抬头看着岩楯。

"抱歉，得麻烦你暂时解散你的粉丝俱乐部了。"

"是她们擅自跟在我后面的,我根本就无所谓。"

"真厉害啊。"

岩楯微微一笑,催促俊太郎走向停在前方不远处的雅阁。俊太郎背着跟监控录像中一样的运动背包,后车门刚打开,他便把包扔进了车里,没有一丝抵抗、拒绝和胆怯。岩楯刚在少年身旁坐定,雅阁便缓缓前进,开进一条小路,在空无一人的建筑工地旁停了下来。

俊太郎从刚才开始就一直盯着手机看,面对两名刑警的威慑丝毫没有一点紧张的样子。这并不是虚张声势,他才十七岁,却如此处变不惊,令人有些毛骨悚然。

"好了,你差不多也该想起为什么警察叔叔会到学校来找你了吧?"

"村里的女孩子又跟你们投诉了吗?"

"警察可没有闲到会去插手小孩子的恋情。"

俊太郎看向面带怒气的岩楯,不满地将手机屏幕关闭。

"七月二十日,海之日,你那天在哪里?"

"在学校补习。"

"你对村里发生的这起案件了解多少?"

"有个男人被杀死、肢解后丢在了山里。一条腿在国分寺的公园被发现,头部还没找到。被害人身份尚未查明。凶手精神异常。警察被耍得团团转。"

"知道得真清楚啊。警察确实是被耍得团团转。"

岩楯接过牛久递来的文件夹,从中取出两张纸,是俊太郎用兜帽包着脑袋,背着黑色运动背包的照片。岩楯将两张照片摆在座位上,俊太郎用翡翠色的瞳孔目不转睛地盯着照片看。

"这是你吗?"

少年对着照片看了相当久,轻轻点了点头。其间,岩楯的视线一刻也没有离开过俊太郎。尽管少年还是一如既往地面无表情，但与之前相比明显变了个样。他似乎在努力地控制自己的视线，使其固定在一点上，不到处乱飘。难道这个少年真的跟案件有关吗？岩楯接着向紧绷着身体，抑制着内心动摇的少年问出了下一个问题。

"这天下午，尸体的腿在公园的垃圾箱里被发现了。你一大早在这种地方做什么？"

车内依旧弥漫着一股紧张感。俊太郎突然从照片上移开视线，抬头看向岩楯。

"散步。"

"别痴人说梦了。你居住的村子里发现了碎尸，接着在你去散步的公园里找到了尸体的腿。有谁会觉得这是巧合？"

"但就是巧合。"

"行，我再最后问你一次。七月二十日，你到底为什么要到公园去？"

岩楯死死地瞪着俊太郎，令他无法移开视线。先前如同玻璃珠一般冷淡的眼神中开始涌现出各种情感，岩楯甚至能不时窥见其中的胆怯之情。与其说他在说谎，不如说是想要隐藏什么。他真的杀了人吗？岩楯反复问着自己，同时通过视线将这个问题抛给俊太郎。

"我什么都不知道，也没有杀人。"

俊太郎从牙缝中挤出这句话，缓缓点亮手机屏幕，滑动起了手指。又在逃避现实啊……就在岩楯发出"啧"的一声，正准备夺走他的手机时，少年突然将手机屏幕对准岩楯。

"又怎么了？"

"你看了就懂了。"不可一世的少年冷淡地说道。

手机上播放着视频。俊太郎的样子出现在屏幕上，离镜头非常近，似乎是边走边拍的录像，画面摇晃不已，像醉汉的视角一样。

岩楯接过手机，眉头紧锁地看着视频。视频似乎是俊太郎自己拍的，画面中的他小声地嘀咕着什么，一会儿拍拍天上，一会儿拍拍脚边，最后又变成面部特写。牛久也从驾驶座探出身子看起视频，然后一脸莫名其妙地看向俊太郎。

"这是？"这个视频让人除了这句话外什么都说不出来。

"这是我在国分寺公园拍下的视频，在二十日那天。"

"为了什么拍的？"

"复仇。"

岩楯刻意夸张地叹了口气。

"原来如此，拍一个一边说话一边走路的视频就是你的复仇。你想对谁复仇？"

"所有的人类。"

"所以你为了复仇，杀了一个男人，然后把他肢解了吗？"

岩楯在句末加重了语气，瞪着俊太郎。

"你明白自己现在的处境吗？这不是什么游戏，就算你是个小孩子也不会被从轻处罚，我是认真的。你再这样故弄玄虚，蔑视警察，最后哭的会是你。好好想清楚。"

少年抬起下巴回瞪岩楯，粗暴地抢过手机，在一番操作后又将手机递给岩楯。

"我每周都会上传一个视频到网上，大部分时候是周末。每个视频都只有十分钟左右，但一直没断过。"

名为"列表"的画面中整齐地排列着至今为止被上传的视频。俊太郎俊美的脸变得扭曲，咬着下唇，看样子他并不想让警察知道这件事。

"我靠视频来赚生活费。父亲因为我把工作给辞了，我想着至少得帮点忙，就开始上传视频了。"

"是那种通过播放次数来赚取广告费的视频吗？"

俊太郎一脸不屑、态度傲慢地点了点头。

"就这种光是拍自己走路的视频，能赚多少生活费啊？"

"多的时候一个月可以赚一百万以上。"

"你说什么？一百万？就靠这个？"

"没错。"牛久看向如此回答的少年，惊得下巴都合不上。尽管岩楯并不明白这样的视频究竟有什么价值，但这回俊太郎的表情并不像是在撒谎。他终于明白一之濑家那些高价的商品究竟是从何而来的了，那些东西原来不是父亲所购，而是儿子按自己的喜好买的吗？怪不得显得那么孩子气。

俊太郎看向记着笔记的牛久的手，像是在叫他把接下来自己说的话全都记下来似的，不耐烦地开了口。

"因为国分寺的洼西公园离学校近，所以我的视频大部分都是在那里拍的，二十号那天我也只不过是一如往常地去了那里而已。我要说的就只有这些了。"

单从过去的上传记录看来，他确实没有说谎，看来尸体真的是碰巧被遗弃在了同一个公园，而且还碰巧是同一天。岩楯用手抵着下巴，思考了起来，指了指放在少年身边的背包。

"能让我看看你的包吗？这不是命令，只是我的一个请求。"

少年毫不抵触地将运动背包递了出去。里面装着的是课本一类的学习用品和运动服，还有一些杂物。很难想象俊太郎是把切割下来的右腿放在这里面，然后搬到公园去的。据他本人说，拍视频的当天，他是穿着便服出门，在公园换上了制服后去的学校。因为在离开公园时换了一套衣服，所以岩楯才看漏了。

几个小时后，岩楯回到了四日市警察局。他走进空无一人的会议室，打开笔记本电脑，表情凝重地开始搜索视频网站。在找到俊太郎上传的视频后，便按顺序看了起来。

第一次上传视频是在四年前，那时俊太郎还只有十三岁。视频似乎是在村里的某个地方拍的，如果不知情的话，根本看不出那是俊太郎。岩楯少见地大吃了一惊，将脸贴近电脑屏幕。

俊太郎脸上布满了像是裂痕一样的泛白的疮痂，血液和渗出液凝固在表面，让脸显得凹凸不平、粗糙无比。此外，面部的浮肿十分严重，眼睑肿得巨大，几乎盖住整个眼睛。脖子和手也是同样的状态，关节处开裂渗血，看上去非常痛。

岩楯目瞪口呆地看着占满视频画面的少年脸部特写，这是过敏性皮肤炎和各种过敏现象共同造成的凄惨症状，这副样子就连要正常生活都不是易事吧。父亲为了可怜的儿子煞费苦心地从城里搬到农村，希望能缓解病症。他干起从未干过的农活儿，院子里密密麻麻地种满蔬菜，尽管不熟练，却也开始尽心负责地仔细研究该给俊太郎吃些什么。换作自己的话，能做到这份儿上吗？

就在岩楯绷着脸看着视频时，牛久走进了房间。

"一之濑俊太郎的父亲打来了抗议电话。他说我们毫无依据地把俊太郎当杀人犯来对待，伤害了俊太郎的自尊，他非常生气。他还跑到学校去，说自己的儿子受人威胁被抓去问话了。"

"我早就猜到会这样了。"

岩楯心不在焉地听着牛久的话。牛久顺着反应微弱的上司的视线看去，在布满疮痂的脸颊映入眼帘时吓了一跳。

"这是什么？"

"这是俊太郎早期上传的视频。"

"哎？难不成，这人是俊太郎吗？！"

"嗯。重度过敏性皮肤炎，看上去跟现在简直判若两人。"

牛久眉头紧锁地看了一会儿视频，拉过椅子坐到了岩楯身边。

"我一点都不知道他以前的情况竟然这么糟，看上去好痛啊……但是，他为什么要把这样的视频公之于众？他这个状态看起来连门都出不了。这好像是搬到村里之后拍的啊。"

"真正的原因只有本人才知道，但说不定这是对母亲的一种抗议。他一边拍着自己的脸，一边告诉观众：母亲因为觉得儿子恶心，逃离了这个家……视频里几乎都是这一类的话。他母亲连这么可怜的儿子都忍心抛弃，也不难想象她会跟外头的男人一起逃走。"

"怎么说呢，光是看着就让人好难受啊。"

牛久扭过脑袋，痛苦地摇了摇头。岩楯将身子靠在椅背上。

俊太郎是如此不幸，他将丑陋溃烂的面容展示给这个世界，自甘受世人的嘲笑。一想到他当时的心境，岩楯就难受得不行。"活着毫无意义，不如死了更好；害怕他人的视线，想把所有人的眼睛都戳瞎"——他就这么接连不断地重复着负面的话语。这样的病症会吸引他人好奇的目光，会让患者因害怕嘲笑而不敢出门，视频的评论也都是些廉价的安慰和无情的咒骂，令人看不下去。

"对全人类的复仇……"

岩楯回想着俊太郎的话语，一个接一个地看起了视频。俊太郎的症状总是时而好转，时而恶化，但自某个时间点起，情况发生了剧变。他的过敏症状消失得无影无踪，整个人像是破茧成蝶了一样。

"他就是在这个时候遇见巫女绵贯的吧，点击量也是从这个时候开始激增。这也不奇怪，毕竟他长着一张那么漂亮的脸。现在好像全世界范围内都有他的粉丝了，评论的数量也很惊人，其中不乏星探之类的人留的言。"

"我之前不敢相信凭着这种视频就能一个月赚一百万以上,但从头开始看的话,就觉得可以理解了。大家一定从他的视频中获得了勇气吧,简直就是从绝望走向希望的过程……"

"是吗?在我看来,他直到现在都还很绝望。"

岩楯表情凝重地看向牛久。

"那孩子觉得人类都是只看外表的,也正因为他现在蜕变成了美少年,看他视频的人才会为之疯狂。过去越是悲惨,越能凸显出现在的美好。这个世界渴望着刺激性的感动,俊太郎非常清楚这一点。他上传视频不光是为了赚钱,更是为了复仇。"

少年与案子无关,岩楯终于得出了结论。他憎恨的对象不是个人,而是自己眼中的一切。在见过他人态度惊人的反差后,他开始蔑视世人,怒火在他的心底暗自燃烧。复仇的终点在哪里?岩楯不由得感到一丝不安。岩楯感觉这个情绪极度不稳定的少年心里正在计划着些什么。

此外还有一点。

"凶手也看过这个视频,并且手法一如既往地稚嫩。看来,凶手似乎是想要陷害俊太郎。他究竟是出于憎恨、憧憬、嫉妒,还是别的某种感情?"

岩楯打算对视频的观看记录进行排查。俊太郎是在早上七点半拍下的视频,说明尸体是在那之后被丢在公园的。

4

昆虫学者挂断电话，将手机放进包中，看向岩楯。

"回收已经全部完成了。国分寺的公园结果为零，公园附近也没有找到。"

"是吗？"

赤堀将写有号码的正方形纤维板装入塑料袋中，用胶带封住口。岩楯将地图上标有相同号码的地点画了圈，做下"回收完成"的标记，站起身。

仙谷村今天是阴天，四周昏暗，空气难得的凉爽。好像是因为山上下了雨，山风使地表冷却了下来。

距尸体被发现已经过去十七天了。尽管警方在赤堀找到的弃尸地点发现了被害者的毛发，以及全部尸块都被埋在了同一个地方的痕迹，但尸体的左腿、下腹部，以及手指和头部至今仍旧下落不明。调查总部将动物把尸体带走的可能性列入了考虑之中，但岩楯认为并不是这么一回事。恐怕是凶手自己挖出来的，目的是将调查组玩弄于股掌之间。

就在岩楯苦恼地将地图插进裤子的后口袋时，赤堀一边工作一边向他搭话。

"你今天跟牛久先生互换一下比较好吧？"

"为什么？"

"在凉快的房间里等待播放记录的公布，我感觉这更像是大人物干的工作啊。"

岩楯有气无力地笑了笑。

"真正的大人物总部里多的是，哪有我掺和的份儿？而且你别看牛久那样，他其实很擅长电脑，记录公布后可以高效地开始追查。"

"原来如此。"

赤堀这么说着，停下手头的工作，特意站到岩楯面前，露出微笑。这微笑既突然又温柔，让岩楯后背发痒。

"没事，别担心。不足的部分，我会好好补上的。"

昆虫学者踮起脚尖，轻轻拍了一下岩楯的肩膀，重新回到工作中。

在岩楯感受到无可奈何的疲惫时，赤堀经常会坚定而自信地说出这种话。岩楯知道她是个凡事讲求证据的人，但他很喜欢赤堀这种毫无根据的发言，总能让自己紧绷的神经松懈一些。

看着不时投来微笑的赤堀，岩楯突然觉得有些难为情，转移了话题。

"对了，我从刚才开始就一直想问你，这个拖车是怎么回事？"

岩楯朝一辆饱经风霜、锈迹斑斑的两轮拖车抬了抬下巴。

"这是我跟工会支部长借的。他用这个来运木材，我觉得好羡慕，一直盯着看，他就让我带走了。"

"这有什么好羡慕的？"

"因为这个是可以接在自行车上的款式啊，你不觉得很厉害吗？要是大学里有这个就方便了，可以把工作的用具一口气都放上去。对了，岩楯刑警，两轮拖车应该是可以上路的吧？需要考证或者申请什么吗？"

岩楯原本就对赤堀骑自行车出行一事颇有微词，要是后面还接上这玩意儿，他可受不了。他想象赤堀拖着拖车，驰骋在霞之关一带的样子，不由得皱起眉头，摇了摇头。

"说回正题。我听大吉说，在国分寺没找到那个叫果蝇还是什么的害虫。"

"是啊。果蝇的活动范围半径最大也就五公里，大吉在公园里和附近的街道设下了陷阱，但没有一只果蝇上钩。这也是理所当然的结果，那附近没有能成为果蝇食物的东西。"

"食物？"

"大多数情况下是水果，不过它们也会吃番茄和青椒。问题在于，果蝇吃的食物里，没有什么东西是会生成姜酮的。"

岩楯从拖车中拿起文件夹，翻起赤堀提交的报告书，他将手指移到写有一行复杂难懂的物质名称的地方。

"这就是那个姜的成分的物质吧。"

"没错。"

赤堀用食指顶了顶压低的帽子。

"农林水产省没有相关报告，这种果蝇究竟是以什么为食的还不清楚，也没有人上报虫灾。总之，除了身上带有姜的费洛蒙这点外，我们对这种虫子一无所知。"

"这有没有可能和神宫医生说的蔷薇科的水果有关？就是被害者死前吃的。"

赤堀将浸在引诱杀虫剂中的黄色纤维板放在两轮拖车上，熟练地拖着车走了起来。

"虽然果蝇会被桃子和梅子所吸引，但蔷薇科的水果中没有能生成姜味的物质。我觉得臭虫和果蝇是一起被带到现场的，这些虫子是不会自然出现的。"

"这么一来,大阪那边就脱不了干系啊,臭虫虫害的报告全日本只有一例。"

"嗯……"

赤堀嘟起嘴,一脸愤怒地在狭窄的私人道路上拐了个弯,往村子东边移动。

"我觉得有可能是从国外带来的。"

"这还扯到国外了啊。"

"对,而且是亚洲圈。我调查了一下,目前欧美没有臭虫灾害的报告,臭虫灾害大部分都集中在东南亚,果蝇也是一样。嗯,理由就这么简单。我只是觉得很不对劲。要是一种还好说,一下子牵扯到两种害虫,很难想象这只是巧合。"

赤堀耸了耸肩。

凶手之所以固执地将掌纹全部剥除,是因为担心死者的身份被查明。自然,岩楯有考虑过指纹记录在案的罪犯和外国人、申请了护照之类证件的有关人员,还有警察等特殊职业者。但他无法否认的是,因为中丸有过前科,所以自己总固执地认为死者是罪犯的可能性最大。再说了,在这一年时间里,没有一个村民去过国外。

岩楯双手抱胸,再次陷入思考——害虫是如何进入村里的?

假设死者是从亚洲圈入境的人,在仙谷村被杀了。如果这两类昆虫附着在受害者身上,它们就有可能神不知鬼不觉地蔓延并繁殖起来。但思绪到此戛然而止。臭虫的源头是中丸家,那问题就在于,指纹登记在案的且经常来往于国内外的人,到底跟中丸有什么关系?警方对中丸进行了背景调查,但人际关系方面一点线索都没有。

赤堀在思考得烦恼不堪的岩楯身前停住拖车,拿起挂在铁丝网上的纤维板。她着急地从牛仔裤的口袋中取出放大镜,观察起牢牢粘在板子表面的昆虫尸体。赤堀仔细地反复观察板子的两面,过了好长一段时间,她终于一脸不满地抬起脸,摇了摇头。

"没有。这下只剩下二十个陷阱了。"

岩楯在地图上找出纤维板上编号所在的位置,做了个记号。

"真搞不懂它们到底栖息在什么地方,南边的番茄田里也没找到。"

"没事,接下来才是重头戏。终于要进入村子的东边了,爆发床虱灾害的也是这边吧?"

"说起来,受害者的遗属怎么样了?"走在一旁的赤堀抬头看向岩楯。

"跟他们问过了,说是没有在中丸家放生过床虱,我觉得应该不是在说谎。他们很老实地把至今为止放生过的所有糟糕玩意儿都列了出来,马蜂啊,蝮蛇啊,还有蟑螂啥的,没理由单独隐瞒床虱。"

"是吗?"

赤堀将纤维板放入塑料袋,封住口,塞进拖车上的箱子里。两人在收集板子的途中跟好几位调查员擦肩而过,每个人都朝拖着车的赤堀瞄了几眼。当初大家对她的轻蔑消失得无影无踪,似乎还转变成了一种兴致勃勃的态度——这次她又打算干些什么呢?……

两人不断重复着同样的工作,来到了纤细挺拔的孤杉之下。这里离中丸家只有咫尺之遥,然而粘在陷阱上的全是不小心飞上去的其他昆虫,两人想找的昆虫依然不见踪影。

就在这时,昏暗的屋子里冲出一个男人,他跟岩楯打了个照面,两人四目相对。事发突然,三人一时呆住,面面相觑,中丸下意识地想要藏起握着柴刀的右手。他的另一只手上握着某种吃了一半的食物,似乎是中丸母亲腌制的李子。岩楯注视着他的左手,这也是蔷薇科的水果吗?

这时，赤堀突然拖着拖车向前走去，用不合时宜的开朗声音说道："你好，那之后家里的情况如何？有没有发现残存的臭虫？就算只看到了一只，也一定要告诉我哦。"

中丸目光游移，"啊，没事的。"他语速飞快地尖声答道。

岩楯一边观察着他，一边往前走，轻轻点头示意。

"今天有工作吗？"

"嗯，傍晚的时候出门。四日市车站前在施工，我要去那里上夜班。"

"是这样啊。请问那把柴刀是？"

岩楯探出头看向中丸身后，中丸急忙伸出手。他将满是痘痕的脸颊压在肩膀上，擦拭脸上的汗水。

"劈柴用的，要做盂兰盆节[1]迎神火[2]的火炬。我老爸接了活儿，打算在家干，但却因为腰痛干不了……"

男人看向整齐排列在房檐下的蓝色塑料箱，里面装着用塑料绳捆成一束的松木。

今天的中丸也和平时没什么两样。每当看见中丸明显带着怯意的举动，岩楯都会在心中想，他是干不出杀人这种事的。然而中丸的名字总在案件调查中出现，这令岩楯困惑不已。他努力挤出和善的微笑，决定向中丸问些话。

"对了，中丸先生，请问你认识一之濑俊太郎吗？"

"啊，嗯，之前真的很抱歉，擅自骑了他的自行车……"

"不，我想说的不是这个。他在网上发了视频，观看量非常大，我想问问你有没有看过。"

---

[1] 盂兰盆节：日本人祭拜先祖的节日，在每年的八月十五日左右。
[2] 迎神火：盂兰盆节时为了迎接祖先的灵魂回家而点燃的火，与之相对的是送别祖先的"送神火"。

中丸一会儿用手驱赶飞来的蚊子，一会儿把柴刀放在地上，一会儿又吃起李子，最后说了句"我没有电脑"，身子动个不停，显出一副焦虑不安的样子。

岩楯松了口气，用眼神示意赤堀该走了。他就打扰到中丸工作一事表示歉意，转身离开。中丸举止可疑也不是一天两天的事了，举手投足间不透露半点信息，这可以称得上他的特技了。岩楯完全看不透他的内心。

就在两人背对中丸家，走向大型贮木场的后方时，赤堀从一旁接近岩楯，低声开了口。

"之前我来驱除臭虫的时候，看到中丸家的院子时总觉得有哪里不对劲。现在终于想起来了，那跟一起发生在美国的真实案件一模一样。"

"你指的是什么？"

"白纹伊蚊。那起案件是罪犯通过害虫和杂草对被害者进行骚扰，持续了好几年，最后被害者患上精神疾病，甚至被逼得走上了自杀的绝路。罪犯间接造成了附近三户人家的死亡，一个活口都没留下。"

"连附近的三户人家都因为这个死了？"

岩楯发出讶异的声音。赤堀脸上露出阴郁的表情。

"嗯，因为罪犯是专门研究害虫的学者。举个例子，假设我要通过昆虫或其他什么方式来杀死岩楯刑警你，我有足够的自信能用尽一切手段，纠缠不休，让你无路可逃。这毫无疑问。"

"换作是你的话，那就是纯粹地在享受杀意了，性质更加恶劣。"

岩楯如此断言道。只要跟赤堀接触过，就会知道这个学者有多纠缠不休、不知消停。中丸家在某种意义上是一个会侵蚀人的精神、令人不快的空间，但芝浦一家似乎并没有模仿别人。岩楯完全不知道该对赤堀这个突如其来的意见做何感想。

尽管能感受到躲进家中的中丸的视线，岩楯还是继续检查起了附近的纤维板。就在岩楯看到布置在没有人烟的小路上的陷阱时，赤堀突然用力握住了岩楯的手。

"有了！找到了！就是这个！在这里！你看！看啊！果……"

过于兴奋的赤堀说话时被口水呛到，咳了起来。

"你冷静点。"

岩楯注视着赤堀手上拿着的纤维板。跟其他纤维板一样，上面密密麻麻地粘着大量微小的昆虫。昆虫身上满是药剂，早已命丧黄泉。岩楯用赤堀递过来的放大镜看向她指的地方，发现上面紧紧粘着花纹像蜜蜂一样的虫子。但岩楯一看脑袋就知道这些毫无疑问都是苍蝇，尺寸勉强达到五毫米，他发现同样的虫子有三只。

"这就是你之前说的那个吗？"

"对！就是那个！"

赤堀从斜背的包中取出小瓶，用镊子小心翼翼地将虫子夹起，放入瓶中。接着她将板子放入袋中封住口，踮起脚尖环视起了四周。

"这种虫的行动半径在五公里左右，村里陷阱的间距是二百米。其他板子上没有发现，说明它们就在这附近。"

"话虽如此，但我们也不知道它们到底是被什么吸引来的啊。周围到处都是杂草，再过去一点就是山里了，而且这些虫子还小得肉眼难以看清。"

"研究已经证明它们会被板子上的甲基丁香酚所吸引，所以它们肯定不是随便被什么杂草给引来的，我还是觉得原因在于某种作物。"

岩楯记得一之濑父亲租下的农田似乎就在这附近。他打开地图，确认了地点。一之濑家就在这条像是小路一样的村道前方不远处，距离两人大概三四百米。赤堀注意到岩楯用手指在地图上描绘着路线，她摆了摆手。

"那块田地，我在设置陷阱的时候已经看过了，全是莴苣、芦笋、王菜之类的菜，没有什么是会吸引果蝇的。"

"那这里呢？"岩楯停下手指，"绵贯千鹤的家。离这里最多也就两百米的距离。"

两人对视一眼，赤堀拉起拖车，与岩楯一同走了起来。途中赤堀只要一见到草丛或树丛就会毫不犹豫地进入查看，连路边刚发芽的小草都要仔细检查。她一会儿两眼放光地告诉岩楯自己捉到了一条蛇，莫名其妙地抓着它四处挥舞；一会儿又从麻栎的腐木中挖出独角仙的幼虫，放进包里。

岩楯代替赤堀拉起拖车，盯着自由奔放、到处乱跑的赤堀。不，也许并不是自由奔放，说不定她的一切行动都经过了精密的计算。

过了一个平缓的弯道后，千鹤家的杂草墙便迎面袭来。道路前方不远处，千鹤正朝一位驾驶着轻型卡车的老人挥手，说了几句话后，千鹤便目送车辆离开了。片刻之后，就在她打算回家，转过身子时，突然停下了脚步。

"你在干什么？"

看到眼前这番景象，她大概除了这句话外什么都说不出来吧。体形魁梧的千鹤提着塑料袋，大步流星地朝两人走来。

"我正在和赤堀博士一起进行昆虫调查。那位是您的病人吗？"

"对，我一直窝在家里，终于把食物给吃光了。他知道后就特意去买了送过来给我。早些时候其他警察也来过，不过，现在不管到村子的哪个角落，应该都能看到警察吧。"

千鹤看向赤堀，对她投以亲切的微笑。

"警察配拖车，某种意义上来说，这个组合还挺新奇的。"

"这可是非常好用的特殊车辆呀。"赤堀笑道,"不提这个了,我想问问,你家里有含甲基丁香酚的东西吗?这在调香中应该很常见才对。"

"丁香酚?我想想,成分占比较高的丁香、蜜蜂花、茉莉花的精油,我倒是有一些。但蜜蜂花精油得用五月摘下来的上端叶片,丁香我这里也没有种,所以这两种精油我都是买现成的。茉莉花在六月的时候被我割掉了。"

"水果类的呢?"

"啊,没有。果实很难管理,要是长了害虫,说不定家里所有植物都会完蛋。想要水果精油的时候,我会跑到全国各地的果园筹备材料。那样比较省心,而且安全。"

"原来如此。"赤堀点点头,缓缓地鞠了一躬,说想麻烦千鹤让自己看看她的院子。杂草墙的内侧,植物们依旧充满活力,看似随意生长着,但实际上每一株都经过了千鹤精心的整理和照顾。然而千鹤的创造并不止于此,大量纸条散落在客厅靠里的位置,上面写满了抽象的话语和化学结构式等内容。摘下草帽的千鹤晃悠悠地在套廊上坐下,看上去比前几天还要憔悴。

"您没事吧?"

岩楯下意识地想伸手扶千鹤一把,她的脸上露出有气无力的微笑。

"常有的事了。我最近在慢慢加大新毒的量,让身体适应。啊,毒指的是调出来的香水。不过,这次的排斥反应非常强烈,强到连我自己都有点被吓到了。"

"强到能让人产生排斥反应的味道,我还真想闻闻呢。这是我第一次对香水产生兴趣。"

"这香水不适合你,岩楯先生。你适合直来直往的香味。这次的新作品,味道可是一点都不直接。"

"那是不是也不适合我呢？大家都说我是个直肠子的人。"

检查着院子的赤堀插嘴道，可岩楯再怎么想都不觉得她是个直性子的人。

结果在这里也没找到果蝇。两人离开弥漫着复杂香气的千鹤家，返回发现果蝇的地点。

"没办法了，只能在这一带重点设置陷阱了，也许能通过数量判断出栖息地。应该说，除了这件事，我们也什么都做不了。"

"谨遵吩咐。"

岩楯接过纤维板，在上面写下新的数字。他以五十米为半径在地图上圈出一个范围，老老实实地开始在发现地周围绕着圈走，沿途设置陷阱。当岩楯在一条未铺路面的村道上设置陷阱时，赤堀突然肩膀一震，停下了脚步，她将手伸向放在拖车上的捕虫网。

5

"怎么了,是果蝇吗?"岩楯问道。

赤堀将食指放在嘴上,指了指刚挂上去的诱虫陷阱。才这么一会儿工夫,就已经有虫子扑在了浸满药剂的黄色纤维板上,翅膀被粘住,动弹不得,看上去好像仍旧只是不小心上钩的无关昆虫。岩楯抓住随风摇晃的板子,定睛看向那只仰面朝天、小脚乱挥的小虫。

是苍蝇。复眼呈红砖色,深绿色的躯体有着瘆人的光泽。不是果蝇——这是岩楯已经见过不知多少次的食腐的大头金蝇。

赤堀将鸭舌帽的帽檐转到后脑勺,一动不动地侧耳倾听着风中昆虫的振翅声。赤堀缓缓走在两侧的杂草被修剪过的田间小路上,没一会儿便停下脚步,闭上了眼睛,帽子没能盖住的头发随着山上吹下来的风轻轻摆动。赤堀用手摸了摸长着雀斑的脸颊,接着,她像是被什么东西指引着似的往前走去,看向右手边一块小小的田地。

那是一块从杂木林中被切出来的方形田地,面积还不到十叠。四周严严实实地缠着好几圈银色的封条,似乎是用来驱赶动物的。每当起风时,封条便会随风扭动,发出令人厌恶的光芒。立在四个角落的大型风车发出轰鸣声,转动个不停,看上去像几个让人不舒服的大眼球。

"一之濑家的田地啊……"岩楯嘀咕道。

田地被分成四块,中间用田埂隔开,其中一块地的土壤刚被翻过，也许是地的主人接下来要种点什么。

岩楯走近田地，看向田里。长势正常的只有笔直竖立在土壤中的芦笋，莴苣和王菜的叶子都被虫子给咬出了蕾丝边一样的痕迹，看上去已经不能吃了。所谓的纯天然、无农药，大概就是这么一回事吧。

岩楯看向身旁，只见赤堀像被什么东西附身了似的，直勾勾地凝视着田地中的一个点。四周弥漫着浓郁的土味和肥料味，时不时有某种虫子从眼前掠过。岩楯跟着赤堀走进地里，看向等待收获但被虫咬得不成样子的蔬菜。并没有什么不寻常的地方，正当岩楯这么想的时候，赤堀一脸焦虑地转过了头，看向岩楯。

"你看那边。"

赤堀一脸严肃地指向一个地方，岩楯顺着她手指的方向看去，却只看到被耕好的漆黑的土壤。岩楯走到赤堀身前，目不转睛地注视着土块。他的双眼逐渐适应了环境，目光开始慢慢聚焦在一些别的东西上。无数体长不足一厘米的苍蝇正在田地表面缓缓地蠕动着，岩楯吓了一跳。这些苍蝇与刚才扑到陷阱上的那只一样，是食腐类苍蝇。

赤堀打算冲上前去，岩楯却举起手制止了她。

"待在原地别动。"

岩楯将插在王菜田里的支柱拔了出来，一股不祥的预感涌上心头。他朝着田地一角笔直前进，但即便已经靠得非常近了，苍蝇依然没有要逃走的意思。不仅如此，它们居然还朝岩楯的方向飞来，有几只甚至试图停在岩楯的鞋子上。

岩楯突然想起牛久说过的话，汗水喷涌而出。心无旁骛地喝着血，在被抓起来扔向别处前，甚至感觉不到人类在靠近，显得异常贪婪——聚集在岩楯脚边土壤上的昆虫与牛久的描述一模一样，一定有什么东西扰乱了苍蝇的警戒天性。

岩楯将附着在安全鞋上的苍蝇甩掉，将支柱插进土里，柔软的土壤看起来养分十足，支柱越陷越深。从刚才开始就一直弥漫在四周的刺鼻气味的来源根本不是肥料，而是一种更为复杂、扰人心智、令人不快的东西。

岩楯的呼吸变得有些急促，喉咙干渴。他朝苍蝇聚集的地点反复插入支柱，突然感觉支柱似乎碰到了些什么。岩楯的心脏剧烈地跳动，几乎快要撞上肋骨。

"岩楯刑警。"

岩楯回过头，只见赤堀一脸不安地在田边来回踱步。岩楯从口袋中取出工作手套戴上，跪在地上，开始将耕过的土壤挖出。他都已经用两手在挖土了，苍蝇还是丝毫没有要飞走的迹象。

就在这下面，一定就在这里！在挖到五十厘米左右深的时候，岩楯看见了一个表面粗糙的纤维状的物体。

是个麻袋。

与此同时，地里突然冒出一股刺人眼球的腐臭，苍蝇狂喜不已地飞舞了起来。岩楯咬紧牙关，抓住袋子的边缘，试图直接将其提起来，然而麻袋一下子被抽了出来，从破损的底部掉出某样黑色的东西，滚到了岩楯的脚边。

"别过来！"岩楯大喊道。

滚到脚边的黑红色物体被土壤和毛发包裹得乱糟糟的，看上去像个纠缠不清的毛线球。其中隐约可见两个早已空无一物的眼窝呆滞地望向天空。鼻子已经不成样子，只剩下了两个孔，歪斜的嘴张得巨大，看起来就像正在发出临死前的惨叫。

身后的赤堀一屁股坐在地上，看着人头，睁大了眼睛。

"请求支援！"

岩楯再次怒吼道。赤堀终于回过神来,一把抓住挂在脖子上的手机。

"明……明白。"

赤堀打开手机,按着按钮,手机却因为汗水而滑落。岩楯用手臂捂住鼻子和嘴,蹲下身,抓起麻袋的口子检查内容物——里面装着细长的物体和巨大的肉块。岩楯用力发出"啧"的一声,将麻袋合上,发出难听的咒骂。那种东西看一眼就够了。

那是被切割下来的左腿和下腹部。尸体已经开始自溶,失去弹性,瘪了下去。尽管岩楯好不容易将涌上喉头的反胃感抑制住了,但他已经连呼吸都没办法好好进行了。渴望新鲜空气的岩楯喘着粗气,倒退几步,与尸体拉开距离。

为什么会在这里?是什么时候被埋在这里的?这下子,调查再度陷入混乱,回到了原点。这不是正中了凶手的下怀吗?!

岩楯环视田地,拼了命地寻找着线索。但首先,他在心里对自己说了好几次"冷静下来",得赶快把还在搜山的那群人给叫回来。

赤堀讲电话的语速飞快,却又断断续续。正当岩楯向她走去时,耳边传来尖锐的声音,两人同时转过了头。

"你们在别人的田地里做什么?!"

是一之濑。他推着手推车,沿着土路朝两人的方向小跑过来。他的瓜子脸阴沉无比,黑眼圈十分明显,让人一看就知道他既疲惫又紧张。本来就够忙了,这家伙还偏偏挑这种时候出现……岩楯走向田地的入口处,认出他的一之濑越发地愤怒起来。

"原来是你啊!我儿子的事,你还没赔礼道歉呢!你这人到底是怎么回事啊?信不信我告你啊!"

"不要过来。另外我得问你一些话,现在,马上。"

"你该先道歉才对吧!怎么会有你这样低水准的警察!居然这样

蔑视人权……"

　　一之濑怒吼着朝岩楯冲来，看到被糟蹋的田地，他顿时两眼充血，激动得双唇发抖。然而，在注意到地上的东西时，他的脸颊瞬间僵硬了。他采取了令岩楯没有料到的行动——他将手拖车丢到一旁，用尽全力沿原路往回跑了起来。

　　"等等！停下！"

　　岩楯立刻越过赤堀，猛地朝一之濑的方向追去。身穿黑色T恤的男人飞奔在树木繁密的小路上，使出一记滑铲，在拐角转了弯。

　　"一之濑！"

　　岩楯像短跑运动员似的不断加速，追赶着男人，沿着道路转过弯，盯着那个越来越小的身影——好快——他已经在前方相当远的位置右拐了。突然的跑动令岩楯侧腹刺痛，速度顿时慢了下来。

　　岩楯在孤杉下右转，勉强看见一之濑的身影再次向右拐了弯，他好像是打算跑回自己家里。他明知自己是逃不走的，究竟为什么要这么做？

　　岩楯喘着粗气朝一之濑家跑去，他冲进私人用地内，试图打开玄关处的格子门。

　　"开门！一之濑！"

　　岩楯怒吼着敲打上了锁的门，将耳朵抵在门上。他先是听见有人在过道上奔跑的声音，接着听见了一阵高亢的自言自语声。岩楯立刻联系了总部请求支援，接着他绕过院子，从奔驰车边上挤了过去。他发现有一个房间的窗没关，窗边挂着木质的折叠窗帘，他将手搭在窗上，轻松地将窗帘抬起，进入了一之濑家。

　　屋子的外壁是古色古香的杉木板，里面却被重新装修过，铺着崭新的木地板。墙上装有金属质的架子，桌子和椅子统一用的是冷淡的白色，墙纸的颜色也是雪白的，上面一粒灰尘都找不到。这一切应该都是一之濑为了患有过敏症的儿子而做的，但整个空间实在太缺乏生活感了。

岩楯环视着房间，觉得有些瘆人。屋内随处摆放着装有消毒酒精的瓶子，墙上挂满了用来打扫灰尘的刷子和胶带。屋里几乎看不到任何布制品，想必这也是在为俊太郎考虑吧，简直和一间无菌的研究室一样。岩楯看着这病态的空间，为儿子操碎了心的一之濑强迫自己每天反复打扫屋子的样子便浮现在了眼前……

岩楯听见屋子深处传来一之濑活动的声音，他做好随时拔枪的准备，离开了看似是客厅的白色房间。过道尽头传来喃喃低语声。岩楯踩着打磨过的黑色木地板，从微微张开的拉门缝隙中窥探屋里的情况。

纸袋被一之濑扔在地上，各类文件从中掉出，散落在地上。他将手撑在窗边的白色书桌上，凝视着电脑屏幕，迅速地操作着鼠标。

"都怪那些家伙干的蠢事……"

那些家伙干的蠢事？岩楯竖起了耳朵。一之濑对着屏幕，半弯着腰，口中不停咒骂着什么人。正当岩楯为了听清话语，打算靠近拉门时，他看见玄关方向闪过几个人影，便返回到了过道上。门锁被打开，格子门静静地滑开，三名调查员脸色凝重地站在门外，其中包括呼吸急促的牛久。岩楯示意其中一人转移到屋后，他站在玄关处朝屋里说道："我们是警察。我们有些话想问你。"

尽头的房间传来一声碰撞声，之后又立刻变得静悄悄的。岩楯发出警告，称再不出来，警察就会擅自闯进屋内，片刻思考的时间都没有留给一之濑。后者听闻，将拉门打开一点，露出半个身子。

"你……你们有搜查证吗？"

"我们在你的地里发现了碎尸，都这种时候了还要个屁搜查证。"

"我是被陷害的！"

一之濑从牙缝中一字一句地挤出这句话，发音十分清晰。

"我是无辜的！我跟这种可怕的案件没有关系！"

"关系大了。你说被陷害，是谁陷害了你？"

"当然是中丸了！都怪你们一直对他放任不管，事情才会发展到这种地步！还有我儿子的那件事也是。你们警察到底是有多无能啊？！"

"那我问你，刚才为什么要逃跑？你逃得可起劲了，不是吗？"

一之濑目光游离，支支吾吾地好像想要说些什么。但他最后还是编了个借口，称自己是因为太害怕才逃跑的。岩楯烦躁地叹了口气，摇了摇头。

"不是这样的吧。真正的原因是，你家里有着比人头更可怕的东西。我说得没错吧？"

"你……你在说什么啊？"

"要是在田里被抓住，短时间内就回不了家了，所以你才会那么拼命地往家里跑吧。"

岩楯再次朝不愿从房子深处的日式房间中走出来的一之濑发出警告。

"要不你现在就跟我们到局里去，要不就让我们进去，你只有这两条路可选。无论如何，反正很快就会有人来搜这栋房子了。"

一之濑仍不死心，他挡在门前，死守着深处的房间，嘴里反复念叨着一些莫名其妙的歪理。都已经走到这个地步了，他似乎还想拖延时间。然而随着调查员数量的增加，他开始面露怯色，最后只得咬着牙同意警察进入家里。

与刚才一样，笔记本电脑正在房间的书桌上轰鸣着，屏幕呈现出一片蓝色。牛久径直冲向电脑，查看屏幕后立刻返回岩楯身边。

"电脑正在初始化。"

"猜到了。"

岩楯站在六叠大的房间的入口，看向站在书桌旁一动不动的一之濑。他完全失去了刚才的气势，反复擦拭顺着铁青的脸颊往下流的汗水。岩楯尝试在心中将一之濑美化成一名爱子心切的父亲，但他现在这副样子，实在令人无法产生那样的联想。岩楯能嗅到他身上强烈的卑微感、憎恶感，以及隐藏不住的卑劣感，他贼眉鼠眼的样子任谁看了都会心生厌恶，简直像只人人喊打的过街老鼠。

"你为什么要初始化电脑？"

一之濑深吸一口气，本想编个借口，但在多名刑警目光的威压之下，他最后还是一言不发地把脑袋扭开了。

"不过，听说用现在的技术恢复数据很简单，所以也无所谓了。"

岩楯的目光游走于房间的各个角落，他注意到刚才散落在地板上的纸袋不见了。他环视室内，注意到书桌下方露出了黑色的提手。就在岩楯径直走向书桌，打算把纸袋抽出时，一之濑发出了震耳欲聋的声音。

"不准碰！你没有那样的权限！"

"可以的话，希望您现在就让我看看。如果无论如何都不肯同意的话，那我只好在这里等着，直到拿到搜查证，获得权限了。"

岩楯直视一之濑的眼睛。尽管一之濑回瞪了岩楯，夹杂着白发的凌乱头发却在微微颤抖，他似乎已经濒临崩溃了。一之濑悔恨地移开视线，发出"啧"的一声，像是在说"随你的便吧"。

袋子相当重。岩楯将纸袋拿到房间中央，接连不断地把里面的东西取出来，似乎都是跟农业有关的资料，其中大部分似乎是从网上找到的植物和种子资料的打印件，按类别分开，同类的文件用绳子固定在了一起。乍一看似乎不是什么需要刻意隐藏的东西，但这些文件里一定隐藏着什么。

岩楯粗暴地翻阅着文件，粗略地查看了其中的内容。在看到红色打印体的"杀人"二字时，他停下了动作。

这好像是篇新闻报道，岩楯迅速将附有照片的文章过了一遍，是一起发生在美国俄亥俄州的与害虫和杂草有关的诡异案件。这不就是赤堀先前提到的案件吗？

岩楯急忙从袋中抽出两个黑色的文件夹，他能感受到一之濑的身体瞬间僵硬了起来。其中一个文件夹中装着大量的照片，照片是使用了倍数相当高的望远镜拍摄的，被拍者毫无戒心，悠然自得地在房间里看着电视。照片是从不同角度拍下的，每一张拍的都是中丸家。这是岩楯在中丸家不曾见过的一家和乐的温馨画面，从他们脸上几乎看不出任何的焦虑。

另一个文件夹里装着的是邮件的记录。翻阅过程中，岩楯发现"芝浦"二字出现在了收件人一栏中，不由得倒吸了一口凉气。女儿被中丸杀死的被害者遗属，不知为何跟一之濑有来往，正文中滔滔不绝地讲述了该如何做才能将中丸一家逼上绝路，最后做出的总结是：你们之前的做法是没有效果的。

岩楯抬起头，看向再次换上目中无人的态度的一之濑。

"是你教唆被害者遗属芝浦一家做那种事的吧？你偷拍中丸家的照片发给他们，让他们看到杀害了女儿的罪犯现在过得多么快乐，以此来煽动他们的怒火，对吧？"

岩楯将一沓照片扔在一之濑的脚边。牛久看到后睁大了双眼，在读了岩楯递过来的邮件记录后，脸颊瞬间涨得通红。他咬牙切齿地瞪着一之濑，显出一副随时要扑上去的样子。

"芝浦一家原本打算在村里发放传单，揭露中丸的真实身份，你却告诉他们为时过早，不能一下子就解决他们，得让他们受到更大的折磨，陷入更深的焦虑……一派胡言。你到底为什么要干出这种恶劣的事？"

岩楯低沉的嗓音回荡在六叠大的房间中。一之濑倚靠着墙壁，看向脚边的照片，眉头紧锁。

"就是因为法律无法制裁他，事情才会走到今天这步。这是理所当然的结果。"

"你说什么？"

"女儿的死给芝浦一家带来了沉重的打击，他们的人生在那一刻就已经完蛋了。父母考虑过要追随女儿的脚步选择自杀，长子甚至还想过要把出狱的三个人全都杀了。为那样的人渣辩护，高喊人权的家伙也跟他们同罪。"

"别转移话题。你是局外人，你不可能是因为单纯觉得好玩就插足这种事情吧？"

岩楯加强语气，把打印的文件丢在地上。

一之濑时不时收到芝浦一家发来的表达谢意的邮件。邮件中说，多亏有了一之濑，他们才找到了活下去的动力，态度谦卑得几乎让人觉得可怜。他们原先认为要从郡山频繁地到这个村子里来监视中丸是不可能的，但这个男人插了一脚，情况就大不相同了。平时由一之濑来负责每天的监视，只有在决定要实施骚扰行动时，芝浦一家才会出动。他将主导权完全交给被害者的遗属，迷惑他们，将他们玩弄于股掌之间。

"你是怎么认识芝浦一家的？"

"自从中丸家的儿子搬来村里以后，问题就频频发生。你也知道，他那是脑子有问题。"

一之濑漫不经心地看了怒火中烧的牛久一眼。

"因为我家也丢了好几次东西，所以我在院子里设了监控。结果就拍到了他四下张望，寻找作案机会，从我家偷走了自行车的画面。在报警前，我先在网上搜索了一下中丸的信息。"

"为什么？"

"这是常识吧！我不想被人记恨，遭人报复，所以要先掌握对方的信息，站在制高点。我根本就信不过警察。"

一之濑轻轻地吐了一口气，突然换上一副轻松的表情。

"我马上就搜到了他的名字。那起案件被列为判例，甚至连陈述书都登在了网上。犯下了滔天大罪的杀人犯，居然若无其事地生活在这个村子里，还不断地给周围的人添麻烦。我还调查了一下受害人，惨死女性的哥哥设立了一个谴责罪犯的网站，所以我就告诉那家人，罪犯现在就住在我家附近。"

"多管闲事……"牛久忍不住开口道。

"这可不是闲事。人们理应有权知道真相。错的是故意逃跑、躲起来的人。再说了，他们需要一个活下去的目标。他们现在也算挺幸福的。"

"你这混账！"

牛久发出怒吼，扑向一之濑，岩楯却先他一步，抓住牛久的衣领，把他拉了回去。岩楯觉得自己大脑充血，脸颊发热。他凑近一之濑，看着对方的眼睛，压低声音，从牙缝中挤出话语。

"你做这一切只不过是为了消遣。因为儿子的身体状况，你失去了一切，你至今无法接受这一点。别说别人了，你才是那个一直摆脱不了过去阴影的人吧？差不多也该接受现实了吧。"

一之濑听见这话，发出尖锐的笑声。

"你又懂什么？你知道我在这种偏僻的乡下过的是怎样的生活吗？每天一个劲儿地种地，煞费苦心地考虑该喂儿子吃什么，家里一天要打扫四次！得打扫到一点儿灰尘都没有才行！我一整天就光是干这些事了！我这样的人生究竟有什么意义？"

"你人生的意义多半就是干这些事，别抱怨了。反正绝对不会是利用被害者的遗属来缓解压力。你儿子扭曲的性格也是拜你所赐。"

岩楯瞪着一之濑咬牙切齿地说道。

"两年前，中丸共犯家里发生的杀人后自杀案件，那也是你煽动芝浦一家去做的吧？"

"你在说什么……"

一之濑的气势突然消失了。

"你干的事跟疯狂的邪教徒没什么两样。别再沉溺于幼稚的幻想里，以为自己跟神明一样无所不能了。"

岩楯向牛久使了个眼色。牛久一边愤怒地颤抖着，一边开始收拾起地上的照片。

比起否认在田里埋下了尸体一事，这个男人选择优先消灭自己为杀人提供过帮助的证据。他是清白的，尽管岩楯不想承认，但他确实与这次的碎尸案无关。

岩楯向面如土色的一之濑发问。

"是谁把尸体埋在地里的？"

"是中丸。"

"你凭什么这么说？"

一之濑事到如今才不知所措地摆出一副善良平民的表情。

"在得知那个男人的种种怪异行为后还不把他抓走，我觉得你们这些警察才是真的有问题。背着个大袋子在夜里游荡的男人，除了杀人犯，还能是什么？他对我心怀怨恨，所以才陷害我，你想想之前我儿子的那件事就知道了。"

岩楯也是这么认为的，但想要揪出中丸，现在还缺少一份无可动摇的决定性证据。

Chapter 5

莫比乌斯的曲面

1

　　这是秋留野市闹市区的一家网吧,这里隔绝了外头的喧闹,环境十分舒适。间接照明,咔嗒咔嗒的键盘敲击声,以及温度适中的空调,无一不催人入睡。身穿黑色围裙的店长操作着电脑,启动打印机,麻利地将打印文件递给岩楯。

　　"刑警先生,您提到的中丸聪先生确实是我们这里的会员。初次办理会员是在2012年的5月。那之后每一年都进行了续期。"

　　很好!岩楯在心中默默攥紧了拳头。文件上印着的似乎是中丸注册会员时使用的驾照,照片中的男人比现在看上去更胖一些,由于过度的紧张而紧咬着嘴唇。

　　另一张纸上印的则是中丸的来店记录,岩楯粗略地浏览了一遍。一开始,中丸一个月只来一两次,但某个时间点过后,他一周至少会来两次。尽管每次都只是保底消费,但这个频率还是相当之高。

　　"能麻烦你把这个男人的上网记录也调出来吗?我知道数量有点多,不好意思。"

　　一脸大学生样的店长像是早就猜到了岩楯会这么说似的,用手推了推黑框眼镜,发出略显轻蔑的笑声。他娇小而时髦的脸蛋上明明白白地写着:这个警察真是什么都不懂。

　　"本店所有的电脑都安装了还原软件。我想大部分的网吧应该都是这样。电脑被设定为在客人离开后就会重启，删除所有记录。"

"嗯……来店记录上明明清楚地记录了客人所使用的电脑编号以及使用时间等详细信息，但关于内容方面，你们一无所知吗？"

"是的，我们什么都不知道。我们确实记录了编号和时间，但仅此而已。"

店长微笑着点了点头。

"浏览内容属于个人隐私，我们是不会保存的。"

"关键就在个人隐私啊。我们追踪了某个视频庞大的播放记录，才终于找到了这里。结果你却告诉我，你连是谁看了视频都不知道。"

岩楯感到疲惫感重重地压在肩上，再三在心中提醒自己要振作精神。店长摆出一副同情而无语的笑容。

"只要看了视频，就会在对方那边留下记录，但留下的也只不过是国际IP，要查也只能查到源头是我们这里。如果看视频的人使用的不是无线网络，那通过国际IP就可以查到。但如果是网吧的话，多台电脑共用一个IP，要确定具体是谁看的视频，是非常困难的。"

"难怪犯罪这么难防范啊。"

"是啊。但作为网吧，在营业的时候自然没办法顾虑到网络犯罪的情况。"

面对愁眉苦脸的刑警，男人依旧一脸亲切，还给出了令两人难以反驳的解释。

岩楯看向在身后待命的牛久，只见他握着笔，记着笔记，微微点了点头。"不要对网吧的记录抱太大的希望……"岩楯终于明白为什么搭档先前会一脸担心地说出这句话了，岩楯用一只手抹了抹脸。

俊太郎视频的观看数高得惊人，有一半以上都来自国外，特别是在欧美圈，人气相当之高，视频底下的评论也是各式各样。中丸既没有电脑,也没有手机,岩楯一早就猜到了他是去网吧上网的,然而线索在这里就断了。只要拿不到最为关键的浏览记录,岩楯就束手无策。

"那关于这个男人,你注意到了什么吗?这两个月来他频繁地光顾这里,可以算是你们的老客户了吧。"

岩楯换了个提问的方向。店长听后,用中指推了推眼镜,先前的和善笑容消失得无影无踪。

"他哪是什么老客户,他可是上了店里的黑名单的,店里甚至还开过会,讨论是否要禁止他进店。"

"麻烦你细说。"

"还没有确凿的证据,我不敢乱说……"

男人轻轻地叹了口气。

"但我们注意到每次这个男人离开,店里都会丢东西。我们查了监控录像,但并没有拍到盗窃现场。"

"丢的是什么东西?"

"大多数时候是无关紧要的杂物。如果被偷的是店里售卖的漫画或者电脑部件,我们一定会彻底调查,并上报警方。但真实情况是,丢的都是些让人百思不得其解的东西。厕纸、垃圾箱、肥皂,好像饮料台的玻璃杯和托盘也丢了。"

丢的似乎尽是些中丸爱偷的废品。

"而且他的打扮实在是太糟了。"

男人皱着眉头,指向身边的墙壁。墙上贴着一张写有"以下三类人禁止进店"的告示。三类人指醉酒者、刺青外露者,以及流浪汉。

"虽然这么说有些不合适,但那位客人真的毫无卫生观念。唉,我们其实也不会单单因为这个就拒绝他进店,但有一天,他突然打扮成一副流浪汉的样子到店里来,乱蓬蓬的长发配上肮脏的服饰,还抱着个大包。"

"乱蓬蓬的长发？这个男人的头发一直都是理成寸头的啊？"

"可不是嘛。看上去跟会员证上的照片根本不是同一个人，所以我们当时拒绝让他进店了。结果他就把假发摘下来，笑嘻嘻地说就是他本人。那样子真的是太瘆人了，来兼职的女孩子被吓得半死。有个女孩子后来还说，在回家的路上被他给袭击了……"

中丸房间的柜子里放着好几顶不知从哪里偷来的假发，看来他不光有收集癖，甚至还喜欢把它们戴在头上。另外，某句证词短暂地掠过了岩楯的脑海。把雷克萨斯开走的停车场员工增永不是说过，在国分寺的公园里看到过一个流浪汉吗？而且同行的女孩子还说那是仙谷村的幽灵跟过来了。

岩楯确信调查终于深入到了核心，他慎重地接着说了下去。

"不管是谁，都不想跟那种人扯上关系吧，光是听你这么说，我就觉得毛骨悚然。"

"就是啊，刑警先生您也这么觉得，对吧！"

得到岩楯同感的店长心情大好，越发滔滔不绝地说了起来。

"不知道是不是因为刚工作完，他那时候身上臭得要命。那副样子任谁看了都会觉得是流浪汉啊。那天我们拒绝让他进店了，但听兼职的女孩子说，他当时拿着的那个包相当高档。"

"高档？"

"对，听说是个爱马仕的复古波士顿包。那女孩还说那款是限量款，价格高得吓人。不过多半是看错了或者是假货吧，很难想象他买得起那种东西。"

岩楯脑海深处的警钟声越发洪亮。搭乘出租车去村里的男人带着一个皮质的高档波士顿包。昨天，在一之濑的地里找到的人头有着一头长发。法医神宫从大腿骨推断出死者的身高在一米八以上。在下了集中暴雨的那天来到村里的男人,毫无疑问就是被分尸的受害者。

岩楯看着牛久强忍兴奋之情,记录下说话内容后,继续开始提问。

"你记得那个高档包的颜色吗?"

"是咖啡色的,那颜色看上去就像是已经用了很久的。"

这也和之前得到的情报一致。

"这个男人打扮得像个流浪汉似的到这里是哪一天?"

店长的手在键盘上盲打,迅速地操作着鼠标,一边滚动画面一边说道:"是七月二十日。"

"请让我们看看当天的监控录像。"岩楯立刻说道,男人却一脸抱歉地摇了摇头。

"由于数据量过于庞大,我们店里只会保存最近一周内的监控录像。非常不巧,我们昨天刚把数据全部清除了。"

晚了一步啊……岩楯忍不住发出"啧"的一声。为什么中丸总是能从自己的手心里溜走?调查过程中到处都能找到有关他的情报,但却总在距破案一步之遥时功亏一篑。不过,这让岩楯想到了另外一件事。

两位刑警向店长表示感谢后,坐进了雅阁中。两人回到距离网吧三个街区远的四日市警察局,带着全套资料占领了无人的会议室。就在岩楯打算开口向牛久提出指示时,牛久却抢先了他一步,发出了洪亮的声音。

"国分寺公园停车场的监控录像。我会把七月二十日,也就是右脚被发现那一天的录像重新看一遍。我记得确实拍到了一个像流浪汉一样的男人。"

牛久得意扬扬地说道。岩楯微微一笑。

"很好。之后我会好好犒劳你的。"

"那就带我去见识一下夜晚的涩谷吧……"

牛久不知为何双颊泛红,一本正经地回答道。

"不过,我们能查到中丸经常出入那家网吧,也是很大的收获了。"

"算是吧。至今为止得到的信息都是他偷了香菇或者假发什么的,今天终于知道他对文明世界也抱有兴趣,我算是放心了。"

"假发大概是从村里的理发店里偷的。理发店的人有来找过我,说假发不见了。"

"真是走到哪儿偷到哪儿啊。"

岩楯感到无语,打开矿泉水的瓶盖,喝了一口。

"他是从三年前开始去那家网吧的,请看这份来店记录。"

牛久指向刚才从网吧拿到的复印件。

"之前顶多就是一个月去个一两次,但在这天过后,就变成了一周至少两次。"

"六月二十日。"

"嗯。这是赤堀老师推测出的死亡日期的隔天。"

"也是出租车被目击到的隔天。"

岩楯看向来店记录一览表。

"拿着高级包,一头长发,明星一样的男人。虽然不知道他们两个是什么关系,但中丸应该是在将被害人分尸后,认为有必要上网搜索相关信息吧。比如弃尸的方法,陷害他人的方法之类的。"

"应该同时也搜索了一些一般性的信息吧,包括案件调查的进展和传闻之类的。"

现在这个时代,一个人一旦犯了罪,一定会上网去查找相关信息。而且已经明确的是,俊太郎视频的点击量中,有五十次以上是来自那个网吧的。中丸完全可能是通过视频中的某些信息确定了拍摄地点在公园。

那之后，牛久便在电脑上播放出监控录像的拷贝件，紧盯着屏幕画面，一个身影都不放过。岩楯拿起另一沓资料，放在长桌上。全都是一之濑偷拍的照片，少说也有一千张。

岩楯把用橡皮筋捆成一沓的照片摆在桌上，再次为照片的数量和一之濑的执着而感到烦躁。偷拍中丸似乎已经成了他的每日必做之事，有很多张照片的拍摄地点都不在中丸家，应该是他跟踪着中丸拍下的。讽刺的是，一之濑的摄影水平似乎还因此蒸蒸日上，最近的一些照片充满临场感，几乎会让人误以为是专业记者拍下的，这令岩楯越发感到愤怒。

岩楯将照片翻过来，检查写在背面的日期。看到一之濑不只记录了日期，连时间和天气都记了下来，岩楯感到厌恶无比。

"怎么不把这股认真劲用在好的地方……"

他挑出今年拍下的照片，从中进一步筛选出七月份的照片。

从一之濑那里扣押的骚扰记录中，详细地记录了如何将中丸全家逼上自杀之路的计划。正如赤堀所预测的，他们似乎就是以那起发生在美国的案件为蓝本，试图忠实地将一系列犯罪手法再现还原。这份计划还吸取了两年前将共犯一家逼死时的经验，删繁就简，堪称终极版。岩楯翻看着照片，皱起了眉头。对一之濑来说，消灭中丸俨然已经成了他生存的意义，他只不过是在将无处倾诉的积怨通过自认为伸张正义的行为发泄出来罢了。

不过，不能否认这份无可救药的记录对案件有着很大的帮助。岩楯将写有"六月二十日"的照片摆在桌上。一之濑的偷拍，可以说是将中丸崭新的一面暴露在了岩楯面前，在四日市站拍下的几张照片更是精彩无比。

中丸进入车站外的厕所，以及离开时的画面都被一之濑拍了下来，一共拍了十张。进厕所前的中丸穿着白色T恤和土黄色的工作裤，理成寸头的脑袋上缠着毛巾，手上提着一个咖啡色的皮革波士顿包。但在看到下一张照片时，岩楯不禁发出了惊叹。

凌乱的长发纠缠在一起，中丸仿佛变身成了一个流浪汉。他换上了肮脏的灰色T恤，脸上和手上也牢牢地沾满了黑色污渍。就算是要扮流浪汉，这细节也太过逼真了吧。经过这一番变装，想必无论是谁都认不出这是中丸了。变装之后，中丸便抱着皮革包，消失在了车站里。

这时，岩楯感觉身旁有动静，回过了头。

"主任，找到了。"

牛久挪动电脑，将屏幕对准岩楯。尽管清晰度不高，但可以看见画面中有一个头发蓬乱、体态发福的男人弓着背穿过停车场，手上还提着一个跟照片中形状一样的波士顿包。

"一定是他。"

岩楯将照片递给牛久。搭档迅速地翻看起来，发出惊讶的声音。

"太难以置信了！真没想到他居然干了这种事！"

"那个男人也许比我们想象中要聪明得多。就算包里的味道再臭，如果乔装成了流浪汉，自然也就没有人会多虑，虽然会嫌弃他，但却不会刻意去跟他扯上关系，警察也不会主动找他问话。"

"正如主任所预料的，凶手果真使用了公共交通工具！一般情况下，这是凶手会极力避免的一个做法！"

面对兴奋无比、语速加快的牛久，岩楯摆了摆手。

"我其实也是半信半疑。如果凶手是开车去的，就不可能从仙谷村到国分寺一路上都没有被拍到，就算避开高速公路也不可能。然而事实是哪里都找不到蛛丝马迹，不是吗？"

不惜煞费苦心地变装搬运尸体，这种异常的做法，也只是为了将警方的注意力引向俊太郎。刻意以身犯险将尸体丢在国分寺，把人头埋在一之濑家地里的也毫无疑问就是中丸，简直只有"神出鬼没"四个字可以形容他。

就在岩楯整理好资料，打算起身时，放在桌上的手机振动起来，看上去仿佛是什么动物在蠕动着。屏幕上显示出赤堀的名字，岩楯刚按下通话键，将手机放到耳旁，听筒中便传来了昆虫学者震耳欲聋的声音。

"岩楯刑警！查出来了！出来了，出来了！"

"老师，麻烦你降低一下音量。"

赤堀的声音像凶器般刺痛着岩楯的鼓膜，他一边低声呻吟着，一边将手机从耳旁拿开了些。

"现在这个消息大概也已经传到总部那边了。从臭虫上采集的血液里面查出了中丸聪的DNA！"

"还真是花了不少时间啊。"

"因为细菌开始繁殖，状态变差了。我现在还在村里调查果蝇，有什么事记得跟我说一声，拜拜啦。"

声音戛然而止，赤堀又这样自顾自地说完就挂了电话。岩楯向牛久转达了电话内容，搭档高举拳头，发出欣喜的喊声。

"这下就有足够多的证据能将中丸押回局里了，该行动了。"

两人带着全套资料离开四日市警察局，立刻坐上了雅阁。岩楯已经派同组的部下前去监视中丸了，他今天应该是从早上开始就在登山口附近修剪树枝才对。

大约三十分钟后，两人到达现场，下了车，部下见状立刻跑了过来。看着他分外严峻的表情，岩楯有种不祥的预感，修剪枝叶的嘈杂电锯声响彻四周。

"主任，中丸不见了。"

"喂，喂，你不是一直在这里监视他吗？"

"是这样，没错，但我一不留神中丸就……非常抱歉。因为一直能听见电锯的声音，我就以为中丸肯定还在那里……"

"你最后看到他是什么时候？"

"大概是十五分钟前。"

岩楯看向停车场护栏的外面。为了防止山体滑坡，山坡斜面用混凝土加固了起来，斜面上有几名头戴黄色头盔的工作人员在操作着电锯，被切断的树枝落得满地都是。

"他们是？"

"他们一共四个人在这附近工作，各有各的任务。中丸负责的区域是从这里往右，任务是修剪缠在电线上的树枝。他们几个说没注意到中丸是什么时候消失的。"

毕竟噪声这么大，而且在斜面上工作需要高度集中注意力，他们根本就没空去管别人。

"他没有回家，刚才组里的人是这么说的。他们现在还在继续监视中丸家的情况。"

"总之，你先跟总部汇报吧。要是他逃到附近的民房里，事情就麻烦了。"

部下表情僵硬地说了句"明白"，转过身跑向调查车辆的方向。

岩楯用手背擦了擦额头缓缓渗出的汗珠，看向高低不平、充满压迫感的黑色山脉。山脊被灰色的低空云朵遮掩，甚至让人看不出海拔，十分瘆人。四面八方传来电锯的回声，震动着潮湿的空气。

"他要是跑进山里的话，那可就没法子找了……"

都已经走到这一步了,没想到中丸还想试着从自己的掌心溜走。听岩楯看着大山如此嘀咕着,身后的牛久发出严肃认真的声音。

"不带装备进山无异于自杀。"

"被逼得走投无路的人就是会干出这种事。中丸恐怕是察觉到自己被警察监视了吧,真是个感官敏锐的混蛋。"

不过,他一定还没走远。这时,牛久突然皱起眉头,一边思考边低声说道:"他们正在修剪的这座山,山里的一片缓坡在修路时被道路一分为二,顶多只能算座小山。就算中丸想经由森林逃跑,也没办法直接进入浅间山。山的南边被河流隔开,是片河谷;北边的岩盘地形则因为过去的一场地震产生了一道很深的裂缝;西边就是我们这里。也就是说,他只能往东跑。他如果想要沿山逃跑,就必须穿过他家所在的村落。这一带是经过翻新和间伐,树下的杂草也被彻底铲除的林场。村里人把这里保养得非常好,没有他能躲的地方。"

"也就是说,如果他不赶快离开这一带,就会成为瓮中之鳖吗?"

"是的。这座小山本身的直径不到两千米,恐怕中丸是打算突破这里之后朝浅间山的方向逃去,他现在也只能往那里逃了。只要加强这里和村落东边两处地方的防守,抓住他应该只是时间问题了。"

这是只有山岳救助队成员才能给出的充满自信的预测。而且,东边早已有大批调查员在调查一之濑家的田地,他已经无路可逃了。

岩楯和牛久换上工作服,驱车前往村落。

2

果蝇的数量增加了。

赤堀用镊子从浸满引诱剂的陷阱上将体形娇小的苍蝇采集起来,这已经是第八只了。她将果蝇放入用描图纸折成的三角纸包中,写上地点和日期,擦了擦额头的汗。接着,她拍死一只飞到耳边的豹脚蚊,站起了身。

赤堀在村落的东边重点性地设下了天罗地网般的陷阱,得出的结论是在果蝇被发现的地点附近出现了野生化的罗勒,一定是这种富含丁香酚的植物吸引了果蝇。然而赤堀在解剖后发现,落入陷阱的虫子中,没有一只身上带有姜酮,大概是因为吃的食物不同吧。

赤堀认为现在落入陷阱的这些果蝇,很有可能跟附着在尸体上的果蝇是同一物种,只不过食性改变了。平常吃的食物数量减少的话,昆虫就会寻找另一条活下去的路。有些昆虫选择维持原样,接受死亡;有些则选择适应环境,改变食性和身体机能。大量昆虫在这样剧烈的变化中死去了,但也有少数存活了下来。在这一带发现的果蝇就是那些存活下来的幸运儿吧,原种一定栖息在尸体被肢解的地方,有必要再去中丸家调查一次。

就在赤堀将纤维板装进塑料袋,放上拖车时,她注意到周围突然一阵骚动,抬起了头。在一之濑家田地附近进行现场取证的一名调查员正高声地进行着某种指示,好几个人沿着村道飞奔着。到底是怎么回事?

"那个……"

赤堀向在附近疏通路沟的鉴定科科员搭话。蹲下身工作着的男人抬起涨红的脸,飞快地上下打量着赤堀,接着他又开始仔细端详起挂在赤堀脖子上的身份证明。

"发生什么事了?大家都一副手忙脚乱的样子。"

"嫌疑人逃跑了。"

"哎?"赤堀发出怪叫,"真的假的?!"她惊讶地回应道。

"他从工作地点消失了。大家都紧急出动了。"

跟岩楯通话的时候,他还什么都没说,赤堀立刻看向粗犷的潜水手表,这意味着这件事是在不到一小时的时间里发生的。

赤堀向调查员道谢后,拖着车离开了。中丸明知自己逃不出警察的手掌心,却还是逃跑了,实在是鲁莽无谋。赤堀想起中丸的父母,不禁有些心疼。现在警察应该已经带着最坏的消息,敲开了中丸家的门吧,而年事已高的夫妇只能眼睁睁地看着自己家中的每个角落被搜个底朝天……

赤堀朝下一个陷阱的所在地进发,试图通过移动来对抗闷热而潮湿的空气。停在杉树上的乌鸦发出嘈杂的叫声,赤堀看向了天上,一架直升机正径直朝这个方向开来。赤堀眯起眼睛,看向穿梭在云间的直升机,中丸一定也看到了。赤堀长叹一口气,摇了摇头,还是把注意力集中在自己的工作上吧。

赤堀与忙碌不已、四处奔波的警察们擦肩而过,沿着道路往右拐。这时,赤堀看见几个人影聚在道路前方。两名身穿制服的警官像是在照顾伤者似的,陪在一个蹲在地上的女人身边,抚摸着她的背,跟她说话,是戴着草帽的千鹤。

赤堀拖着拖车小跑起来,然后在三人边上急刹车,停了下来。

"出什么事了吗?"

两名警察被赤堀的突然登场吓了一跳,摆出警戒的架势,但当他们看到拖车时,便发出了无力的笑声。缓缓抬起头的千鹤脸色铁青,赤堀见她这副样子,十分吃惊。大颗的汗珠从千鹤的两鬓滚落,她看上去比前些天还要消瘦。

赤堀放下拖车,蹲在千鹤身旁,她将一只手放在千鹤的额头,并用另一只手为她把脉。千鹤汗涔涔的皮肤微微发热,但脉搏只不过稍快了些。

"不是中暑,但有轻微的发热症状。是贫血吗?"

"大概是。毕竟到了更年期,昨晚也没怎么睡觉。"

千鹤抚摸着胸口,痛苦地回答道。

"稍微休息一会儿就没事了。这两个人还说要帮我叫救护车呢,实在是夸张,我听了都想笑。"

"你看上去可不像没事的样子啊。"

赤堀返回拖车,在凌乱的置物台上整理出一块空地。她把似乎是千鹤背的装有花草的笼子放了上去。

"上来吧,我把你送回家。两位警官请回到岗位上吧,交给我没问题的。"

两位年轻警察面面相觑,其中一位说了句"那就拜托你了"后,两人便跑着离开了。赤堀把千鹤扶起来,让她坐上拖车。

"抱歉啊,老师你也很忙吧?"

"不用介意。反正你家就在附近,而且我很喜欢这样的场景。"

"你喜欢用拖车拖着个病恹恹的人?"

"我还小的时候可喜欢让爷爷用拖车载我了,虽然我爷爷是当地出了名的怪人。"

见千鹤坐定,赤堀慢慢拖动了拖车。

"老师的爷爷是从事什么工作的?"

"是个土壤学者。"

千鹤虚弱地笑了起来。

"你们家的人身上都流着学者的血啊。法医昆虫学者也是个让人意想不到的工作。"

"嗯,就连退休后,他也常常用拖车载着鹤嘴锄、铲子,还有用来代替圆规的细竹,奔波于调查现场。我经常躺在拖车上看着天,拖车一直在前进,天空却一动也不动。体感速度和肉眼捕捉到的速度不同的话,就会有种……怎么说呢……时间错乱的感觉。我解释不太清楚。"

默默倾听着的千鹤缓缓在拖车上躺平。她将手交叉放在肚子上,直勾勾地盯着阴沉的天空。

"还真是这样啊。这种扭曲的感觉究竟是怎么一回事?"

"这背后大概有着某种复杂的道理吧,我觉得物理学者大概能用算式把这种感觉表现出来。千鹤姐,你是从小时候开始鼻子就很灵吗?"

"与其说我的鼻子灵,不如说味道对我来说,是一把通往异世界的钥匙。闻过一次的味道我绝对不会忘,各种味道就这么慢慢在我的脑海中积累起来。我成天都在空想着:这种味道跟那种味道组合起来会是什么样的感觉?现在我把这项技能活用了起来。我现在凭直觉就能推导出香味会以怎样的方式组合在一起,不管多复杂,我都能弄清楚。"

"天生的调香师啊……"

赤堀点着头表示佩服。背后传来了千鹤的笑声。

"我去法国学习调香,工作也找到了。那时每天都拼了命一样地工作,日子过得也算充实。不过结果还是遭遇了挫折——即便是名牌的香水，香味也跟便宜的洗衣液和沐浴露差不了多少。我以此为借口搬到这个村子，受到了大家的敬仰。只要能得到周围一群人的认可，就能保护自己，虽然这会让人堕落。"

意思是她逃离了竞争残酷的香水界吗？

"我现在做的这款香水非常重要，我一定要把它做出来。这是我第一次为他人而调香，真的是第一次。"

千鹤仰望天空，像是发誓似的嘀咕道。赤堀转头看向身后，只见千鹤的双眼中交织着期待与兴奋，发出闪耀的光芒。

那之后没过多久，两人便抵达了千鹤家，千鹤借着赤堀的手站起身，脸上的血色比刚才恢复了一些。

"谢谢，你帮了我大忙。"

"不，请不用在意。我顺便帮你把笼子搬进屋吧。"

赤堀咻的一下背起笼子，状态不佳的千鹤跟在她身后。千鹤的院子仍旧只有"绝妙"二字可以形容，各种各样的花朵绚丽地盛开着。赤堀先帮助千鹤在套廊上坐定，接着从托盘上拿起水壶，将看上去像白开水的东西倒入茶杯，递给千鹤。

"什么事都要劳你费心，真是谢谢你了。"

"如果身体还是没好起来的话，最好还是去看一下医生。不过你自己的身体，我想你自己应该最了解不过了。"

"是啊。"

就在赤堀向垂着眼角的千鹤挥手，打算离开时，身后传来了千鹤的声音。"啊，等一下。"千鹤脱下长靴，用夸张的动作站起身走进客厅，从架子上拿起一个深蓝色的遮光瓶。

"我想听听老师你的感想，这是我刚制好的香水。"

千鹤这么说着，从小盒中取出一张细长的试香纸，将瓶盖盖在纸上，让纸沾上香味。在用力甩了几次之后，千鹤将试香纸递给赤堀。

"把纸放在面前扇一扇。"

赤堀依千鹤所说，接过试香纸在鼻子前扇了扇。浓烈的香气瞬间冲入鼻腔，闹得赤堀鼻子痒痒。

"好甜。不对，虽然甜，但有点烈，好像还有点酸味……嗯，也不对。我总觉得气味好像一直在变，刚才跟现在给人的感觉完全不同。怎么说呢？好像还有点苦味，清爽的感觉？果然还是酸味吗？我的大脑失去了判断力，另外还有种大脑在不知不觉间试图改变这香味的感觉……"

看着在鼻子前挥动试香纸，拼了命地想要描述香水感觉的赤堀，千鹤微微一笑。

"不好意思，我的语言能力跟感性不足以把这味道准确地描述出来。"

"没有的事，老师刚才讲得就很好。大脑失去判断力，在不知不觉间试图改变香味。很有趣的称赞。"

赤堀感到有些难为情，挠了挠脑袋。千鹤再次走进屋内将香水瓶收好。

虽然至今为止都过着与香水无缘的生活，也不曾踏入香水的世界，不过香水的学问好像挺深的呀，而且这还是未经合成的天然素材。就在赤堀打算再次将试香纸拿到鼻子前时，她瞥见了某样东西，不禁浑身一震，差点跳了起来。

一只果蝇停在了试香纸上……

赤堀死死盯着手上的纸，一只小小的昆虫正在沾满香水的纸上到处乱爬。赤堀试着摇晃纸片，果蝇却依旧牢牢地停在纸上不愿离开，简直就像掉进了诱虫陷阱里一样。果蝇被香水的味道所迷惑，陷入了恍惚状态。

"老师，要不要喝杯茶再走？"

千鹤拿着托盘坐在套廊上，托盘上放着一整套茶具。

"这是仙谷村的杉茶。村公所也在大力宣传、售卖，说是对治疗花粉症十分有效。不过我也就是休息的时候喝一喝。"

千鹤笑容满面地说着，将褐色的茶叶放入茶壶中。赤堀紧张地看着千鹤，吞了口口水。

"那个，千鹤姐。刚才那个香水的基调是什么？"

"是兰花，一种原产于马来西亚的品种，我托人运过来的。"

"原产于马来西亚……托人运过来……"

赤堀的脑海中一瞬间闪过那个搭乘出租车到村里来的男人的身影。

"这种香味真的很有趣，世界观相当复杂。我真是没想到能邂逅这样的东西，这样的机会一辈子都不一定能碰上一次。"

"那兰花在哪里？"

千鹤指了指那间被蚊帐一样的薄布覆盖着的小温室。赤堀再次吞了口口水，向温室走去。

果蝇仍然停在试香纸上。赤堀掀开薄纱一样的布，进入了温室中。木质的架子上整齐地摆放着品种各异的鲜红玫瑰，散发着呛人的芳香。温室里兰花的数量也不少，但赤堀不费吹灰之力就找到了千鹤说的那个品种。

受到试香纸上香水味诱惑的果蝇一下子飞了起来，毫不犹豫地停在了架子角落的一株浅紫色的花上。花朵的大小不到五厘米，细长的花瓣以兰花特有的方式绽放着。

赤堀走近那株兰花。就是这花吸引了果蝇？香气的确十分独特，花香十分甜美，但其中同时隐藏着一种令人心生警戒的腐败气息。赤堀深吸一大口气，被花香呛得直咳嗽。她终于确定这就是搭出租车的男人搬运过来的东西。男人一定是将这花装在了皮革制的波士顿包中，因此车内才会弥漫着一股氧化血液般的臭味。

赤堀擦了擦不断渗出的汗水，蹲下身子看向花朵内部，有几只果蝇被关在了蜜腺里。赤堀原以为这花有食虫的习性，但蜜腺中的果蝇却若无其事地飞走了，开始在花朵周围盘旋。

赤堀谨慎地摸了摸花瓣，它的形状像是个可开合的盖子。兰花通过香味将果蝇吸引过来，再借由果蝇的重量将其关在花里。如此一来，果蝇身上就会自然而然地沾上花粉，成为帮助其授粉的传粉者，而兰花则将香味成分作为礼物送给果蝇。那香味成分就是姜酮吗……

"非常有个性的香味，对吧？但肯定没办法受到大众的喜爱。"

听见千鹤的声音，赤堀的心跳瞬间加速。

她在这里找到了跟附着在尸体上的果蝇完全一样的品种。然而依现在的情况看来，毫无疑问中丸就是凶手，臭虫上检测出了他的DNA，没有比这更具有科学效力的物证了。

赤堀走出温室，注视着露出爽朗笑容的千鹤。她是中丸的共犯吗？开朗大方，受人爱戴，对所有人一视同仁的千鹤，真的能做出杀人分尸这样的事吗？

"千鹤姐，能告诉我香水的香味成分吗？"赤堀故作镇定地问道。

"嗯，可以啊。姜酮、苯甲醛，还有高浓度的里哪醇结合成的反式-2-癸烯醛。要细分下去的话还有一些乙醇类的，重点主要是在酸类上，这香水没有足够强的酸就没办法完成呢。"

"原来是这样啊。那请问苯甲醛是什么香味的成分呢……"

"杏子。现在正好是杏子上市的季节，香味很优雅。我觉得日本的杏子里长野县产的质量最好，我都是到当地去挑选购买的。"

蔷薇科的水果——死者在死前吃过的东西。

赤堀深吸一口气，勉强地挤出笑容。现场调查应当全权交由岩楯他们来处理，现在自己在这里什么事都做不了。

"我差不多该回去工作了，茶就不喝了。"

"啊，嗯。谢谢你送我回家，坐拖车很好玩。"

就在千鹤挥着手这么说的时候，赤堀的余光捕捉到了一个动态的物体，她不禁浑身僵硬。身穿灰褐色工作服的中丸缓缓地从放有蒸馏装置的集装箱后走了出来。中丸全身上下大汗淋漓，脸上和手上有多处被草叶划破的细长伤口，整张脸从脖子红到了额头，喘着粗气。

"要……要是把她放走，一切就都完了。"中丸尖着嗓子说道。

千鹤用锐利的目光射向中丸，面不改色地静静说道："不会完的，一切才正要开始。"

"什么都不会开始，全都完了。但我会努力，我不会让一切在这里结束，你不能在这里玩完，逃跑吧。"

"逃跑？为什么？"

"那还用说吗？当然是为了不被抓住啊！"

中丸像个孩子似的跺着脚，大声叫喊道。

"现在逃还来得及。你开车的话，我们就能逃出村子。我……我也不想再回监狱里了。我是为了保护你才那么做的！我保护了你！"

千鹤思考着中丸的话，脑袋前倾，一言不发地死死盯着中丸。害怕沉默的中丸指着赤堀，发出恳求一般的呐喊。

"你听到我说的话了吗？喂！好好听我说！跟平时一样认真起来啊！不能放走那个女人！她全都知道了！"

"我知道。"

千鹤低着头，露出爽朗的微笑。

"老师已经从我刚才的话里得出了答案，我想她应该是猜对了。"

赤堀连连倒退。中丸飞奔出去,想要阻止赤堀逃跑,美丽的花草被踩得乱七八糟。他把手放在了腰间的柴刀上。

"住手。"千鹤厉声说道,"我的工作已经结束了。"

"不……不能结束,我不许你随便结束。都是因为我帮你争取到了时间,你才能自由行动的。"

"是啊,但我又没有拜托你这么做。"

千鹤直截了当地说道。似乎被千鹤的话语深深刺伤了,中丸抚摸着胸口。

"都是你擅自跟踪我,还做了这么多事。"

"可……可是,但是,如果我不那么做,你早就被警察抓走了!我……我都是为了你好!我扰乱了警察的阵脚!"

"嗯。但我并没有让你那么做。"

中丸盯着过于直白的千鹤,露出一副走投无路的悲惨表情。

出于紧张和恐惧,赤堀的双腿不停颤抖,她抓着温室的细长支柱支撑着身体。然而她的思绪却清晰得不得了,各种线索飞快地联系在了一起——中丸没有杀人。

"白花的香味。"赤堀脱口而出,"千鹤姐,你说过,在下了集中暴雨那天的晚上,你在登山路线上闻到了白花的香味,对吧?"

"是啊。"

"白花除虫菊……"

赤堀的声音微弱得几乎快要听不见。千鹤噗的一声笑了出来。

"对,就是他家点的蚊香的原料,那蚊香是用白花的天然成分制作出来的。"

赤堀的目光久久无法从千鹤身上移开。中丸身上沾满了蚊香的味道,千鹤应该是在弃尸的时候隐约闻到了微弱的蚊香味,她一定也是在岩楯向她提出那个无心之问时,才意识到那究竟是怎么一回事,她知道中丸目击了她弃尸的过程。

这两个人既是共犯,又不是共犯。他们在没有交流的情况下,共同参与了一起杀人案。

赤堀擦拭着流淌的汗水,看向出去的路。一定没有人想到逃犯竟然藏在这里,谁都没意识到千鹤才是杀人凶手。就在赤堀拼命思考着逃跑的办法时,千鹤开了口,声音一如既往地平静。

"老师你快回去吧。"

"哎?"赤堀大吃一惊,抬起了头。

"你做好你的工作。我也会做好我的工作。"

"千鹤姐,你该不会是想寻死吧?"

赤堀目不转睛地看着千鹤。千鹤摇了摇头,抿着嘴笑了起来。

"我有理由杀人,但我没有理由自杀。"

"那千鹤姐也跟我一起走吧……"赤堀的话说到一半,中丸便往前跃出了一步。他从腰间别着的皮革袋中抽出柴刀,两眼充血地看着赤堀,像是下定了决心似的发出低沉的声音。

"要不是你,一切都会非常顺利。我成为逃犯,事情就这么了结。不过,我会成功逃走的,绝对会逃走的!"

"没有这么简单。物证间有着细微的矛盾,警察也会马上注意到这点。因为,人不是你杀的,不是吗?"

赤堀直勾勾地看着中丸,慎重地说道。体格魁梧的千鹤扶着柱子站了起来。

"你不要再说了。我要跟老师一起走。"

"你在说什么?!我……我不会让你走的!快逃跑吧!求你了!"

"你为什么那么希望我逃走?"千鹤叹了口气。

"你……你不应该待在监狱那种地方！你根本不懂监狱是个什么样的地方！"

"我确实不懂。"

"你是耀眼的光芒！你不是说过会照亮我吗？你不是说我需要一个可以信赖的人吗？你不是说我随时都可以来你家吗？我每次说话你都会认真听，不是吗？我见过这么强烈的光芒，已经没办法再忍受黑暗了！"

中丸像闹别扭的孩童一样一味地哭闹着，跺着脚大喊大叫。那之后，中丸还说了不少老套的话，但赤堀一点都不觉得那些话是陈词滥调，那是他发自内心的呐喊，是从他心中不断流淌出来的真情实感。千鹤在中丸眼里俨然已经成了神一样的存在，中丸对千鹤一个劲儿地表达着自己内心的尊敬、爱意和思慕，双眼不曾从她身上移开。虽然不知道千鹤是不是有意为之，但中丸已经彻底变成千鹤的忠实信徒了。

就在赤堀这般深切感慨着的时候，中丸突然将哭花的脸转向赤堀，眼神中流露出令人毛骨悚然的憎恶。他跟刚才一样，毫不犹豫地开口了。

"你……你又把我推入了黑暗……"

中丸睁大充血的双眼，将晒黑的手朝赤堀伸去。千钧一发之际，赤堀躲开了中丸的袭击，飞奔起来。中丸却一把抓住她的后颈，将身体前倾的赤堀拉了回来。赤堀看着中丸在自己面前将柴刀高高举起，时间的流逝似乎在这一刻变得缓慢无比。

中丸咬紧牙关，怒目圆睁，握着柴刀的手臂肌肉隆起，十分骇人。就在赤堀眨眼的一瞬间，脖子上传来一阵剧烈的痛楚，赤堀倒在了温室上。喉咙像火烧一样炽热，心脏的输血量剧增，头晕目眩。赤堀捂着脖子，喘着粗气，然而空气却一点都进不来。

呼吸不了，说不出话，鲜红的血沫在眼前飞舞……就在赤堀意识到自己的脖子被砍了的时候，她忽然眼前一黑，失去了意识。

3

　　仙谷村周围被警戒线封锁，人员进出被严格管控着。原以为这么一来中丸就是瓮中之鳖了，但事情的发展似乎并没有这么顺利。岩楯望向像是束缚着这座村庄的山脉，难以抑制内心的焦虑。不知为何，他从刚才开始就心慌得很。

　　"青年团、老年会还有村公所的人，现在正在分头拜访村里的每一户人家。"

　　牛久一边合上笔记本，一边跑了过来。

　　"目前没有发生任何异常情况，也没有人目击到中丸。"

　　"说起来，仙谷村的村民们还真是团结啊。而且听说只花了一眨眼的工夫就把山里的详细地图给画出来了，是吗？"

　　"是的。村里住着的都是与大山共存的人，我想中丸是不可能从他们的眼皮底下逃走的。"

　　牛久一如既往地充满自信，说得简直好像中丸跑进山里，找起来反而更省力一样。就算听到了牛久这样令人放心的断言，岩楯的内心依旧慌张不安。他看向中丸家的方向，晾晒着衣物的院子里，年事已高的夫妇木然地坐在圆椅上，他们紧张地望着进进出出的警察，被问话的时候也只是一味地摇头，说他们不清楚。

　　岩楯之前也与他们面对面交谈过了，他们应该是真的什么都不知道。从他们身上只能窥见不祥预感成真的绝望，以及想将不孝子亲手杀死的满腔愤怒。他们光是要接受现实就费尽了所有力气，连哭都哭不出来了。

就在岩楯烦躁不已地叹着气时，同组的部下从屋里跑了出来。

"没有找到凶器。中丸出门工作时把柴刀带走了，凶器应该就是那个。"

"明白。"岩楯答道，向牛久使了个眼色，转身离开，"我们该加入搜索了。搜哪里好？你的登山者直觉告诉你该搜哪里？"

"这个嘛……"

牛久小跑起来，看向手表。

"中丸已经消失了大约两个小时。考虑到高低差和地形的恶劣程度，他只需要一个半小时就能到达小山的另一侧。如果换作是我，为了避免在山里遭遇前后夹击，我会选择尽快逃进村落里。"

"就算到处都是警察，也无所谓吗？"

"对。跟山里比起来，村落里能逃的地方还算多。比如只有村民知道的小路，还有那种长满野草的荒废农用道路等。而且村里还有很多用来存放木材的仓库。"

岩楯迅速思考起搭档的意见。中丸现在最翘首以待的是什么？应该是夜晚的到来吧。如果不打算自首的话，他应该是想尽快离开村子。在夜幕降临前，他需要一个藏身处。他应该也明白，如果躲在山里，无论如何都是会被找到的。

"好的，就按你说的搜。首先是只有村民知道的小路和农用道路。"岩楯边走边这么说道。

那之后，两人将从小在村里长大的牛久所熟知的地点一一排查。民房后方延伸出来的小路蜿蜒曲折，宛若迷宫，常常直接连接到别人家里。比起铺修平整的道路,沿着两堵墙壁间狭窄的过道或大山入口处被踩实的土路之类的道路逃跑更加自由,更重要的是便捷。如果入口处长满了杂草,旁人乍一看不会发现那是一条道路,中丸便可以躲在其中观察情况,伺机而动。他大概就是巧妙地利用了这类道路,从而避开警方的视线东躲西藏的吧。

两人仔细地搜索了村里的私人贮木仓库。此外,只要是看起来能藏人的地方,两人都会进去一探究竟,寻找逃亡者留下的蛛丝马迹,连摇摇欲坠的神社的神殿和地板下方都不放过。途中两人数次撞见其他警察,相互交换搜索过的地点的信息。两人沿着山脚仔细搜索,不知不觉偏离了路线,进入了另一边的村落。

牛久站立不动,在地图上做上标记,手指向右边。

"我觉得再往前搜索一段比较好,前面还有好几个地方有小路。"

接着,两人穿过了密不透风的灌木丛,岩楯发现道路与一条似曾相识的村道相连。这一带也出动了相当多的调查员,中丸只要一露面,就立刻会被抓住,然而岩楯的慌张却分毫未减。

两人擦着汗,喝着瓶装矿泉水。岩楯看向前方,发现有一处地方的杂草异常地高且茂盛,悬崖下方的白蜡树将枝叶伸进墙内,是千鹤家。离那里不远的私人道路上,停着一辆放有捕虫网的拖车,赤堀似乎就在附近。

就在岩楯把水瓶插进口袋时,耳边传来有节奏的喇叭声,岩楯将头转向一旁。一辆白色的小型面包车拐过平缓的弯道,加速朝岩楯的方向开来。开车的男人露出满脸的笑容,从窗户伸出手,在两位刑警身边停了下来。

"两位辛苦了。哎呀,天气又变热了,今早过后温度又开始升高了。"

脖子上挂着的身份证明表明这个男人就职于仙谷村村公所的产业

科。村里明明有一个正在逃亡的杀人犯，这个年轻人却显得十分悠闲自得。

"牛久，搜索进展得如何啊？"

男人推了推银框眼镜说道。牛久发出惊慌失措的声音。

"对不起，这是我同学。"

"不过，看到你工作的样子，我才切身感受到仙谷君其实也是个警察啊。"

"我知道了，你快走啦。今天村公所也忙得够呛吧？"

"是啊，我现在要去千鹤姐家里，这块地区是由我负责的。所有人都出动了，挨家挨户地搜人。"

牛久看起来有些不自在地再次向岩栖道歉并解释道："他是村公所产业科的人，为千鹤姐的工作提供全方位的支援，他们计划推出仙谷村产的芳香精油和以杉树为原料的香水。"

"也就是说，跟她一起外出行动的也是你吗？比如去采集沾有夜间露水的苔藓和树皮什么的。"

"是啊。虽然像是加班，但却一点都不痛苦。这绝对能为振兴村子做出贡献，毕竟是她提出要制作与林业相关的本地产香水的呀，大家当时都被这个异想天开的提案给吓了一大跳。至今为止，村里尝试推广了各种商品，全都以失败告终，但这次新提案的反响似乎相当不错，香水和芳香精油都大受好评。我一定会努力将制香发展成村里的一大产业的！"

村公所的年轻人热诚地抒发着对村子的爱意，给人的感觉几乎跟牛久一样。

"千鹤姐好几次被请到村里的高中去做特别演讲呢。演讲的目的是让孩子们接触法语，连秋留野市的人都在问她能不能到那边的学校去。虽然这次发生了非常严重的事件，但我觉得要是能趁这个机会提升一下村子的形象就好了。"

"她还真是大显身手啊。"

"可不是嘛。孩子们也对她的演讲非常感兴趣。光是听到'巴黎'两个字就有种时尚的感觉，不是吗？大家会问她跟法国文化还有工作有关的问题，还说她的法语听起来有种东北腔，现场气氛可热闹了。反正大家就是开心得不得了。"

"法语听起来有种东北腔？"岩楯反射性地回问道。

"对。哎呀，真的很像。千鹤姐刚回日本那会儿的语调可特别了，因为她那是用法语的语调在说日语呀，我原本还一直以为她是东北人呢。"

等等……岩楯看向无忧无虑的年轻公务员。那个搭乘出租车到仙谷村来，十有八九就是受害者的男人，说话时也带有东北腔调……

岩楯这么思索着，所有的线索突然像黑白棋一齐翻面时那样，在脑海中联系在了一起。受害者是从法国回国的男人，出入境管理局记录了他的指纹，如果警方凭着指纹判断出了死者的身份，通过调查死者的人际关系就能一口气找出凶手，凶手是千鹤。

岩楯感觉自己快要无法呼吸了，他大口地吸着气。那个被装在波士顿包中，散发着恶臭，神不知鬼不觉地将臭虫和果蝇从国外带进村里的东西，难不成是某种植物吗？还是一种对温度敏感，需要细心呵护的植物……将一切联系在一起的是气味，换句话说，就是香水。

岩楯用手扶住车窗。

"六月十九日那天，你跟绵贯女士一起去采集香水的原料了，对吧？就是下了集中暴雨的那天晚上。"

"没……没有啊，我那天没出门。"

村公所员工看着像是在审讯犯人似的岩楯，怯生生地说道。

"有其他人陪她去吗？"

"我想应该没有。我是负责为她的工作提供援助的，她进山时一定会给我打电话。而且，那天下了那么大的雨，任谁都不会出门吧。更别说进山了，根本不可能的。"

所以，千鹤才故意选在那天出门，因为外头一个人都没有。

岩楯回想起第一次见到千鹤时的情景，她在说起自己六月份进过好几次森林的时候，表情中总能隐约窥见一丝不安。岩楯将之归结为她想起了闻到白花香味的事，但那之后一段时间里，一种微弱的异样感仍旧残留在他的心中。之所以杀人和弃尸的手法显得不一致，是因为中途有其他人插了一脚。为什么直到现在才意识到……中丸其实是共犯。

岩楯向产业科的员工直白地说道："我们两个会替你到绵贯女士家里去的，请你回村公所去吧。"

男人一脸不可思议地窥视着同学的表情，但最终还是被岩楯不容分说的态度给镇住，低下了头，说了句"那就麻烦你们了"后便离开了。

"岩楯主任，难道说千鹤姐她……"

牛久表情僵硬地看向岩楯，然而岩楯却一言不发地跑了起来。

岩楯看向手表，时间已经过了三点半。夕阳的光芒从云朵的缝隙间射出，将两人的影子拉长。从刚才开始就止不住的心慌，原因就是这个。赤堀在千鹤家里，她多半也已经意识到了。那个女人只需要一个非常小的契机就能将一切联系在一起。然而，她为什么没有给我打电话？

岩楯一边看着杂草墙，一边走上石子铺成的私人道路。他瞥了一眼停在边上的拖车，赤堀的东西原封不动地放在上面。岩楯深吸一口气，强行抑制住自己紧张不安的情绪，对牛久使了个眼色，两人走上被杂草包围的小路。

越过半人高的天然篱笆后,前方是一排更高的细竹。细竹彻底化身为一道屏障,让人看不清里面的情况。两人潜伏在草丛中朝里面窥视,只见套廊上坐着两个人。

千鹤将毛巾围在垂头丧气的男人的脖子上,拍着他的背,像是在照顾病人一样。就在岩楯对眼前的光景感到难以置信时,身后的牛久倒吸了一口凉气,差点被吓倒在地。与此同时,中丸虎躯一震,猛地站起身,朝两名刑警的方向投来锐利的目光。

两人立刻躲进细竹的阴影下。中丸的感官异常敏锐,他的表情充斥着至今为止从未表现出来过的憎恶,简直像换了个人一样。

"……有人,在看着我们。出……出来,快点。我……我手上可是有人质的,赶快出来。"

中丸发出沙哑的声音。意思是赤堀成了人质吗?岩楯轻轻地发出"啧"的一声,走进了院子。中丸看着两名刑警,迅速抄起放在铺路石上的柴刀。

"把刀交出来。"

岩楯看着中丸的眼睛说道。看见身后的牛久打算拔枪,岩楯举起手制止了他。中丸双手紧握柴刀,颤抖着往前走了一步,他非常害怕。

"就算你抓了人质,也已经逃不掉了。你知道这村子里现在有多少警察吗?"

"别……别过来。是我干的,全都是我干的!不是这个人的错!"

"关于这件事,我之后会慢慢问你。赶紧把柴刀交出来!"

中丸用颤抖的手将柴刀高举过头顶,重复着这幼稚的恐吓动作。千鹤一动不动,恍惚地看着中丸。她突然看向了岩楯,她的目光仍旧坚定无比。令人吃惊的是,从她的眼神中丝毫看不出焦虑和后悔。岩楯感到恐惧无比。

"赤堀在哪里？"

岩楯嗓音低沉地从牙缝里挤出这几个字。然而，没有人回答。

"快说……"

就在岩楯打算往前踏出一步时，中丸突然发出一声大喊，将柴刀朝岩楯扔来。然而柴刀却往出乎意料的方向飞去，消失在了草丛中。中丸趁机拔腿跑向屋子侧边，牛久反射性地往右飞奔出去，气势汹汹地跑向屋后。

岩楯跳过素陶花盆，朝跟牛久相反的方向全力奔跑起来，往中丸逃跑的悬崖下方追去。岩楯冲过放有蒸馏装置的仓库的后方，来到被白蜡树枝叶所覆盖的悬崖。中丸正以树木和杂草代替绳子，朝悬崖上方逃去。

"死了这条心吧！中丸！"

岩楯试图抓住他的脚，但中丸早已习惯于在山间穿行，身手十分矫健。他一口气爬上崖顶，眼看着就要消失在杂木丛中了。岩楯发出"啧"的一声，试图爬树。就在这时，悬崖上方传来树枝折断的声音，以及男人扭打在一起的怒吼声。

是牛久。他先中丸一步埋伏在了悬崖上，现在正试图将中丸往与屋子相反的方向拉。

岩楯立刻转身，穿过仓库后方再次跑进院子里。花朵绽放的温室的支柱被折弯，覆盖在上方的薄布被撕破，凄凉地垂落在地面。

千鹤仍旧一动不动地站在套廊前。哪里都没有赤堀的踪影，就在岩楯用余光看着千鹤，准备横穿过庭院的时候，一摊疑似血迹的东西掠过眼角，他猛地停下了脚步。

赤堀倒在地上，身体被花草所掩埋。透过缠住赤堀全身的薄布，可以看见地上飞溅的可怖血迹，血量多得异乎寻常。

岩楯感觉五脏六腑仿佛被绞在了一起，发出痛苦的呻吟。

"……赤堀。"

岩楯两腿僵硬，动弹不得。新鲜的血的气味弥漫在四周，赤堀失去血色的脸颊侧向一边，双眼紧闭，微张的嘴唇一动不动，感觉不到一丝生气。她分明就在这么近的地方，岩楯却丝毫感觉不到她的存在，简直就像她已经成为空气和土壤的一部分一样，感受不到她的气息。

岩楯的心脏剧烈地跳动起来，汗水浸湿了他的身体。他能感受到的只有恐惧，他没有勇气接受现实。

岩楯咬着牙，强行将腿从地上拔起。他借着这股势头走到赤堀身边，粗暴地将落在她身上的薄布掀开。

"不要动她。"

身后传来千鹤的声音，岩楯回过头。

"是谁干的？"

脸色苍白的千鹤双唇紧闭，径直朝岩楯走来。

"别过来！是谁杀了赤堀？！"

"冷静点，她没死。"

"没死？那这血是怎么回事？！怎么会流这么多血？！"

岩楯拼了命地抑制住扑向千鹤的冲动。血的味道浓得呛人，充满肺部。千鹤直勾勾地看着激动不已的岩楯的眼睛，步步逼近，在他的身边蹲了下来。

"你看清楚，这不是血。"

岩楯粗暴地抹去快要流进眼里的汗水，将目光聚焦在不省人事的赤堀身上。疑似从架子上掉落下来的花盆碎了一地，绽放的花朵受到了残忍的蹂躏。岩楯呼吸急促得快要喘不过气了。

覆盖在赤堀身上的是鲜红的玫瑰花瓣，花瓣散落四周，像极了流淌不止的鲜血。

突如其来的反胃感让岩楯剧烈地干呕起来。赤堀没死！这该死的错觉！

千鹤看向捂着嘴干呕不止的岩楯，将手指按在失去意识的赤堀的脖子上。一段时间后，她缓缓将手移开。

"老师她一口气吸入了大量未经稀释的没药[1]精油原液，这是用树脂制作的精油，毒性很强。不过，她吸入的还不足致死量的一半，性命没有大碍，脉搏也慢慢恢复正常了，气管通畅。不过，最好还是先不要乱动她。"

岩楯用肩膀擦了擦止不住的汗水，极度紧张之后的缓和突然袭来，无论是身体还是内心都还跟不上状况。意识到自己还紧紧抓着薄布不放，他将颤抖的手松开了。千鹤看着他，开了口。

"我平常都会把没药精油放在口袋里，当作自制的驱熊喷雾来使用，效力强得跟市面上卖的那些完全不是一个等级的。只要吸入一口，就会引起休克症状，甚至死亡。"

"你为什么要让她吸那种东西……"

"因为中丸扑向了她。要是我坐视不管的话，老师一定会被中丸砍死。我情急之下就使用了喷雾，中丸也吸了不少，跟老师一起失去了意识，但没过多久就醒了。这是个人的体质问题。"

"你跟中丸是什么关系？"

就在岩楯继续提问的时候，面红耳赤的牛久从屋子后方返回了院子里。他押着双臂被反剪着铐上了手铐的中丸，坚定地看向岩楯，点

---

[1] 没药：指干燥后的地丁树或哈地丁树的树脂。

了点头。接着他看见倒在地上的赤堀,睁大了双眼,岩楯将花瓣拿在手上给他看了之后,牛久才松了一口气。

"你跟中丸是什么关系?"

岩楯重复了刚才的问题。然而千鹤却闭口不答,只是一味地摇头。

"中丸,你跟她是什么关系?"

岩楯转而将问题抛向脸色铁青的中丸。然而中丸却像根本听不懂似的,目光游离,不停地吸着鼻涕。岩楯在注视两人相当长一段时间后,取出了手机,他报告称已经逮捕逃犯,并请求紧急出动救护车。

赤堀躺倒在地,一动不动。

4

八月四日，星期二。

坐在面前的中丸一动不动，目光落在灰色的桌面上，除偶尔察言观色般地看向岩楯之外，简直就像一尊雕像。

"好，我们回到原点吧。你声称自己杀死并肢解的男人，到底姓甚名谁，来自哪里？"

"我说过好多次了。他只是个路过的人，一个我连名字都不知道的陌生人。"

"这么说你是个不挑对象的杀人魔了。那你是在哪里袭击他的？"

"在登山路线上……"

"哪一天？"

"六月十九日。"

中丸回答得一字不差，仿佛是在播放着录音。他已经习惯了这几个问题，回答时不再吞吞吐吐了。牛久坐在审讯室的角落里敲击着键盘。

"袭击的时间呢？"

"大概是傍晚六点过后。我记不清了。"

"你为什么袭击他？"

"我想抢他的钱。"

"凶器是什么？"

"柴刀。"

"分尸地点？"

"森林里……"

"原来如此。把你的话总结一下，就是这么一回事吧。"

岩楯叹了口气，将手肘撑在桌面上，双手交叉。

"天色渐暗的时候，有一个男人独自走在登山路线上。你为了抢钱，就用正好随身携带的柴刀袭击了他。之后，你把他拖到森林里，脱了他的衣服，将尸体肢解，然后装进了你正好随身携带的大麻袋里。你小心地走下腐朽的楼梯，将尸块转移到你正好随身携带的塑料袋中，然后用正好随身携带的铲子挖了坑，把尸体埋在了里面。"

"是的。"

随着审讯时间拉长，中丸已经不再脸色突变，流露出焦虑了。在被拘留的这一周时间里，他已经习惯了数名调查员轮流向他抛去的问题，开始摆出一副坦然无畏的样子。

"别再浪费时间了。"

"我知道。所以我才全都老实交代了。"

岩楯将目光定在冷漠的中丸身上，开口道："我不觉得是你把男人杀了并分尸。不过，既然你这么坚持是自己杀的人，那我只能把你上报为主犯了。"

中丸的表情有了些细微的变化，但依然一言不发，纹丝不动。岩楯盯着男人憔悴的脸看了好一会儿，突然结束了审讯。他将中丸交给负责人，与抱着电脑的牛久一起走出了审讯室。

"您不审问中丸了吗？"

牛久一边走一边飞快地问道。他好像是昨天刚去的理发店，竖直的头发被修剪得像刚除过草的草坪一样。

"这样下去会没完没了啊。"

"没办法啊,人不是他杀的,他根本不可能知道受害者的信息,纯粹是一派胡言。虽然是一派胡言,却也没有破绽。中丸好像已经不打算改变这个剧本了,他应该是希望能作为杀人案的主犯被起诉吧。"

"请等一下,您该不会真的打算这么做吧?这相当于包庇了千鹤姐啊!"

"中丸可是连 DNA 都留在了现场啊。他还收藏了受害者的遗物,被监控录像拍到,从一之濑家的田地里也检测出了中丸的毛发,他拿着的柴刀上也检测出了被害人的血液反应。而另一方面,有关绵贯千鹤的物证数量为零。只要她不自首的话,警察就拿她没办法。"

"难以置信。"牛久嘀咕着追上岩楯,将这四个字重复了一遍。

"不管多么难以置信,这就是现实。总之,吃过午饭之后就去审绵贯千鹤吧。"

一小时后,千鹤出现在了房间里。被太阳晒黑的皮肤色调暗沉,毫无光泽,眼窝下方的黑眼圈非常明显。原本充满活力的魁梧体形似乎也小了一圈。不过,她的目光仍旧十分锐利。她的双眼在日光灯下发出奇妙的光芒,像覆盖在水面上的油膜一般耀眼。

"好久不见了,最近都没怎么看到你。"

千鹤一边坐下一边说道。原先的一头短发长到了有些尴尬的长度,刘海儿几乎刺进眼睛里。她频频将刘海儿拨开,正视着岩楯的眼睛。

"被你杀害的男人名叫坂卷光彦。"

岩楯开门见山地切入了主题。千鹤一刻也没有将视线移开。

"你还真是心急啊。"

"因为我觉得其他调查员跟你谈得够久了。你手机的通话记录中出现了这个男人的号码,电脑的邮箱里也出现了他的名字。六月之后，你们的交流变得频繁起来，十九日那天你们的通话次数更是多达八次。他是在出租车里给你打的电话吧？"

千鹤一言不发。

"这个男人居住在法国，今年四十二岁，跟你一样从事着制作香水的工作。六月十八日他来到日本，隔天便去拜访了你，把床虱带进日本的也是他。中丸偷走了他的包，藏在天花板上。从包里也找出了已经死去的床虱卵。"

岩楯打开文件夹，抽出男人的照片摆在桌上。男人皮肤黝黑，充满野性，上挑的嘴角给人以傲慢的印象。他的一头长发黑中带白，用一条黑色的丝带扎成一束，看起来是个极端重视突显个性、蔑视凡庸的男人，全身上下仿佛都在说着"你们看，我跟别人多不一样啊"。

"这个男人是世界知名品牌的私人调香师。那个牌子连我都听过，可以说真的是个大牌子了。"

千鹤看都不看照片一眼，只是一味地看着岩楯。

"他为了能更快速地完成出入境手续，把指纹留在了出入境管理局的记录中。要是指纹留在了尸体上，死者的身份马上就会被查出来。而一旦他的身份被查出，我们自然就能从他的经历中找到你的名字。绵贯女士，请问你和坂卷是什么关系？"

千鹤毫无反应。岩楯等待了片刻，但他并没有纠结于这点，而是改变了问题。

"对了，再这么下去，中丸很可能就要担上杀人和弃尸的罪名了。虽然他的说辞破绽百出，但毕竟有这么多关键性的物证摆在那里，要定罪是绰绰有余的。他这么做应该是为了包庇你，你真的觉得这样没问题吗？"

岩楯低下头，视线朝上看向千鹤。然而，千鹤还是毫无反应。

"中丸大概是对平等对待所有人的你抱有仰慕之情吧。不，他对你的感情早已超越仰慕，已经接近于崇拜了。你不嫌弃他，也不在乎旁人的眼光，直率地接纳了他。此外，你还给了他许多虽然严厉但却充满人情味的意见，对吧？你可能是除父母之外第一个对他这么好的人。原先就有跟踪癖好的中丸尾随着你，偷看到了你弃尸的过程。我是这么认为的。"

千鹤究竟能否听见岩楯的声音呢？虽然她的双眼看着岩楯，但她的视线似乎射穿了岩楯的脑袋，打在后面的墙壁上。她应该也清楚地知道自己不可能全身而退，那她究竟为什么要如此顽固？她打着的不只是争取减轻罪刑这么单纯的主意。岩楯觉得她另有目的，因此一直防备着她。

"分尸可是个体力活儿，但你坚持了下来。不过，你的家里没有测出任何血液反应，也找不到一点蛛丝马迹。应该是你活用了调香师生涯中积累下来的智慧吧。"

岩楯察觉到千鹤的眼睛轻微地动了一下。

"精油原液既是良药，也是剧毒。赤堀只不过是吸了一些，就昏迷了整整两天，直到昨天才终于出院。精油原液的药效不可估量，而你却对它们拥有的力量了如指掌，想要简单处理犯罪现场应该也不是什么难事吧。比如使用精油，让现场检测不出血液反应之类的。"

岩楯滔滔不绝地说了起来。

"鲁米诺试剂会和血液中铁的成分发生反应。单纯按这个逻辑看来，只需要把现场处理成酸性环境，试剂就不会发生反应了，这对你来说应该是小菜一碟吧。而且就算万一真的发生反应了，你应该也可以让我们查不出 DNA。简单来说，就是用精油分解血液。话虽如此，鲁米诺试剂也只不过是初步的检测。我们可是认真的，鉴定科现在正拼了命地寻找残留在现场的抗原体，比如说使用一些能和血液中的抗原抗体发生反应的东西。"

牛久飞速敲击着电脑键盘，键盘发出夸张的响声。那声音回荡在寂静的房间里，千鹤的意识似乎早已飘向远处。

"你的目的到底是什么？"

岩楯揉着眼角问道。这句怨言他大概讲了几十次。

"你是打算一直这么沉默下去，让警方没办法起诉你吗？"

"抱歉，你知道现在几点了吗？"

千鹤突然开了口，吓了岩楯一跳。牛久似乎也大吃了一惊，一脸诧异地看了过来，椅子被他弄得嘎吱作响。岩楯原以为这是某种暗示，但在思考了一会儿后，他觉得这么做不过是在浪费时间，终于还是放弃了。他看向手表。

"现在是下午一时五十分。"

"今天是八月四日，对吧？"

"是的。"

"我明白了。等到了两点，我就把一切告诉你。"

她到底在说些什么？千鹤用手指整理着刘海儿，扯着麻色衬衫的下摆，将其拉直。岩楯觉得她看起来似乎有些开心，不知道是不是错觉。

那之后，岩楯继续向毫无反应的千鹤提出各种问题。他再次看向手表，抬起了头。

"十分钟了，现在正好是下午两点。好了，请你自供吧。"

"我打从一开始就准备这么做。"

千鹤用聊天般的口吻这么说道，冷漠的脸上甚至还浮现出了一丝微笑。

"该从哪里说起好呢？"

"等等，这可不是玩游戏。不要胡闹了，你差不多也该直面现实了吧！虽然我觉得不太可能，但你该不会是想往精神鉴定那个方向走吧。"

即便岩楯加重语气，千鹤仍旧不为所动。

"我会老老实实地把一切都说出来。我没打算为自己争取减刑，或是把所有罪行都推给中丸。我只是想争取一些时间而已。"

千鹤深吸一口气，自被拘留以来第一次看向了被害人的照片。

"我是二十年前在巴黎认识坂卷的。我当时正在制作出口国外的量产浓缩精华（香气之源），他在那时加入了我所在的香料公司。年轻气盛，满腔的雄心壮志，对香水事业充满热情。他口才出众，报告做得非常好，不管是谁见了他都会一下子就被他迷住。问题在于，他不具备足以成为调香师的感性。"

千鹤将照片移过来，拿在手中，忽地眯起眼睛看着照片中的坂卷。

"他当时很想进入全国知名的香水公司。但是啊，只有超一流的企业才会需要私人调香师，他这种无名小卒是不可能进得去的。就算靠着关系挤进去了，没有实力也生存不下来。"

"但他得到了他想要的地位。"

"是的，他得到了。"千鹤重复道，将照片面朝下放在桌上。

"有一段时间，我调制的一款平价香水突然风靡欧美地区。虽然当时我听说某家企业对那款香水的浓缩精华很感兴趣，但他们没有派人来找我。虽然我也不是盼着他们来找我，但有一天，我突然发现坂卷被那家公司给挖走了。"

"难道说，他吹嘘那款香水是自己做的？"

"正是如此，我都无语了，不过我没有去深究。一旦大家知道他没有实力，他就会立刻失去地位，也没有人会再对他产生兴趣。"

千鹤是真的打算说出真相吗？她看上去异常冷静。尽管岩楯很难相信这个女人会犯下谋杀罪，并将遗体肢解，但在经历了多次审讯后，他逐渐感到千鹤平静的外表之下隐藏着疯狂。她的某种感官似乎已经被麻痹了，导致她认识不到自己的所作所为有多么可怕。

岩楯看向满脸愁容地打着字的牛久，给千鹤使个眼色，让她继续。

"过了一段时间，坂卷联系我了，说是他们公司想把我挖走。起先他还毫无畏惧，强词夺理，最后却变成哭着求我过去。那家公司关注的是我所调配出的奇妙香味的成分，而缺乏感性的他并没办法想象出那究竟是什么，所以他希望我能代替他进行说明。"

"你自然是没有帮他吧。"

"我帮了，因为我同情他。"

岩楯不解地歪了歪脑袋。千鹤直勾勾地盯着那张被翻过去的照片。

"他因为一起意外得了末梢神经感受性嗅觉障碍，这种病很难治好，一旦患上就没办法恢复。得了这种病的人只能一辈子过着无法感受到气味的生活，这对调香师来说意味着死亡。如果是我得了这种病，我觉得我肯定会活不下去的，光是想想就觉得可怕。"

"于是你就同意了成为他的替身调香师。"

岩楯看了眼资料。

"你化身为坂卷，与各种各样的人进行着邮件上的交流。直到现在，法国那边都还不知道坂卷已经死了。"

"坂卷绝对不会在他人面前进行调香，他甚至连跟香味有关的话题都不会提，因为怕被人知道自己的嗅觉障碍，他尽可能地采取单独行动。他的这种做法反而被人称赞为孤高，让人觉得他是个天才，他的名声就这么不胫而走了。"

"简直就是个穿着新衣的皇帝啊。"岩楯直直地看着千鹤，"这个叫坂卷的男人，拥有了受所有人认可的地位，但原本这些荣誉都应该属于你,你就是因为这个才把他杀了吗?"

"不是这样的。我很满足于村里的生活,我也不想在香水界扬名立万。"

"那你为什么要接受他的请求?"

"都说了,那是因为同情。"

岩楯缓缓地摇了摇头。

"同情这个名叫坂卷的男人毫无意义,在我看来,他只不过是一个迷恋地位和名誉的蠢货,你帮他应该是另有理由吧。你们是恋人吗?"

"怎么可能?!作为男人,他毫无魅力。作为人类,也是一样。"

"那么,你是想借坂卷,暗中测试自己的实力吗?"

"并不是光有实力就能攀上顶峰,这点我想岩楯先生你也是明白的。有很多人毫无能力,却也成了某个领域中的大人物。人类的价值观是非常暧昧不清的。声音大的人决定了价值观,接着这种价值观就会慢慢渗透到社会的各个角落。"

她这话是暗指自己在香水界中的地位吧,然而她的语气实在是太过轻松,一点也没有怨恨上天不公的意思。岩楯继续盯着千鹤看,后者轻轻叹了口气。

"我劝坂卷退下来。"

她在这么说完后沉默了片刻。她揉搓着凹凸不平的双手,低着头继续说了下去。

"事情总有一天会败露,我不想被扯进那场风波里。当然,事情曝光的话还会产生法律和丑闻问题,那么一来,我现在的生活也就过不下去了。所以我告诉他,最后再帮他调一次香,之后就不干了,我当时以为他接受了。"

"但事情并非如此。"

千鹤烦闷地点了点头。

"那天,他偷偷把可以作为香水主要素材的兰花带给了我。他花了大钱将兰花买下,从马来西亚走私到法国,最后送到了我手上。他为了说服我,没有像平时那样给我带精制精油,而是以身犯险,把原材料给带过来了。"

"很难想象他能把那种散发着腐臭的花带上飞机。"

"有一种特殊的聚酯树脂制成的薄膜,可以隔绝气味,不过他好像在抵达日本后就马上把薄膜撕掉了。当时兰花的状态很差,坂卷拼了命地想让花恢复活力,他必须尽快把花送到我这里来。"

千鹤摆出一副理所当然的样子说道。

"花的香味实在是太棒了,是我从没闻过的味道,极大地激发了我的想象力,我很久没有像那样打心底里感到兴奋了。那次的邂逅实在是太让人难以忘怀了,我进入了一个全新的世界,想要马上行动起来。我当时觉得,我之所以会成为调香师,一定就是为了跟这种花相遇。"

她浑身颤抖,露出一副恍惚的表情。但没多久,她便恢复成了平常的样子。

"坂卷说他不打算抛弃现在的地位,好像还说什么只要我不说出口,事情就不会败露。他很激动,又是怒吼,又是哭闹,又是乞求,真让我不知道如何是好。我想让他冷静下来,结果我们开始互相推搡,他一失足,从套廊上摔下来,摔断脖子死了。"

"等等,摔断脖子?人不是你杀的吗?"

岩楯睁大了双眼,接着他翻阅起档案中的资料,从中抽出了司法解剖报告。从一之濑家的田地里找到的头部,切口在第五颈椎的位置。虽然报告中没有提到骨折,但如果骨折位置正好跟切口重合,那也许就不会留下痕迹了。不,这不可能吧。不过,死者身上没有找到任何一处人为的外伤,直接的死因至今仍不得而知。

牛久的脸上画满了问号,岩楯也跟他一样。如果真的只是意外,那根本就没必要分尸,千鹤何必彻底隐藏死者的身份,并将尸体遗弃?而且她还以死去的坂卷的名义与国外联系,报告香水制作的进展,实在是太莫名其妙了。

"你到底想怎样?"

岩楯看向千鹤放射着光芒的双眼。比起中丸说的他从背后用柴刀袭击了被害者之类的胡言乱语,千鹤的证词还属于勉强与验尸结果吻合的范围。不过,如果是千鹤的话,她应该是可以不留痕迹地用"香味"杀死坂卷的。即便坂卷是跟她同样博学的调香师,但如果他患有嗅觉障碍,那就并不是没有这种可能。

"好,我明白了。我就姑且相信这是一起意外吧。"

岩楯根本不相信千鹤说的任何一个字,他觉得千鹤已经开始揣摩自己的心思,并试图将对话带往对她有利的方向。

"那你为什么要分尸?"

她的眼神突然变得有些疑惑不解,她痛苦地眨了眨眼睛。

"这点连我自己也不清楚,我完全失去了那个时候的记忆。"

"你别开玩笑了,这可不是你简单一句话就能搪塞过去的。"

"你说得没错,但我说的是真的。分尸这种事,光是想想我都汗毛直竖。我无法相信自己居然晚上一个人去了森林,还把他的尸体给埋了……我不记得了,一点都不记得了。"

千鹤肩膀一震,用双手揉搓着双臂。

"那你为什么要做那个香水?用被自己分尸的男人带来的花制成香水,并运到法国。一个处于恐惧中的人会做这种事吗?"

"我觉得那算是他的遗作,所以才拼了命做出来。这是划时代的崭新的香味，全世界都会为之疯狂，这就是坂卷所期望的。因此，我才坚持工作到最后一刻，这是调香师的使命。我整天茶饭不思，一边哭一边调香。不管过程有多痛苦多难受，我还是献出了自己的一切。这一切全都是为了他。"

"别说了。事到如今才说这种煽情的话，已经太晚了。"

岩楯对千鹤的话嗤之以鼻。

千鹤想要诱导警察，她尽可能地把自己从那个受村民敬仰的角色中剥离出来，处处留下惹人同情的伏笔。可是，如果说她沉默一整周的目的是编造这些胡话，那故事未免又显得太过老套了，岩楯感觉她似乎有别的目的。

"你为什么选择在今天两点放弃沉默？"

千鹤眼中的光芒似乎变强了几分——期待、兴奋、喜悦。不知怎么，千鹤的眼里充满了这类情感，那表情令人不禁顿生厌恶。

她轻轻吸了口气，激动得双颊泛红，用兴奋的声音开口了。

"香水于今天下午的两点整在全世界范围内发售了。"

"你说什么？"

"我不想叫停这个秘密的计划，无论如何，我都必须让这个香水面世。这也是为了他，对，就是为了他！一切都是为了他。"

"你开什么玩笑？！一个活生生的人就这么没了啊！你还把他大卸八块，任其腐烂，把尸块扔得到处都是！"

岩楯把文件夹摔在桌上。牛久不由得站起身，皱紧了眉头，瞪着千鹤的背影看。

她究竟是清醒着，还是已经疯了？岩楯感觉千鹤现在正处在两者的边界上。说到底，她看上去根本没有对坂卷抱有那么强烈的爱意或憎恶，谈起他时的口吻给人感觉只是把他当成一个不中用的同事，甚至连一点罪恶感都没有。岩楯不知道千鹤这异乎寻常的热情是否真的是被香水激发出来的，调查进展到这一步，眼前仿佛又出现了一片迷雾。

千鹤将身子稍稍前倾，对岩楯露出与现场气氛格格不入的满面笑容。

"这香味再也没有人能做出来，我不会允许任何人做出来。香味层层重叠，只要闻一下，门扉就一扇接一扇地在脑海中打开。你想象一下，每扇门的后面都是一个崭新的世界。香甜、辛辣、酸味、苦味、清爽、涩味，香水的味道会依环境的不同而改变，天鹅绒一般柔和的香味，会在一瞬间变得粗糙而平直。在穿过了交织着希望和绝望的一扇扇大门后，你觉得等在尽头的会是什么？"

"是什么？"

岩楯死死盯着滔滔不绝的千鹤，如此反问道。

"没有尽头，会再次回到原点。然而谁都不会注意到，他们只会在一个地方不停地绕圈子。转来转去，转来转去，转来转去，被囚禁着，直到永远。不过，只有一个人，可以从这迷宫中脱身，在他理解个中真意之后，便能脱身。这是我设下的一个小机关，这可真是最棒的机关了。"

"只有一个人能脱身？死去的坂卷吗？"

千鹤不置可否。不，说不定岩楯说的话根本就没能进到她的耳朵里。

"牵扯进来的人越多，净化就会越发崇高。听好了，这是能满足一切的计划，无论是制作者、销售者、消费者，还是他。"

那之后，千鹤便像连气都没空喘似的，开始一个劲儿地对香水进行抽象性描述，仿佛被什么东西附身了。

这个女人的思想充满着矛盾，岩楯变换着姿势，眼睛却一刻也没离开过自说自话的千鹤。岩楯在她熊熊燃烧的热情的另一面，窥见了令人背脊发凉的无情。她大概确实有要将男人杀死并肢解的理由，但她是不会自行供认的，今后她应该也不会再说任何一句跟案情有关的话了，岩楯发自内心地如此想。她能笼络自己所接触到的人，在他们浑然不知的情况下支配他们，最后将他们变成棋子为自己所用。死去的坂卷是这样，中丸是这样，仙谷村的居民们也是这样，他们都依赖着千鹤，与她建立起了密不可分的联系。

岩楯看着热情高涨、浑然忘我的千鹤，暗中向牛久使了个眼色，让他把负责监管千鹤的人叫过来。岩楯感受到了一股不知由来的恐惧，他想立刻从这个女人身边逃开。

岩楯看着被铐上手铐的千鹤走远，与牛久一起出了审讯室。就在这时，岩楯听见一声回荡在过道中的叫喊声，两人同时转过了头。

"岩楯刑警！"

披着一件蓝色格子衬衫的赤堀一溜烟地沿着铺有瓷砖的走廊朝两人跑来，她使出一记滑铲在两人面前猛地停下，肩膀上下晃动，喘着粗气。

"老师，你没事吧？你才刚出院吧？"

"我可担心您了。"牛久垂着眉尾说道。

"啊，没事，没事，只不过是医生不肯让我出院而已。不说那个了，你看这个。"

赤堀将贴有便条纸的文件递给岩楯，岩楯一眼就能看出她脸色不佳，不在状态。纸面上罗列着各类药品名和化学式，密密麻麻地全是赤堀天书般的字迹。

"这是什么？"

"我住院的时候一直在想，我觉得这里头一定有着某种深意……"

赤堀语速飞快地说着，但却在看到过道远处千鹤的身影时睁大了双眼。

"千鹤姐！"她大喊着，越过岩楯跑了起来。

"等等！"

岩楯连忙追了上去，在赤堀撞上摆好架势的警员之前拉住了她的衣领。千鹤缓缓地转过了身，她盯着表情严肃的赤堀看了好一会儿，露出开着缝的门牙，泄了气般地笑了出来。

"果不其然，老师你从一开始就注意到了吧。"

"千鹤姐，请你把那个香水的成分再告诉我一次。"

"姜酮、苯甲醛，高浓度的里哪醇结合成的反式-2-癸烯醛，还有酸。"

赤堀仔细听着千鹤说的话，眼睛都没眨一下。接着，她发出一声痛苦的叹息，镶嵌在垂眼上的睫毛微微颤抖。

"……千鹤姐，你杀人的目的只是制作香水，他是香水的材料。"

赤堀的话吸引了岩楯的注意力，他松开了抓着衣领的手。

"姜酮是兰花，苯甲醛是杏子。但是，反式-2-癸烯醛……"赤堀顿住，紧紧地握住了拳头，"被切断的手臂上，有一处将动脉切开的伤口。千鹤姐，你是在被害人死后从中抽取了流动血吧？"

"抽血？"

不祥的预感成真，岩楯感到无比厌恶。

"香水的成分说明了一切。你只是单纯想得到人死后的血液吧？不会凝固的，某种意义上来说，称得上是纯净的血液，这就是能够对昆虫和肉食动物产生强烈吸引力的反式-2-癸烯醛的来源。"

赤堀悲伤却又毅然决然地直面千鹤。

"被害人在死前吃的杏子也是有特殊意义的吧？是你让他吃的吧？为了让香味和酸结合。"

"等等，难道说，她这么做是为了将还未消化完全的杏子作为香水的材料使用……"

岩楯哑口无言。牛久睁大双眼，用手紧紧捂住了嘴。

"将受害者肢解是有原因的，我一直在思考，真的只是为了方便搬运才分尸的吗？会仅仅出于这样的原因，就把尸体从那么奇怪的位置切成两截吗？"

确实，关于这点，岩楯也觉得十分异常。

"原本是没有必要分尸的。但是，你为了掩饰自己提取过死者胃里的内容物和胰腺的酸，并且抽了血，所以才下手的吧？千鹤姐你说过，你在闻到香味的瞬间，就能在脑海中组合出香水，不是吗？兰花、血、消化液、杏子，你在闻到花香的瞬间，就在脑海中选好了香水的必要材料。"

"但，那死因又是什么……"岩楯嘀咕道。赤堀短暂地看了他一眼。

"我觉得被害者的死因应该是被喂了高浓度的里哪醇。那是用罗勒提取出来的精油，很少的量就足以致死，而且会因为腐烂而检测不出来。"

"毒杀啊。"

"不只是这样。千鹤姐，你提取了跟血液混合的里哪醇的香味成分，对吧？你把那种成分也加入了香水里。"

赤堀的话，岩楯越听越觉得不可思议。

五人沐浴在从窗户射进来的炽热阳光中，一言不发，木然而立。这难道真的是一出与憎恶、爱慕、悲痛或是其他的任何情感都无关的，完全无视了人性的谋杀吗？只是为了制作香水，就将一个活生生的人大卸八块，毫不浪费地作为素材使用了，她根本没把坂卷当人看。

岩楯眼前浮现出千鹤在那个鲜花绽放的庭院中漠然地将男人分尸的场景，当时她眼中一定闪烁着比现在还要灿烂的光芒，她一边抽着血，一边沉浸在魅惑的香气之中。一道道冷汗沿着岩楯的背脊缓缓流下。

千鹤用完全读不出情感的平静表情望着赤堀,负责监管千鹤的警员疑惑地朝岩楯使了个眼色,打算带她离开。这时,千鹤异常缓慢地回了头。

"老师,那款香水的名字是'Anneau Möbius',莫比乌斯环[1]。环的两个面是相连的。"

"莫比乌斯环……"

赤堀重复道。千鹤再次走了起来,眼神平静得令人毛骨悚然。

---

1 莫比乌斯环:由德国数学家、天文学家莫比乌斯和约翰·李斯丁在1858年发现的一种只有一个面的曲面。将一条纸带旋转半圈,再将两端粘上,可以制作出这个结构。

5

人车分离的十字路口处的人流拥挤异常。尘埃和暑气笼罩四周,时间已经快到七点,气温却一点也没有要下降的样子。

岩楯看向眼前汹涌的人潮。忠犬八公像[1]和车站检票口附近挤满了相约在此见面的人,街头音乐家在一旁弹着吉他,演奏出嘈杂的乐曲。牛久感慨颇深地看着这人山人海,即便是在这么热闹的地方,他的声音依然穿透力十足。

"这就是夜晚的涩谷啊。"

牛久单眼皮的双眼中映照出街头的灯光,一刻不停地变换着色彩。

"人真多啊。都这个时间了,好像还有很多看上去还没成年的孩子,不知道辅导做得到不到位呢。"

牛久似乎想说这句话很久了,他担心地看着身穿制服、嬉戏打闹的学生们。

就在岩楯一边苦笑,一边打算低头看手表时,他忽然听见熟悉的音乐,下意识地发出"啧"的一声。他抬起头,只见眼前的大型屏幕上,播放着他早已看惯了的广告。牛久也眉头紧锁,遇见了仇人般地

---

1 忠犬八公像:忠犬八公指一条在饲主死去后,依然连续十年在涩谷站前等待主人回家的秋田犬。现在的涩谷站前设有一尊八公的铜像,该铜像也成为涩谷的地标之一。

瞪着大楼上方。

屏幕中播放的是在法语中意为"莫比乌斯环"的香水的视频。

千鹤创造出的香水被大力宣传,无论是在电视上,还是网络上,每天都能看到好几次,广告内容已经慢慢烙印在岩楯记忆之中。由于是知名品牌突然推出的新产品,这款香水备受瞩目,甚至连仿冒品都已经出现了。每当看到香水广告,岩楯都会痛苦不已,所有参与了案件调查的人也都不由得要怨自己不中用。

屏幕中播放出的小提琴独奏,在岩楯听来是充满毁灭的不和谐音乐。空洞的音乐结束后,人群各处响起了女人的欢呼声。岩楯看着屏幕上人的面容,发出已经不知道是今天第几次的叹息。

那是俊太郎的脸。沐浴在夕阳中的少年的特写占满了屏幕,他朝观众投来一如既往的慵懒目光。通过视频技术被修得越发耀眼的绿色瞳孔中映照出了颜色更绿的香水瓶。俊太郎嘴唇微启,仿佛在说着些什么,但却一点声音都听不到。就在观众看得入神的时候,广告戛然而止,这吊人胃口的广告手法巧妙得让人火大。

岩楯将手伸向胸前的口袋,下意识地想找烟。他再次感到异常烦躁,倚靠在了贴着瓷砖的墙壁上。

"不过,还真没想到那个小鬼居然是香水创意的来源啊。"

牛久的眼睛依然看着已经开始播放起其他广告的屏幕,接着他像条落水狗似的甩了甩脑袋,用手抹了好一会儿脸。

"他最近整天都在上电视节目呢。谜之美少年,与世界知名品牌签下专属合同。原本上传在网上的蜕变视频反响也很大,现在和过去就像是光与影的对比,成了一段佳话。本人之所以保持沉默,应该也是公司的策略吧。他好像高中毕业后就要到法国去。"

"跳过日本,直接在国外出道啊。"

"父亲由于有协助谋杀的嫌疑，现在仍在接受调查，母亲下落不明，他好像跟亲戚也完全没有来往。唉，因为证据不充分，一之濑的案子恐怕很难立案，但这足以成为推动闷在乡下的儿子走出去的动力。他本人也攀上枝头成了凤凰，想必很是满足吧。"牛久脸色沉重地说道。

然而岩楯却不这么认为。

"俊太郎并没有满足，不，他是没办法被满足的，他在向世界上所有的人类复仇之前是不会感到满足的。绵贯千鹤确实帮助他向这个目标迈进了。"

牛久皱起眉头，一脸受不了的表情。

"一之濑俊太郎是真的不知道事件的真相吗？就是香水里掺有非常可怕的成分那件事……"牛久留心着四周，没有把话说完。

"现在应该还不知道吧，不过总有一天会知道的。'在他理解个中真意之后，便能脱身。这是我设下的一个小机关……'这是绵贯在接受审问时说的话。在俊太郎得知真相后，复仇就会结束。这就是她设计的剧情。"

"她从很久之前就开始借死去的坂卷之名，与周围的人打好关系，向香水界推荐俊太郎。真是非常深的执念啊。"

在调查了千鹤的邮箱和个人物品后，警方发现她在好几年前就已经开始计划推出新香水了。被害者坂卷在业界被视为精英，说话很有分量，千鹤利用了他的地位，提出将少年作为品牌代言人。自然，香水界并非单纯到千鹤光是这么做，少年就能被捧红。关键因素还是俊太郎自身神秘而俊美的容貌，以及过去上传的视频吧，这两者都毫无疑问地蕴含着能够拨人心弦的力量。

"那种散发腐臭的兰花也是绵贯要求坂卷送来的，她在一封邮件里写道，之前在热带植物园闻到的那种花香让她难以忘怀。"

"真是难以置信。没了千鹤的帮助就会失去地位的坂卷拼了命地寻找那种花，他表面上是个精英调香师，但实际上只要一被千鹤姐抛弃，他就什么都不是。他最终查明那种花是马来西亚的特有品种，打算将花带走，但却未能获得许可，于是他选择了走私。"

"还把揭露了真相的果蝇和床虱也一起带了过来。"

岩楯望着喧闹的街道说道。

"绵贯应该是从打算使用那种特殊的兰花调香时起，就已经决定要把那个男人也作为香水的材料了。这是一场计划缜密的谋杀。她认为就算坂卷消失了，她也依然可以假借他的名义继续行动。毕竟坂卷被包装成了孤高的精英调香师，就算不在大家面前露面，也没有人会觉得奇怪，坂卷则在一无所知的情况下来到了村里。"

"千鹤姐在村里明明那么尽心尽力地帮助大家，对大家是那么热情……她在做着那些事的时候，脑海中其实早就有了这个可怕的计划，她最终实现了自己的计划。与其说感觉被背叛了，不如说是单纯的难受，村里人也都是一样的心情。"

牛久咬着牙，发出含混不清的声音。

说到底，究竟是什么驱使着千鹤走到了这一步？她之所以移居仙谷村，是为了与往日的纠葛做出诀别吧。岩楯认为，她一定是希望在村里找回自己原本应有的人生，然而，与俊太郎的相遇改变了这一切。她对少年的感情远超对制作香水并将其发表的热情，她曾反复说，一切都是为了他。这个"他"指的不是坂卷，而是俊太郎。

"绵贯爱上了俊太郎。"

岩楯在一片嘈杂声中第一次将自己的想法说出了口。牛久听后睁大了双眼，神色焦虑地朝岩楯走近一步。

"不可能吧,一之濑家的儿子才十七岁啊!年过五十的女人,会对一个小孩子萌生爱意吗?"

"你能理解老头子花大钱讨好年轻女孩子,反过来就接受不了吗?"

"男女有别啊。那样也太不像话了。"

牛久的呼吸变得急促起来。

"等等,等等,我说的不是那种充满肉欲的爱。绵贯千鹤在那个小鬼过敏症状还非常严重的时候就开始为他治疗了,她能切身体会俊太郎处境的悲惨,以及他对人类的厌恶。而且,她比谁都清楚俊太郎是如何一步步破茧成蝶的。我觉得在这种情况下,她就算对俊太郎产生了无限接近于爱情的感情也不足为奇,至少我不觉得那是类似母爱的感情。"

牛久脸色凝重地陷入思考,固执地摇了摇头,表示难以接受。

"总之,现在这个情况,千鹤作为调香师的自尊心已经得到了充分地满足。然后,我相信总有一天,俊太郎的复仇心也会得到满足的。"

"她在接受审讯的时候也好几次用了'净化'这个词呢。"

"嗯。"

"她应该是相信将污秽散播得越广,俊太郎的心就越能得到满足,从而变得越发清澈吧。你想想,那种可怕的香水在世界范围内大卖了,买的人根本不知道里面装着的是碎尸的血、胰腺和胃的内容物,还欢欣雀跃地把香水喷满全身。可以说,这是对谋杀的一种间接支持。"

"请……请别说了。"

牛久一脸惊恐地摆着手,像是想从脑海中驱散某种想法似的。

"不过说回来,真的没办法让他们停止销售吗?这背后可是发生了一起残忍的谋杀啊!把那种香水卖给毫不知情的人,已经不光是违反伦理的问题了。"

"香水产业是法国经济非常重要的贡献者，每年都有超过一兆日元的收益。就算跟他们说这关乎其他国家的一起谋杀案，事态也不会有丝毫改变。如果他们真的公布了这个消息，香水反倒会卖得更好，他们没有那么做，已经是仁至义尽了。"

岩楯被空气中的灰尘呛到，但还是继续说了下去。

"绵贯也许真的就这么逍遥法外了。"

"真的是太难以置信了。"

"家中分析器的数据被完全删除，香水原液也不见踪影。不管怎么搜索，能证明她杀了人的物证仍旧是零。而且关于弃尸和碎尸的事，她坚称不记得了，一个多月以来都保持彻底的沉默。不光是杀人罪，甚至连其他罪可能都没办法立案。"

"令我意外的是中丸也一直保持沉默。能证明他弃尸的证据多如牛毛，他真打算就这么背下一切罪名吗？"

"他就跟邪教徒一样，他对千鹤的感情已经到了崇拜的地步。唉，就算他真的坦白了，还是没有证据能证明绵贯杀了人。法国那边的公司也拒绝提供香水的成分信息和原液。真是走投无路了。"

调查总部认定赤堀推理出的振奋人心的结论只不过是猜测，这也是理所当然的事。

"莫比乌斯环啊。"

岩楯嘀咕着，再次看向手表。这时，人群中传来"喂——"的声音，两名刑警转过了头，岩楯隐约从检票口的人流中窥见了一只挥舞的手。片刻过后，只见赤堀把腰弯得非常低，在人群中穿梭，朝这边走来。

"你是水蛇吗……"岩楯低声说道。

赤堀用难以预测的动作避开来往的行人，在两人面前猛地停了下来。

"抱歉，我迟到了。穿了高跟鞋以后，路都走不好了。"

"你刚才的动作已经够敏捷了。"

牛久仔细地看了看赤堀，有些难为情似的挠了挠自己的平头。

"原来赤堀老师也会穿裙子啊。怎么说呢？给人的感觉完全不同，吓了我一跳呢。因为平时都只看到您围着头巾，穿着胶底布袜的样子。"

"我只要肯认真打扮一下，就能变成这样子哦。"

昆虫学者摆动着浅色碎花裙子，露出微笑。可是，打扮得再漂亮，言谈举止上还是有着相当大的问题，在岩楯眼里，赤堀仍旧是老样子。

"好了，走吧。我已经跟店里预约好了，今天我请客。"

"请客？为什么？"

"你忘啦，之前我不是暗算了你们，把你们搞得满头是蛆吗？今天请客补偿你们。"

她摆出一副非常抱歉的样子，说着"店在那边哦"，踮起脚指向道路前方。通过请人喝酒来息事宁人这点很有她的风格，但岩楯总觉得她似乎有些强颜欢笑。三人朝四岔路口走去。

"对了，你的后遗症还好吧？"

岩楯向明明穿着高跟鞋，走起路来却蹦蹦跳跳的赤堀问道。她点了点头。

"那时候我一口气吸了太多精油原液，免疫反应全乱套了，陷入了一种休克状态，需要一段时间才能清醒。现在已经完全没事啦。"

"那就好。嗯，那啥……"

岩楯发出一声毫无意义的干咳。

"今后工作机会多的是，没必要为了这次的事情灰心丧气。伏见管理官似乎也不那么排斥法医昆虫学了，虽然这只是我个人的看法。"

一旁低头微笑的赤堀抬起那张化着淡妆的脸，开口道："岩楯刑警，一直以来，谢谢你了。"

她又突然表现出了直率的一面。

岩楯觉得赤堀是个自己驾驭不来的女人，但同时，她又激发着岩楯内心的战斗本能。赤堀是一个在岩楯无法保持积极态度的时候，能够逼他勇往直前的人，她的存在对岩楯来说难能可贵。

岩楯望向已经走到前面的赤堀的背影，用低得让人听不见的声音说了句"我才该谢谢你"。

主要参考书目

死体につく虫が犯人を告げる
マディソン・リー・ゴフ 著　垂水雄二 訳（草思社）

虫屋のよろこび
ジーン・アダムズ 編　小西正泰 監訳（平凡社）

昆虫――驚異の微小脳
水波誠 著（中公新書）

虫たちの生き残り戦略
安富和男 著（中公新書）

アリの生態ふしぎの見聞録
久保田政英雄 著（技術評論社）

東南アジアにおける蘭とミバエ類の送粉共生系の化学生態学的解析
西田律夫 著（京都大学）

フェニプロパノイド花香を介した蘭とミバエ類の共進化機構の解析
西田律夫 著（京都大学）

解剖実習マニュアル
長戸康和 著（日本医事新報社）

人の殺され方――様々な死とその結果
ホミサイド・ラボ　著（データハウス）
現場警察官のための　死体の取扱い
捜査実務研究会　編著（立花書房）
香水
ジャン　クロード・エレナ　著　日本法科学鑑定センター　監修
（ナツメ社）
＜香り＞はなぜ脳に効くのか
塩田清二　著（NHK出版新書）
山岳警備隊　出動せよ！
富山県警察山岳警備隊　編（東京新聞出版局）

本书内容纯属虚构,
与现实中的任何组织、个人均无关系。